믿는 만큼
자라는
아이들

믿는 만큼 자라는 아이들

박혜란의 세 아들 이야기

나무를 심는 사람들

아이는 어마어마한 존재입니다

암만 생각해도 신기합니다. 속절없이 뿌듯하기도 하고요.

그도 그럴 것이 23년 전(그러니까 20세기 말) 큰아이, 둘째 아들에 이어 막내까지 대학에 들어간 직후에 썼던 육아서(물론 아이들은 그때나 지금이나 자신들은 엄마가 키운 게 아니라 스스로 자랐다고 우기지만요)를 요즘에도 찾아 주는 사람들이 적지 않다니요. 심지어 어떤 분들은 이 책은 이미 육아서의 레전드 위치에 올랐기 때문에 앞으로도 오래오래 사랑을 받을 거라고 과분한 덕담을 해 주는 바람에 저를 어쩔 줄 모르게 만들기도 합니다. 하긴 늘 젊은 엄마들이 모인 자리에선 으레 이 책을 내밀면서 사인을 부탁하는 사람들을 만날 때가 많지요. 그중에는 아직 결혼을 하지 않았다는 여성들도 적잖게 끼어 있더군요.

그럴 때마다 오히려 제가 묻습니다. 당신의 어머니세대가 쓴 책인데 너무 케케묵은 얘기가 아니냐고. 그들은 대답합니다. 요즘도 그때와 조금도 달라진 게 없다고. 아이 키우는 일이 너무 두렵고 자신 없다고. 그래서 세상에 휘둘리지 않고 자기 소신대로 아이들을 키워 낸 이야기에 공감이 가고, 위로와 격려를 많이 받는다고. 흔들릴 때마다 책을 펼쳐서 아무 페이지나 읽어도 마음이 편해진다고.

그래요, 전 마음이 좀 복잡해집니다. 아직도 제 책에서 젊은 사람들이 공감과 위로와 격려를 얻는다니 이보다 흐뭇한 일도 없지만, 그에 앞서 거의 한 세대가 지나도록 육아환경이 조금도 나아지지 않은 것 같으니 대체 이 노릇을 어찌할까 싶어서입니다. 우리 아이들이 너나 할 것 없이 중노동 같은 공부에서 벗어나 마음껏 꿈을 펼칠 수 있는 날은 영원히 오지 않을지도 모른다는 암울한 예감에 괴롭기도 하고요.

하지만 저는 못 말리는 낙관주의자입니다. 세상은 하루가 다르게 변하고 있고 결국 '아이를 잘 키운다는 것'의 내용도 달라질 수밖에 없을 거라 믿습니다. 아이의 성공보다 아이의 행복을 바라는 부모들이 점점 늘고 있는 모습도 제 희망이 틀리지 않다는 증거 아닐까요. 아전인수요 자화자찬이라고 놀림받겠지만, 이 오래된 책을 찾는 독자들이 끊이지 않는다는 사실 자체가 바로 그 희망의 증거라고 믿고 싶습니다.

더 이상 불안하고 조급하고 자신 없는 부모가 아니라 즐겁고 느긋하고 당당하게 아이와 자기 자신을 키워 나가는 그런 부모가 되는 것, 생각보다 어려운 일이 아니랍니다. 마음만 먹는다면요. 왜냐하면 아이는 부모가 혼신의 힘을 기울여 키우지 않아도 스스로 클 수 있는 힘을 가진 어마어마한 존재이니까요.

2019년 10월
박혜란

–

아이를 있는 그대로 사랑하세요

어제가 금방 아득한 과거가 되고 마는 이 속도의 세상에서 20년 가까이 된 책이 아직도 사랑받고 있으니 전 얼마나 행복한 저자인가요. 불확실한 미래를 살아남을 능력을 키워 주려면 안쓰럽긴 하지만 아이들의 고삐를 바짝 죄어야 한다고 조바심치는 부모들이 늘어나는 오늘, 아이들은 믿는 만큼 자라니 제발 풀어 주라는 조금은 한가로운 저의 말이 여전히 힘이 된다는 부모들이 있어 반갑고 고맙습니다.

그동안 저도 나이 들어 손자 셋, 손녀 셋을 둔 할머니가 되었습니다. 아이를 안 낳는다고 모두가 걱정하는 나라에서 손주를 여섯 명씩이나 두었다고 주위에선 저를 다손의 여왕이라고 부르지요. 아이들을 키울 때나 손주들을 볼 때나 느끼는 거지만 아이들은 어쩌면 그리도 신비한 존재인지요.

아이들은 모두 저마다의 빛깔을 갖고 태어납니다. 그래서 모든 아이들이 특별합니다. 부모들이 할 일이란 그저 아이들이 갖고 태어난 그 빛깔을 더욱 곱고 선명하게 살려 내는 것뿐, 내 맘대로 칠하기엔 아이들은 너무 귀하고 소중한 보물들입니다.

　내 아이들이 그들의 아이들을 키우는 모습을 보고 있노라면 저절로 저의 육아법은 어땠는지 새삼 돌아보게 되지요. 좀 더 잘 키울 걸하는 아쉬움도 많지만 기본만은 흔들리지 않았다는 생각이 듭니다. 지나간 일은 모두 아름답다고 믿는 데서 오는 턱없는 자부심일지 모르지만요.

　이번에 육아 때문에 고민이 많은 젊은 부모들을 위해서 『다시 아이를 키운다면』이라는 제목으로 아이 키우기에 대한 저의 생각을 되짚어 본 책을 펴내면서 같은 출판사에서 『믿는 만큼 자라는 아이들』 3판도 새로 찍기로 했습니다. 오래된 책과 새로운 책이 이어져 더 풍성한이야기가 쌓여 가니 이 또한 과분한 복이지요. 젊은 부모들에게 40년에 걸친 제 육아 이야기, 아니 제 삶의 이야기가 어떻게 받아들여질지새삼 궁금해집니다.

　여러분, 아이를 있는 그대로 사랑하세요. 아이를 키울 수 있다는 것자체가 너무나 큰 축복이랍니다.

2013년 5월
여섯 손주의 할머니 박혜란

–

키워 보면 다 안다

10년. 짧고도 긴 시간이다. 그동안 엄청 변했다. 강산도 변하고 세상도 변했다. 사람도 변했다. 나는 늙어 가고 아이들은 계속 자랐다. 큰아이는 이미 한 아이의 아버지가 됐고, 막내 아이는 곧 아버지가 된다. 그 아이들이 자기 아이들을 어떻게 키울지 자못 궁금하다. 나처럼 키울까? 아마, 아닐 거다. 나보다 훨씬 잘 키울 것이다. 아무렴.

요즘 젊은이들은 부모 되기를 두려워한다. 육아도 어렵고 교육은 더 어렵기 때문이란다. 아이가 힘이 되는 시대는 이미 지나갔다고, 아이는 이제 짐일 뿐이라고까지 말한다. 이처럼 지레 짓눌려 버린 그들에게 나라의 미래를 생각하지 않는 이기적인 젊은이들이라는 비난은 정말 어처구니없는 일이다. 오히려 '좋은 부모'에 대한 압박감에서 벗어나라고 다독여 줘야 하지 않을까?

이왕 낳았으면 잘 키우고 싶은 거야 모든 부모의 마음이다. 그런데 그 '잘'이란 게 문제다. 너무 한곳으로 쏠린다. '최고로', '남부럽잖게' 키워야만 잘 키운 거라는 믿음이 부모를 옥죈다. '쏟아부은 만큼' 자라는 게 아이라는 오해가 맹신을 넘어 광신으로까지 치닫는다. 그러니 아이 키우는 일이 기쁨일 리 만무. 육아는 어느새 전쟁이 되었다.

당신은 우리보다 좋은 시절에 부모가 됐으니 아이를 그냥 '내팽개쳐' 놔도 괜찮았다지만 지금은 어림없다고? 이 무한 경쟁의 시대에 그렇게 놔뒀다간 낙오자가 될 게 뻔하다고? 그런 얘기야 예전에도 귀에 못이 박이도록 들었다. 그랬던 이웃들이 아이들을 다 키우고 난 뒤에는 다른 말들을 했다. 이제 와 돌이켜 보니 당신이 옳았어, 아이들 키울 땐 왜 그걸 몰랐을까라고.

그래서 실은, 10년 전 처음 이 책을 냈을 때보다 지금 더 자신 있게 말할 수 있다. 아니, 시간이 흐를수록 자신감이 점점 커져 간다. 키워보면 다 안다, 아이들을 키우려 애쓰지 마라, 아이들은 스스로 자란다, 그들은 '믿는 만큼' 자라는 신비한 존재이니까.

책이 나온 이후 10년 동안 나는 '애 잘 키운 여성학자 엄마'로 어지간히 불려 다녔다. 때로는 '대한민국 엄마들이 가장 부러워하는 엄마'라는 과잉 포장된 호칭도 따라붙었다. 그럴 때마다 대한민국에서 여자로 산다는 것, 엄마가 된다는 것의 어려움을 절감하곤 했다. 세상이 이러니 여자들이 '좋은 엄마' 노릇에 목숨 거는 것이 아니겠나 싶었다. 요즘은 또 좋은 부모가 되기 위해 아빠들도 '기러기 신세'를 감수하는 세상이지만.

사람들(이라고 하지만 실은 대부분 젊은 엄마들)이 내게 듣고 싶어 하는 이야기는, 책에는 쓰여 있지 않은, '공부 잘하는 아이로 만드는 당신만의 노하우'였다. 하지만 나는 번번이 그 기대를 깨뜨릴 수밖에 없었다.

도대체 그런 게 따로 있을 리 없잖은가.

그 대신 같은 여성으로서, 그리고 엄마로서, 그리고 여성학을 하는 사람으로서 나는 그들에게 말했다. 아이를 키우려 애쓰지 말고 당신 자신을 키워라, 그거야말로 일거양득, 아니 일거삼득이다. 아이와 엄마와 사회가 함께 행복해지는 가장 간단한 길이라고.

과연 효과가 있었을까? 책이 놀랄 만큼 많이 팔렸다고 해서 효과 역시 그만큼 크리라고 기대할 수는 없지만, 가끔 내 말에 전적으로 동감하는 엄마들이 나타날 때가 있다. 그들은 내 책에서 가르침을 얻은 게 아니라 위로와 힘을 얻었다고 말한다. 나만 그렇게 생각하는 것이 아니었구나 싶어서 반가웠다는 것이다. 그래서 그냥 자기 식대로 밀고 나가기로 했단다. 그렇고말고, 사람 생각이 다 거기서 거기 아닌가.

그런데 참 아리송한 이야기가 있다. 수많은 독자들이 꼽은, 이 책에서 가장 인상 깊은 대목은 바로 '집은 사람을 위해 있다'는 대목이라는 것이다. 전업주부건 취업주부건 만장일치다. 아니, 육아 스트레스보다 청소 스트레스가 더 강하단 말이야? 정말 그런 거야?

책을 다시 펴낸다니까 한 아이가 고개를 갸웃거렸다. "지금은 자식을 미국 명문대에 보낸 엄마들 이야기를 듣고 싶어 하는 때 아니에요?"라며. 글쎄, 그렇지는 않은 것 같다. 아이를 잘 키운다는 건 어떤 대학을 보냈느냐가 아니라, 아이들이 하고 싶은 일을 할 수 있는 장을 마련해 주는 거니까.

아이들은 가끔 농담인지 진담인지 '믿어 봤자 말짱 헛것'이라는 제목으로 속편을 써 보면 어떠냐고 나를 떠본다. 아마도 자라기 무섭게 떠나 버린 게 미안하기도 하고, 나이 들어 가는 엄마가 좀 불쌍해 보이기도 하는 모양이다. 에구, 효심도 깊은 녀석들.

아이들은 힘이다. 옆에서 지켜보는 것만으로도 부모는 충분히 행복하다. 잘 키우겠다고 너무 오버하지 말자.

2006년 11월
박혜란

차례

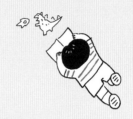

어머니가 언제 우리를 키우셨어요?

1995년 정월, 막내가 서울대에 합격하자마자 여러 곳에서 육아기를 써 보지 않겠느냐는 제안이 쏟아져 들어왔다. 평소 아이들 교육에 별로 신경을 쓰는 것 같지 않더니 어떻게 세 아들을 몽땅 그 어렵다는 서울대에 들여보냈는지 한번 털어놔 보라는 것이었다.

사람의 마음이란 얼마나 간사스러운지, 내 입으로는 아이들을 '내 팽개쳐' 길렀다고 입버릇처럼 말하면서도 남들이 그보다 한결 점잖은 표현인 '별로 신경을 쓰는 것 같지 않은 엄마'라고 꼬집을 땐 왠지 껄끄럽게 들려서 선뜻 수긍하고 싶지 않은 심정이었다.

"아니, 자기 아이들 교육에 신경 쓰지 않는 부모가 세상에 어디 있어요?"라고 반박하면, 상대방은 으레 "진짜 신경을 안 썼다는 말이 아니라 요즘 보통 엄마들처럼 뒷바라지를 안 했다는 뜻이죠. 과외도 안 시키고 돈 봉투도 안 했다면서요. 애들 하는 대로 그냥 내버려 두었다면서요"라고 줄줄 읊어 댄다.

솔직히 나도 가끔 내가 이 시대의 평균적인 엄마 노릇에 너무 못

미치는 게 아닐까 하고 켕기는 기분이 들기도 했다. 그러면서도 남들에게는 그렇게 하는 게 잘하는 짓이라는 격려를 받고 싶었다. 그러나 그동안 내게 돌아온 것은 격려가 아니라, 그렇게 세상 돌아가는 이치를 모르고 자기 고집대로, 원리 원칙대로 하다가는 아이들을 망칠 거라는 위협성 걱정뿐이었다.

그러던 내가 이제 와서 아이들을 키운 이야기를 해 달라는 제안을 받게 되다니, 한편으로는 우습고 한편으로는 씁쓸한 기분이 들었다. 우선은 과정이야 어떻든지 간에 결과에만 집착하는 우리 사회의 업적주의에 신물이 났다. 서울대가 뭐기에 아이들이 거기 들어갔다는 외형적 사실 하나만으로 그렇게 쉽게 육아에 성공한 엄마라는 평가를 받을 수 있는 걸까. 아이들의 인간성에 관심을 갖는 사람은 '별로'가 아니라 '하나도' 없었다. 게다가 나는 보통 엄마들처럼 뒷바라지를 잘해서 아이들을 대학에 '들여보낸' 엄마가 아니라 자타가 공인하듯이 '스스로 대학에 들어간' 아이들의 엄마일 뿐이므로 애당초 육아기를 쓸 자격이 없는 사람이다.

아이들도 놀려 댔다. "아니, 어머니가 언제 우리를 키우셨어요, 우리가 컸지"라는 것이었다. 입장을 바꾸어, 내가 아이들이라도 육아기를 쓰는 것에는 반대했을 것이다. 솔직히 육아기의 내용이 어떻든 간에 저희 자신은 이제 모두 성인이 되었다고 자부하고 있는데 느닷없이 자기들 어릴 때 이야기가 공개된다면 좋을 게 뭐 있으랴.

의외로 유일하게 찬성하는 가족이 있었는데, 바로 남편이었다. 나는 조금 놀랐다. 예전 성격대로라면 왜 개인사를 팔아먹느냐면서 누구보다도 펄쩍 뛰었을 텐데, 결혼 사반세기 만에 생각이 많이 바뀐 모양이었다.

　그는 차분하게 나를 설득했다. 자신을 포함해서 대부분의 남자들은 젊었을 때는 일에 미쳐서 집안일이나 아이들에게 별로 관심을 두지 않다가도 나이가 들수록 남는 건 아이들밖에 없다는 생각이 든다는 것이다. 그래서 친구들이나 직장 동료들끼리 모이는 자리에서 아이들에 관한 이야기가 자주 화제에 오르게 된다고 했다. 아이들의 성격, 공부, 그리고 부모 자식 관계에 대해 서로 털어놓다 보면 마지막에는 으레 "당신은 얼마나 좋겠냐"는 한탄 섞인 부러움을 받게 되면서 남편은 새삼 느끼는 게 많다는 것이다. 평소 살림도 제대로 못하고 그렇다고 이재에 밝은 것도 아닌 '대충대충' 사는 자기 아내가 아이들만은 '기차게' 잘 키운다는 결론에 다다랐단다.

　남편은 어느새 육아 전문가라도 된 듯이 이 시대의 평균적인 육아법에는 정말 문제가 많다고 열을 올렸다. 부모들이 아이들 교육에 줏대를 잃고, 한쪽에서는 마구 몰아세우다가 다른 한쪽에서는 또 정신없이 엎어진다는 것이다. 신경은 신경대로 쓰면서 속은 속대로 상하고, 그러면서도 육아의 전권을 잡고 있는 아내의 눈치만 살피는 게 요즘 아버지들 신세라나.

　무엇보다도 '제발 아이들을 좀 놔두라'는 말을 좀 해 주라는 게 남편의 제안이었다. 그래도 망설이는 내게 남편은 당신이 하는 교육 운동에도 도움이 될 거라고 부추겼다. 아무리 과정이 좋아도 결과가 나쁘게 나타나면 인정하지 않는 게 우리 풍토인데, 그런 점에서 아이들이 셋 다 서울대에 들어갔다는 사실은 당신의 말에 설득력을 얹어 주면 얹어 주었지 결코 약점이 되지는 않는다는 게 남편의 주장이었다. 만약 결과가 반대로 나타났다면 누가 당신에게 육아기를 쓰라고 제의하겠느냐는 것이다. 아이들이 '제대로' 대학에 못 들어갔는데도 '우리 아이가 이렇게 잘 컸소' 하고 아무리 자랑해 봤자 씨도 먹히지 않을 거라는 말은 냉혹한 현실이다.

최근 여러 종류의 학부모 모임에 불려 다닌 경험도 내가 책을 쓰기로 결심하는 데 큰 몫을 했다. 대부분은 삼십대 중반에서 사십대 초반까지의 여성들이 아주 열렬히 나를 만나고 싶어 했다. 그들은 아이들을 어떻게 키우는 게 정답인지 모르겠다면서 내가 보기에 필요 이상으로 괴로워했다. 이제까지 살아오면서 웬만한 일은 다 뜻대로 되었는데, 아이 키우기만은 정말 자기 뜻대로 안 된다고 했다.

그들의 고민과 경험담을 들으면서 엉뚱하게도 나는 내가 꽤 괜찮은 엄마인지도 모른다는 생각이 슬슬 생기기 시작했다. 왜냐하면 나는 아이들을 키울 생각을 하지 않고 아이들이 저 혼자 무럭무럭 커 가는 모습을 바라보기만 했다는 데, 다시 말해 엄마로서 근무 태만의 죄를 범했다는 데 일종의 죄책감을 갖고 있었는데, 알고 보니 그게 보통 어려운 일이 아니라는 걸 확인할 수 있었기 때문이다. 미안한 말이지만, 육아에 너무 열심인 엄마들은 어쩌면 아이가 저절로 크게 놔둘 만큼 참을성이 없는 엄마들인지도 모르겠다.

나는 아이들을 아이들 뜻대로 자라게 하지 않고 부모들이 자신의 뜻대로 키우려는 것 자체가 잘못이라는 믿음을 갖고 있다. 나 자신을 돌아보건대 과연 얼마만큼의 부모가 자신의 뜻을 세울 만큼 성숙했다고 자신할 수 있느냐는 의문이 들기 때문이다. 이 변화무쌍한 땅에서 거칠고 험한 세상을 뚫고 나가면서 나는 한시도 갈팡질팡하지 않을 때가 없었다. 수많은 육아 교과서들이 강조하듯 부모인 우리가 정말 자식을 독립적인 개체로 생각한다면 내 뜻보다는 자식이 뜻을 세우도록 도와주는 게 부모로서 할 일이 아닐까. 자식이 앞으로 살아 나갈 사회를 내다보면서….

내숭 떠는 말이 아니라, 나 역시 아이를 겁도 없이 셋씩이나 낳긴 했지만 아이들을 키운다는 어마어마한 일에 솔직히 자신이 없는 사람이었다. 그럴 바에야 아이들을 '키울' 생각을 하지 말고 아이들이 '커 가는' 모습을 바라보는 일이 여러모로 훨씬 이익일 듯싶었다. 나중에 아이들과의 관계를 위해서도.

다행히(!) 아이들이란 얼마나 신비한 존재인지, 내 몸을 통해서 세상에 나온 그들은 그 조그만 몸속에 무한한 가능성을 갖고 있나 보다. 아무리 봐도 그들은 부모들보다 훨씬 아름답고 튼튼한 존재들이다. 만약 부모들이 섣불리 끼어들지만 않는다면 그들은 얼마든지 싱싱하게 커 갈 수 있다. 나는 내 아이들의 눈에서 그것을 확인하곤 했다. 아이들은 믿는 만큼 크는 이상한 존재들이다.

많은 엄마들은 말한다. 나는 그렇게 하고 싶지만 세상이 나를 그냥 두지 않는다고. 정말 그럴까. 나와 내 아이들의 관계는 이 지구상에 오직 단 하나뿐이며 그건 전적으로 내가 만들어 가는 관계이다. 세상을 살다 보면 무수한 것을 양보해야 하지만, 그러나 절대로 양보 못할 것들이 있다는 것을 나는 믿는다.

아마추어 엄마 노릇도 제대로 해내지 못했다고 잔뜩 풀 죽어 있다가 갑자기 프로 엄마라도 된 양 우쭐대는 내가 이 책에서 줄곧 하고 싶은 말은 딱 한 가지이다. 아이들을 키울 생각을 하지 말고 자기 자신을 키우면서 아이들이 커 가는 모습을 그저 따뜻한 눈으로 바라보라는 거다. 그러다 보면 아이도 행복하고 부모도 행복하게 되더라는 이야기이다. 그런 점에서 육아처럼 즐거운 일은 이 세상 어디에도 없다.

요즘 육아 때문에 고민하는 젊은 엄마들에게 자상한, 그러면서도 딱 부러지는 도움말을 주라는 출판사 측의 주문은 그런 점에서 끝내 껄끄럽다. 처음 예상보다 마무리가 훨씬 늦어진 것도 그 때문이다.

Chapter 1

'코끼리 발바닥'과
'박씨네'

역사를 만드는 엄마

거의 1년 동안이나 쓸 것이냐 말 것이냐를 놓고 고민하던 육아기를 드디어 쓰기로 결정했노라고 가족들에게 통고했다. 평소 쓰라고 적극 권했던 남편은 잘했다며 손뼉을 친 반면, 세 아이들은 일제히 끙 하고 앓는 소리를 냈다. 그런데 그 이유가 이제까지 노상 듣던 내용과는 영 딴판이었다.

그동안 몇몇 출판사에서 육아기를 써 보지 않겠느냐는 제안이 들어올 때마다 아이들이 하는 말은 늘 '어머니가 언제 우리를 키웠다고 육아기를 쓰느냐, 우리는 우리 스스로 컸다'는 것이었는데, 그것은 정곡을 찌르는 말이었다.

그렇지만 아무리 사실이 그렇다 하더라도 저희가 내 밑에서 밥을 먹고 자란 마당에 해도 너무 한 게 아닌가 싶어 나도 번번이 반격에 나섰다. "그래, 키우지는 않았다만 너희들이 스스로 클 수 있도록 마당은 마련해 주지 않았냐. 그거 아무나 못하는 거다"라고 생색을 내면서.

그때마다 아이들도 그것까지는 부인할 수 없다는 표정으로 떨떠름하게나마 "그건 그렇지요, 뭐" 하며 수긍하곤 했다. 어차피 엄마가 육아기를 쓸 만큼 뻔뻔하지는 못하리라는 믿음이 있었기 때문일 것이다.

그런데 믿었던 엄마가 어느 순간 결연한 표정으로 육아기를 쓰겠다고 나서니 아이들은 드디어 속내를 드러냈다. '어머니는 육아기를 쓸 자격이 없다, 왜냐하면 어머니는 있는 그대로 쓰는 것이 아니라 있었다고 믿는 사실을 쓸 게 뻔하기 때문이다'라는 것이다.

아니, 그렇다면 애들이 날 거짓말쟁이, 사기꾼으로 봤다는 말 아냐, 이거.

이 세상에 아이들이 하는 말 한마디 때문에 자존심이 상해서 얼굴이 벌게지는 부모처럼 못난이가 없다는 게 내 평소 지론인데, 순간적으로 내 자존심은 휴지처럼 구겨져 버렸다.

아니, 아무리 표현의 자유가 보장된 나라라지만 애들이 저희 어미를 뭘로 보는 거야. 푼수 엄마니, 히뜰머뜰이니, 펭귄표 엄마(막내 말에 의하면 나의 체형은 영락없는 펭귄형이란다)니 하는 말은 그래도 애교스럽지, 이건 순 인격 모독이잖아.

"이 녀석들아, 증거를 대 봐. 니네 어미가 사기꾼, 거짓말쟁이라는 증거를 대 봐."

나는 이성을 잃지 않으려고 최대한 목소리를 낮추었지만, 분에 겨워 목소리가 떨리는 것까지 막을 수는 없었다.

역시 둘째 동준이가 제일 먼저 나선다.

"그것 보세요, 어머니는 또 역사를 만드신다니까. 우리가 얘기하는 의미는 사기꾼, 거짓말쟁이라는 뜻이 아니고 과장법을 말한 거예요. 완전히 없는 이야기를 지어내는 게 아니라, 있었던 일이긴 한데 그걸 어머니 나름으로 확대 해석하신다는 거죠."

어릴 때부터 쉽게 흥분하던 나는 늘 내 몸을 빌려 태어난 아이들의 차분하다 못해 냉정하게까지 느껴지는 태도에 놀랄 때가 많다. 그중에서도 특히 둘째에게는 두 손을 들게 된다. 큰애 동훈이나 막내 동윤이는 그래도 엄마의 표정에 주의하면서 자기주장을 하는 편인데, 둘째는 얄밉다 싶을 정도로 자기 페이스에 충실한 성격을 갖고 있기 때문이다.

"어머니는 우리가 '어쩌다' 한 번 잘못해도 그걸 빌미로 마치 우리가 옛날부터 '항상' 똑같은 잘못을 반복한다는 듯이 말씀하시잖아요."

사실이다. 슈퍼마켓에 심부름을 가라고 시켰는데 얼른 안 들으면 내 입에서는 어김없이 "그래, 너희들이 언제 장 보는 심부름을 한 적이 있니?"라는 말이 튀어나온다. 아이들로서는 억울할 만하다. 사실이긴 한데, 그렇다고 그걸 나의 과장 체질로 몰아붙이다니 좀 심한 게 아닌가. 그런데 평소 별로 말이 없는 큰애까지 나선다.

"어머니는 자신이 잘못한 것은 까맣게 잊으실 때가 많은 반면 우리가 잘못한 것에 대해서는 대체로 지나치게 기억력이 좋으신 편이죠."

결론적으로 말하면, 내가 육아기를 쓰면 자신이 잘했던 사실만 기억해서 과장하여 쓸 게 뻔하다는 것이다. 또 하나는 내가 무슨 유명 인사도 아니고, 자신들이 별난 아이들도 아닌 마당에 육아기를 쓰는 건 순전히 아이들 셋이 서울대에 들어갔다는 걸 코에 거는 일인데, 그게 무슨 대단한 일이냐는 것이다. 더구나 교육 운동을 한다는 사람이.

다 옳은 말이다. 언젠가 체벌에 관한 논쟁이 한창일 때였다. 텔레비전의 심야 토론 프로그램을 보다가 소위 '사랑의 매'가 필요하다고 주장하는 사람들을 비난하는 내게 큰애가 싱긋이 웃으면서, "어머니는 이제까지 한 번도 저희들을 때린 적이 없다고 생각하세요?" 하고 물었다. 나는 자신 있게 "그럼 내가 언제 너희들을 때렸니?"라고 반문했다.

큰애는 그럴 줄 알았다는 표정으로 "아유, 이렇다니까. 우리 어머니는 자신에게 불리한 건 까맣게 잊으신단 말이야" 그러더니, 초등학교 3학년 때인가, 자기가 시험을 엉망으로 봤다고 하자 내가 갑자기 옆에 있던 두루마리 화장지를 자기에게 던졌는데, 자기는 탁월한 반사 신경 덕분에 살짝 피하고, 화장지만 마루 끝까지 저 혼자 굴러가면서 다 풀어졌다는 것이다.

"그때 어머니 표정, 참 대단했어요."

"그랬었구나. 그런데 왜 난 그런 기억이 전혀 안 나지?"

그러자 막내도 생각났다는 듯이 툴툴거린다.

"작은형 때리느라고 내 기관총 다 망가졌잖아요."

"어머, 그랬어?"

말끝에 세 아이들은 우리 어머니는 뇌 구조가 아주 편리하게 만들어진 것 같다고 합창한다. 그러니 정말 행복하신 분이라나.

이런 이야기를 들을 때마다 나는 정신이 번쩍 든다. 나는 다 잊고

나는 다 잊고 있는 일들을 아이들은 생생하게 기억하고 있다!
돌이켜 보면 나 역시도, 우리 부모는 기억조차 못 하는 과거를
내 가슴속 깊이 상처로 묻어 놓은 일들이 얼마나 많은가.

있는 일들을 아이들은 생생하게 기억하고 있다!

그러나 돌이켜 보면 나 역시도, 우리 부모는 기억조차 못 하는 과거를 내 가슴속 깊이 상처로 묻어 놓은 일들이 얼마나 많은가. 심지어 내가 대학에 들어갈 때 법과 대학을 간다니까, 변호사는 허가 맡은 도둑놈인데 무슨 소리냐며 반대하셨던 아버지, 그 아버지가 20년도 지난 어느 날 텔레비전을 보시다가 유명한 여자 변호사가 나오니까, 너는 법과 대학도 안 가고 뭐 했냐고 하시는 데는 정말 할 말이 없었다. 그런 경험 때문에 나는 남들 앞에서 부모노릇에 대해 이야기할 기회가 있을 때마다 "부모가 무심코 던진 한마디에 아이의 인생이 바뀔 수도 있으니 제발 신중하십시오"라고 간곡히 부탁하곤 한다.

그런데 나 역시 알게 모르게 아이들에게 폭력을 행사해 왔으면서도 마치 모든 것을 대화로 풀어 온 부드럽고 지성적인 엄마인 양 으쓱대 온 것이다. 자기중심성도 이쯤 되면 도가 심하다고 할밖에.

재벌이나 정치인들의 자서전을 읽기 싫은 가장 큰 이유가 바로 이와 같은 자아도취 때문이다. 자신은 마치 오직 국가와 민족을 위해서 한평생 바친 것처럼, 또 거친 풍토 속에서도 자신만은 독야청청으로 살아왔다는 듯이 으쓱대는 꼴은 정말 지겨워서 신물이 난다.

아이들이 걱정하는 걸 어떻게 이해하지 못하랴. 별로 잘해 준 것도 없는 어머니가 단지 아이들이 모두 서울대에 들어갔다는 이유만으로 별 이야깃거리도 없는 과거를 역사로 만들어 간다면 그 속에 들어갈 자기네들의 모습은 또 얼마나 왜곡될 것이냐 하는 그 걱정을.

그렇지만 나도 고집이 있다. 아이들의 걱정을 십분 이해하는 건 이해하는 거고 육아기를 쓰는 건 쓰는 거다. 걱정은 아이들의 몫이고 쓰는 일은 내 몫이다. 다만 아이들의 걱정을 늘 되새기면서, 무심코 빠져들기 쉬운 과장법, 역사 만들기는 피해야겠지.

이럴 줄 알았으면 첫아이를 낳았을 때부터 육아기를 쓸 걸 그랬다. 지금부터 24년 전인 당시에는 몇 종류 안 되긴 했지만 여성 잡지마다 육아기 연재가 유행이었다. 스포크 박사의 육아서가 대인기였던 시절이니까. 그걸 보면서 나는 속으로 '아이고, 남 안 키우는 아이를 저만 키우나. 원 별스럽게 굴기도 하네' 하고 흉을 보았더랬는데….

한 치 앞을 못 보는 게 사람 일이라더니 그때부터 쭉 기록을 해 놓았더라면 지금 얼마나 좋을까. 아이의 몸무게가 얼마나 늘었다느니, 생후 몇 달 며칠 만에 발걸음을 떼었다느니 하는 사실 기록이 아쉬워서가 아니라, 아이들을 키우면서 나는 과연 얼마나 성장했는지를 돌아볼 수 있을 텐데.

하긴 나만 그런 것이 아니라, 우리 민족은 워낙 기록을 안 하는 민족이라고 한다. 격변하는 역사 속에서 자칫 화를 초래할 증거로 악용될지도 모른다는 불안 때문에 그렇다는 해석인데, 그래서 그런지 육아기를 꾸준히 쓰는 엄마를 내 주위에서 본 적이 없다. 요즘에는 비디오카메라로 시시콜콜한 것들까지 담아 놓으니 육아기를 쓸 필요가 더더욱 없어졌지만.

그러니 아무리 정확을 기한다고 해도 역사는 어느 정도 과장되거나 뒤틀릴 수밖에 없는 것이다.

나는 느물느물 웃으면서 아이들을 긁었다.

"정 그렇게 엄마가 못 미더우면 내가 쓴 글 옆에다 너희들 입장을 밝히는 글을 쓰면 되잖니. '어머니는 이러이러하게 우리를 키웠다고 쓰셨지만 사실 우리는 저러저러하게 컸습니다'라고."

둔하면 편하다

아이를 맡길 데가 마땅치 않아 괴로워하는 젊은 맞벌이 엄마들을 보면 옛날 내 생각이 나서 안타까운 마음이 든다. 또, 겨우 맡길 사람을 구하긴 구했는데 아무리 봐도 아이들에게 문제가 있는 것 같다며 시시때때로 직장을 그만두고 아이를 직접 키워야 하는 게 아닐까 하고 고민하는 후배들을 봐도 마음이 편치 않다.

아이들 문제는 대개 정서적 불안정에 관련된 것인데, 이는 모든 맞벌이 엄마들이 안고 있는 불안의 원천이라고 해도 과언이 아니다. 내가 첫아이를 낳았던 그때에도 몇 안 되는 여성 잡지의 단골 육아 기사는 거의 예외 없이 엄마가 키우지 않는 아이들에게 닥쳐오는 문제를 다룬 것이었고, 그중에서도 가장 부각된 내용은 정서 불안정에 관한 것이었다. 그런가 하면 그때 벌써 엄마가 스물네 시간 꼬박 옆에 붙어 있는 것보다 하루에 단 몇 시간이라도 아이와 질적으로 밀도 있는 교감을 나누는 것이 중요하다는 지침이 나오기 시작해서 맞벌이 엄마들의 불안한 마음을 다소나마 달래 주기도 했다.

그러나 여성의 사회 참여가 선택이 아니라 필수처럼 받아들여지는 요즘에도 젊은 엄마들이 육아 때문에 아까운 직장을 그만두는 일이 빈번하다. 한창 일에 물이 오르는 시기에 아기를 키우기 위해 집으로 들어가는 후배들을 보면 정말 안타깝다.

그래서 나는 가까운 후배들이 상담을 요청해 오면 아주 특수한 몇몇 경우를 빼놓고는 거의 퇴직을 말리는 편이다. 특수한 경우란 아이를 돌봐 줄 믿을 만한 사람을 도저히 구하지 못한 경우이거나, 아이가 특수한 상황, 예를 들어 심한 자폐증을 앓는 경우 등을 말한다.

내가 퇴직을 말리면 어떤 후배들은 당신도 아이 때문에 그 좋은 직장을 그만두지 않았느냐, 그리고 아이들을 직접 키웠으니까 아이들이 그만큼 잘 자라지 않았느냐고 반문한다. 이 말은 일리가 있다고 볼 수도 있지만, 그렇다고 꼭 들어맞는 말은 아니다.

우선 1970년대 초였던 그때는 아직도 봉건적 가치관이 우세하던 시기였고 나 자신도 고정관념에 사로잡혀 있었기 때문에 지금보다 직업정신이 상대적으로 약했다. 따라서 두 상황을 놓고 냉정하게 따져 본 끝에 주체적으로 선택했다기보다는 그냥 시류를 따랐다는 것이 솔직한 고백이다.

또, 내가 집에 들어앉아 직접 키웠기 때문에 아이들이 잘 자랐다고 보는 관점도 전적으로 수긍할 수 없다. 정말 그렇다면 전업주부들이 키우는 모든 아이들이 취업주부들의 아이들보다 더 잘 커야 한다는 말이 되는데, 옳으냐 그르냐를 따질 것도 없이 이는 명백한 어불성설이다.

'만약'이라는 말처럼 싱거운 말장난도 없지만, 만약 내가 다시 20여 년 전의 그 상태로 돌아갈 수만 있다면 절대로 내가 걸어온 길을 다시 선택하지 않을 것이다. 내가 걸어온 길이 무슨 불행의 가시밭길이어서가 아니라 그때의 선택이 너무나 비주체적이었다는 사실이 아무래도 두고두고 속상하기 때문이다. 아이들을 키워 온 과정을 돌아다볼 때 내가 그때 그리 성급히 집에 들어앉지 않았다 하더라도 지금의 아이들로 자랐으리라는 생각을 지울 수가 없다.

일반적으로 인간의 성격은 여섯 살 정도면 어느 정도 골격을 갖춘다고 하는데 아이들이 여섯 살이 될 때까지 내가 실제로 해 준 일 가운데 특별한 내용을 찾기는 힘들다. 후배들은 흔히 당신은 아이들에게 정서적 안정을 주지 않았느냐고 말하는데 나는 이 말에 의문이 든다. 우리 아이들이 정서적으로 안정된 건 틀림없지만 그것이 과연 내가 스물네 시간 아이 편에 붙어 있었기 때문에 가능했던 걸까.

정직하게 말하면, 우리 아이들은 엄마가 집에 들어앉아 키웠기 때문에 정서적으로 안정되었다기보다는 워낙 엄마와 아빠가 정서적으로 안정되어 있는 편이기 때문에 그렇게 되었다고 봐야 한다. 그리고 더 솔직히 털어놓자면, 말이 좋아 정서적 안정이지 우리 부부는 둘 다 상당히 둔한 사람이다. 남편은 결혼 초부터 '코끼리 발바닥'이라는 별명을 얻었고, 나는 남편에게서 '박씨네'라는 소리를 자주 들을 만큼 우

엄마가 하루 종일 붙어서 아이를 키운다고
아이들이 모두 문제 없이 크는 건 아니다.
엄마가 취업을 했건 안 했건 아이에게 정서적 안정감을 주기 위해서는
부모들이 먼저 안정되어야 한다.

리는 둘 다 둔한 면에서는 내로라하는 존재들이다.

코끼리 발바닥이라는 말은 좋게 보자 들면 대범 그 자체라는 말이고, 나쁘게 보자면 너무 둔해서 상대방을 답답하게 만든다는 뜻이다. 그리고 남편이 내게 하는 "당신은 천상 박씨네야"라는 말에는 괘씸하게도 처갓집 식구들의 무사태평한 성격을 빗대는 의미가 들어 있다.

아무튼 우리 부부의 공통점은 둔하고 게으르고 잠이 많고 깔끔하지 못하다는 건데, 아이들은 아주 어렸을 때부터 그중에서도 잠 많은 점을 빼닮았다. 따라서 우리 식구는 다섯이 모두 잠꾸러기, 아니 남편의 표현에 따르면 '잠충이'들이다. 갓난아기들은 워낙 한밤중에 자주 깨기 때문에 갓난아기의 엄마 아빠들은 잠을 설치게 마련이라는 상식은 우리에겐 처음부터 통하지 않았다. 우리 아이들은 하나같이 어른보다 일찍 자고 늦게 일어나는 잠충이 아기들이었다(덕분에 나는 아이를 하나씩 낳을 때마다 뚱보가 되어 갔다).

아기들은 배가 고프거나 오줌을 싸면 자다가도 칭얼거린다는데 우리 아이들은 어찌 된 셈인지 조금 낑낑거리다가도 내가 건드리지 않으면 그냥 계속 잤다. 어떨 때는 너무 아무런 소리가 없어 혹시 자다가 질식한 건 아닐까 가슴이 철렁해서 일부러 흔들어 깨운 적이 있을 정도였다. 그래서 나는 아, 아이들은 워낙 잘 자는 법인가 보다고 생각하고 아기가 잠이 들면 나도 질세라 맘껏 잤는데, 내가 자는 모습을 지켜본 시어머니나 친정어머니가 "어미라는 게 자기 새끼를 업어 가도 모르게 자니, 애가 깨서 낑낑대다가 도로 자더라" 하며 혀를 차시는 게 아닌가. 보통 엄마들이라면 아기가 조금만 칭얼대도 기가 막히게 알아

챈다는데, 그게 소위 모성 본능이라는 건데, 도대체 난 어미 자격이 없다는 것이다.

아침에 우유를 주면 한 병을 단숨에 빨아 젖힐 정도로 배가 고프고, 오줌을 몇 차례씩 싸서 기저귀는 물론 요 위에 깐 타월이며 윗옷까지 펑펑 젖었는데도 그런 악조건에서도 아이들은 잘도 잤다. 결혼 후 5년 동안 살았던 연희동의 아파트는 기찻길 옆에 있어서 시끄러웠는데도 아이들은 아랑곳하지 않고 잘 잤다. 남편은 가끔 기차가 빽 하고 귀가 멍멍한 소리를 지르며 지나갈 때도 아이들이 깨어나지 않는 모습을 볼 때마다 우스워 죽겠다면서 '기찻길 옆 오막살이 아기 아기 잘도 잔다'라는 노래 가사가 정말 사실이라며 신기해했다.

잘 먹고 잘 자고 잘 싸는 아이들이 잔병치레를 할 리가 없다. 나 또한 자라면서 엄마가 될 때까지 치과와 산부인과 외에는 병원 문을 드나들어 본 적이 없을 만큼 건강했던 터라 아이가 혹 열이 나는 것 같아도 병원에 데려갈 생각이 좀처럼 들지 않았다. 병원은 예방 주사 맞는 날이나 가는 곳이었다. 어쩌다 아이가 열이 나는 것 같으면 보리차를 계속 먹이면서 꼭 껴안아 준 것이 내가 한 일의 전부였다. 아이를 꼭 껴안고 한참 있으면 어느새 열이 내렸는지 평안한 얼굴로 쌔근쌔근 잠이 들어 있었다. 모든 엄마들이 나처럼 아이를 키웠다면 전국의 그 많은 소아과 병원은 다 문을 닫을 수밖에 없었을 것이다. 아이가 조금만 열이 나도, 조금만 칭얼거려도 병원으로 달려가는 엄마들이 볼 때 나는 원시인 엄마처럼 보였을 테지만, 사소한 변화에도 벌벌 떠는 엄마들의 아이들이 오히려 잔병치레를 하게 되고 정서적으로도 늘 불안해하는 건 당연지사라는 게 내 소신이다.

따라서 나는 내가 집에 들어앉아 아이들을 키웠기 때문이 아니라 부모가 워낙 조그만 일에 잘 휘둘리지 않는 성격을 가졌기 때문에 아이들이 잔병치레 없이 정서적으로 안정된 성격으로 자랐다고 생각한다. 그러니까 만약 내가 직장을 계속 다녔다 하더라도 아이들에게 별 문제가 없었으리라는 생각을 지울 수 없다.

문제는 엄마의 자책감을 부추기는 주위 환경과 육아에 대한 고정 관념이다. 아이에게 약간의 문제점만 느껴져도 무조건 '엄마가 안 키웠기 때문'이라고 몰아붙이기 때문이다. 그러나 엄마가 하루 종일 붙어서 키운다고 아이들이 모두 문제없이 크는 건 아니다. 오히려 요즘같이 여성의 사회 참여를 권하는 분위기에서는 전업주부들이 훨씬 더 정서적 불안감에 시달리기 쉽고, 따라서 아이들에게 그 여파가 더 크게 닥칠 수도 있다. 요즘 공동 육아에 대한 관심이 높아지기 시작한 것은 다만 취업 여성의 아이를 맡아 줄 데가 없다는 이유 때문만은 아닐 것이다.

엄마가 취업을 했건 안 했건 아이에게 정서적 안정감을 주기 위해서는 부모들이 먼저 안정되어야 한다. 나나 남편이 천성적으로 조금 둔하게 태어났다는 사실은 전적으로 우리 부모님들에게 감사를 드릴 일이다. 그러나 천성적으로 둔하다는 것은 대단한 자랑거리가 아니다. 그보다는 스스로 노력해서 둔한 성격으로, 다시 말하면 정서적으로 안정된 성격으로 만들어 가는 것이 훨씬 바람직하고 값진 일이다.

아무튼 둔하면 편하다. 특히 아이들 키우는 일에는.

집은 사람을 위해 있다

"너그 이사 가나?"

시어머니께서 아직 건강하시던 10년 전까지 우리 집에 들어설 때마다 하시는 말씀이었다. 집 안이 정신없이 어질러져 있다는 꾸중이셨는데, 10년을 한결같이 꾸중하시는 시어머니나 10년을 한결같이 어질러 놓고 사는 며느리나 고집스럽다는 점에서 참으로 환상적인 커플이 아닐 수 없다.

'동훈이네는 쓰레기통이다'라는 별로 뉴스거리도 안 되는 이야기가 친척들 사이에서는 물론 이제는 아이들의 친구들, 그리고 나의 친지들에게까지 다 알려졌을 정도로 우리 집은 지저분하다. 지난여름에 우리 집을 처음 방문한 한 삼십대 초반의 청년은 현관문을 열자마자 인사치레로 한다는 소리가 "소문보다는 한결 깨끗하네요"였다. 날씨는 덥고 모일 곳은 마땅치 않은 터에 마침 교통이 편리한 곳에 위치한다는 이유로 우리 집에서 작은 이벤트를 기획하는 모임을 가졌을 때이다.

주부 경력 사반세기를 맞은 안주인쯤 되면 당연히 그런 실례의 인사를 들으면 화를 내거나 부끄러워하는 게 정상적인 반응이련만, 나는 그저 "응, 너무 더러워서 1년 만에 청소 좀 했지"라고 다소 자랑스럽게 받았으니 배짱인지 푼수인지.

20여 년을 함께 살아온 남편조차 가끔씩 '인간답게 살고 싶다'를 부르짖으며 집 안이 너무 더럽다고 데모를 하지만, 나는 '목마른 자 우물을 파라'고 맞받으며 눈썹 하나 까딱하지 않는다. 나는 현재 상태가 아무렇지도 않으니 참을 수 없는 당사자가 직접 청소를 하라는 대응에 남편은 잠깐 저울질을 해 보다가 그냥 주저앉는다. 아무리 생각해도 자기만 손해라는 계산이겠지.

나도 천성이 지저분한 걸 좋아하는 사람은 아니었다. 우리 형제들도 "언니가 처녀 때는 그렇게 깔끔을 떨더니 어떻게 이렇게 변할 수 있느냐"며 혀를 내두를 정도로 나도 왕년에는 상당히 깔끔한 축에 속했다. 동생이 내 서랍을 뒤졌다가 잉크병 세례를 받은 사건까지 일어났다. 육 남매 중에서 유일하게 까탈스럽게 군다고, 아마 일류 학교 다니는 값을 하는 모양이라고 부모님의 미움을 독차지했다.

그러던 내가 집 안을 쓰레기통으로 만들어 놓고도 허허거리고 살게 된 것은 셋째를 낳고부터였다. 조그만 아파트에서 세탁기도 없이 연탄을 갈며 아이 셋을 먹이고 입히고 씻기다 보면 아침부터 저녁까지 잠시도 허리를 펼 새가 없었다. 밤에 자다가 나도 모르게 끙끙 앓는 소리를 내기도 했다. 허리가 무지근해 오니까 기분마저 우울해졌다.

나는 하루 일과 중에서 가장 노동력을 많이 잡아먹는 일이 무언가 곰곰이 따져 보았다. 힘이 많이 들기로는 빨래, 연탄 갈기, 시장 보기 등등의 순으로 나왔는데, 시간과 신경을 제일 많이 쓰는 일은 아무래도 청소였다. 장난감과 과자 부스러기, 어른과 아이의 책들로 좁은 방 두 개는 '치워도 치워도' 언제나 쓰레기통 수준이었다.

하루에 대여섯 번씩 치워도 쓰레기통이고 안 치워도 쓰레기통이라면 차라리 후자를 택하기로 했다. 내가 이 효과 없는 일에 이렇게 시간과 노동력을 쏟는 이유는, '집은 깨끗해야 한다'는 고정관념에 대해 의문을 제기하지 않은 것 하나와 바로 건너편 같은 아파트 단지에 사시면서 하루에도 대여섯 번씩 우리 집을 들여다보실 때마다 "너그 이사 가나?"라고 물으시는 시어머니의 꾸중이 무서웠기 때문이다.

밥이나 빨래는 안 하면 당장 불편이 오기 때문에 어쩔 수 없지만, 사실 청소는 안 한다고 해서 당장 큰일 나는 일이 아니잖은가. 오히려 청소 때문에 쓸데없이 소모되는 시간과 에너지가 훨씬 크다. 그중에서도 가장 큰 손해는 어이없게도 아이들을 괴롭히게 된다는 점이다.

'이제 청소해 놨으니까 어지르지 말아야 돼'라는 명령처럼 아이와 엄마를 다 구속하는 말이 또 어디 있을까. 이 명령이 지켜진다면 곧 아이들의 자유를 빼앗는 꼴이고, 만약 안 지켜진다면 엄마의 짜증을 촉발하게 되는 것이다. 한마디로 누구에게도 도움이 되지 않는 명령이다. 그럼에도 불구하고 엄마는 하루에도 몇 번씩 똑같은 명령을 되풀이하고, 아이들은 아주 잠깐 동안 명령을 듣다가 다시 어지르기 시작하고, 엄마는 참다 참다 마침내 짜증을 내고, 아이들을 울리고, 그리고 엎드려서 청소를 한다. '아이고, 내 팔자야!'를 곱씹으며.

나는 몇 년 동안이나 이런 어리석음을 되풀이한 끝에 드디어 위대한 발견을 해냈다. 즉, '집이 사람을 위해 존재하는 것이지, 사람이 집을 위해 존재하는 것은 아니다!'라는 것이다. 그리고 스스로에게 선언했다. 나는 집을 위해서 살지 않고 아이들을 위해서 살겠노라고.

마음을 바꾸니 모든 것이 달라졌다. 노동량이 눈에 띄게 줄었기 때문에 허리 통증이 사라졌고, 아이들에게 짜증을 낼 일이 없어졌으며, 그리고 무엇보다 아이들과 함께 놀 수 있는 시간이 생겼다. 그날부터 우리 집은 남들 눈에는 '쓰레기통'으로 보였을지 몰라도 우리에게는 항상 개방되어 있는 '놀이터'가 되었다.

형편이 나아져 연탄을 갈지 않아도 되는 조금 넓은 아파트로 이사가자 우리 집은 이제 동네 놀이터로 바뀌었다. 이웃에 고등학교 동창들이 여럿 살고 있었는데 아이들이 다 고만고만했다. 처음에는 아이들 손을 끌고 이 집 저 집 돌아가며 모여 놀았지만, 우리 집이 고정 놀이터가 되는 데는 시간이 얼마 걸리지 않았다. 말할 것도 없이 우리 집이 대여섯 집 가운데서도 놀이터로서의 조건이 가장 훌륭했기 때문이다.

내 친구들은 정말 살림을 깔끔하게 잘하는 여자들이었다. 친구들 집을 가 보면 우리 집과 똑같은 크기와 구조를 가진 아파트라고는 상상도 할 수 없을 정도로 분위기가 달랐다. 요소요소에 적당하게 배치된 장식물들이 분위기를 아늑하게 만들어 주었고, 장식물들은 먼지 하나 없이 반짝거렸다.

당시는 남편들이 외국 출장을 갔다 오면 미니카나 조그만 민예품들을 사 갖고 들어오는 게 일종의 유행처럼 번질 때였다. 친구들은 그런 것들을 장식장에다 가지런히 올려놓고 부지런히 닦는다고 했다.

대여섯 집에서 모인 아이들 수는 늘 열 명을 넘나들었기 때문에 아이들 중에는 그런 장식물을 갖고 놀고 싶어 하는 아이가 반드시 있었다. 그럴 때 엄마들은 대개 마지못해 꺼내 주었다가 그 애가 장식물을 바닥에 내려놓는 순간 다시 제자리에 갖다 놓는다. 물건에 묻은 땀자국을 얼른 마른 걸레로 닦아서. 물론 짜증을 내는 친구들은 없었지만 아이들을 주눅 들게 하기에 충분했다. 집 안 정리에 얼마나 손이 많이 가는지 서로 너무 잘 알고 있는 주부들이었기에 그날의 안주인의 행동에 대해서 아무도 탓하지 않았다. 나만 빼고는.

나 역시 겉으로는 엄마들 편이었지만 속으로는 아이들 편이었다. 마치 아이들에게 비싼 새 옷을 사 입혀 놀이터에 내보내고서는 절대로 더럽히지 말라고 잔소리하는 것과 무엇이 다른가. 깔끔한 친구네 집에 가 보면 '아, 깔끔하니까 정말 좋구나' 싶어 부럽기도 했지만, 부러움보다는 불편함이 더 컸다. 이렇다 보니 결국 우리 집이 주 놀이터가 될 수밖에 없었다. 친구들이 집 안을 유리알처럼 치워 놓고 우리 집에 오는 아침 10시경에도 우리 집은 어제저녁 상태와 다를 바 없이 쓰레기통이었기 때문에 놀러 오는 엄마들이나 아이들이나 모두들 아무런 부담도 느끼지 않고 들어왔다.

동부이촌동에 살 때 우연히 우리 집을 방문한 선배 한 분은 먼저 현관을 꽉 채운 신발들에 한 번 놀라고, 이 방 저 방에서 마음껏 뛰어

노는 아이들 수에 놀라고, 집 안이 전쟁터 같은데도 주인 아줌마가 허허거리는 데 놀라고, 접시도 받치지 않은 컵에 커피를 타 주는 무례함에 또 한 번 놀랐다면서 지금껏 이야깃거리로 삼는다.

우리 집은 유난히 사람으로 들끓었다. 친구도, 후배도, 선배도, 친척들도 우리 집은 아무 때나 들러도 좋은 곳으로 알았다. 얼마 전 책장 뒤에 쌓아 둔 상자 속에서 큰애가 초등학교 1학년 때 여름 방학 숙제로 낸 그림일기장이 나왔는데 내용을 들추어 보다가 혼자 웃고 말았다. 기다란 상에 어른, 아이들이 음식 그릇을 놓고 둘러앉은 그림 아래 쓰여진 일기의 내용이라니….

'오늘은 중호네 식구들이 놀러 왔다. 나는 동생들과 중호, 오영이와 함께 재미있게 놀았다. 점심에 자장면을 먹었는데 참 맛있었다. 참 재미있는 하루였다.'

그 다음 날은 '오늘은 태현이네 식구들이 놀러 왔다… 이하 동문' 식으로 이어지는 일기장.

나중에 훈이에게 일기장을 보여 주며 웃었더니 또 뜻밖의 과거를 들춰낸다. 자기는 사실대로 썼는데 어머니가 선생님이 흉보시겠다며 좀 다른 이야기를 쓰라는 말끝에 "너는 어쩌면 그렇게 글을 못 쓰니?"라고 면박을 주었단다. 그때의 상처 때문에 자기가 오늘날에도 글을 잘 못 쓰게 되었다나.

아무튼 처음에는 약간의 교육적 이유를 들어 가며 청소를 게을리 하기 시작한 것이 나중에는 고칠 수 없는 습관이 되어 버렸다. 이제는 더 이상 견뎌 낼 재간이 없다 싶을 때 한 번씩 뒤집어엎던 대청소도 점점 간격이 멀어져 갔다. 지저분하게 사는 게 일종의 생리처럼 되다 보니 웬만큼 더러워도 내 눈에는 잘 띄지 않게 되었다. 시어머니가 오신다고 전화를 하시면 대충대충이나마 치워 놓던 버릇도 나중에 내가 다시 공부를 시작하면서부터는 슬그머니 사라졌다.

그래도 일말의 양심은 남았던지, 나는 왜 이렇게 살림을 못할까 하는 자격지심을 완전히 벗어나지 못했더랬는데, 마지막 남은 그 양심마저 깨끗이 비워 내는 계기가 생겼다.

어느 날 저녁, 대학교수로 있는 후배가 무슨 자료를 가지러 우리 집에 들렀다. 후배는 마침 독일에서 갓 귀국한 친구를 대동하고 왔는데, 그 친구는 우리 집에 들어오길 한사코 거절하더란다. 오랜만에 한국에 돌아와 보니 사람들이 너무 깔끔하게 치워 놓고 살아서 어딜 가도 마음이 편치 않기 때문에 안 들어오겠다고 했다나. 후배가 이 집은 기절할 정도로 지저분하니 부담 없이 들어오라고 아무리 권해도 싫다고 고집을 꺾지 않는다기에 내가 나가서 데리고 들어왔다.

우리 집에 들어와 거실 소파에 앉는 순간 이 손님 왈, "와, 정말 좋다"였다. 자기가 독일에서 이렇게 어질러 놓고 살았단다.

사실 그때는 아이들이 다 크고 각자 제 방이 있었기 때문에 거실을 쓰레기통으로 만든 원흉들은 순전히 책과 잡지와 신문들이었다. 나는 책상이 있는데도 마루에 밥상을 놓고 공부하는 버릇이 있었기 때문에 결코 좁지 않은 거실은 발 디딜 틈이 보이지 않을 정도였다. 따라서 손님들이 오면 '앉고 싶은 데 있으면 발로 밀어 놓고 앉으라'는 것이 인사였다. 그 손님이 너무 즐거워하는 모습을 보니 은근히 부끄러운 마음이 들었는지 내 입에서는 구차한 변명이 흘러나왔다. 아마 요새 좀 바빠서 치울 생각을 못했노라는 내용이었을 게다. 손님은 철학을 전공한 사람이었는데, 그런 변명 따위는 귀에도 들어오지 않는다는 듯이 나에게 뜻밖의 말을 했다. 이 집 아이들은 아마 굉장히 머리가 좋고 상상력이 풍부할 거라고.

그의 이론은 간단했다. 어머니가 너무 깔끔한 집안의 아이는 상상력이 빈곤하기 때문에 창의적이지 못하고 결국 공부도 잘 할 수 없다고. 인간의 상상력은 어질러진 공간에서 마음껏 피어날 수 있다고. 한국에 와서 보니 친구들이 죄다 아이들 공부 잘하는 게 소원이라고 말하면서도 실제로는 아이들의 발전을 봉쇄하고 있어서 아주 답답하던 차였다고 했다. 마지막으로 그가 내게 한 말, 그건 내가 꿈속에서나 바라던 것이었다. "당신은 아이들에게 영감을 불어넣을 줄 아는 어머니이다"라고 그는 말했다. 소가 뒷걸음질을 치다가 쥐를 잡는다더니, 나를 두고 한 말이었다.

그날 저녁 남편에게 이 말을 전했더니, 남편은 아전인수도 유만부동이다, 앞으로는 더 뻔뻔스러워질 테니 그 꼴을 어떻게 보냐며 기가 막힌 표정이었다. 남편이야 기가 막히든 말든 나는 무척 행복했다.

그 행복을 나만 지니고 있자니 아까워서 나는 주부 대상 특강이 있을 때마다 집안일이 너무 힘들어서 하고 싶은 일을 못 하겠다고 하소연해 오는 주부들에게 넉살 좋게도 이렇게 권하곤 한다.

"집이 당신을 위해 존재하는 거지, 당신이 집을 위해 존재하는 것이 아닙니다. 아이들의 상상력을 키워 주려면 너무 쓸고 닦지 마십시오."

집이 당신을 위해 존재하는 거지,
당신이 집을 위해 존재하는 것이 아닙니다.
아이들의 상상력을 키워 주려면 너무 쓸고 닦지 마십시오.

대화가 따로 있나

나는 어렸을 때 소꿉장난보다는 칼싸움을 좋아했다. 두 살 위의 오빠를 졸졸 따라다니며 놀다 보니 그렇게 된 것 같다. 우리 오누이가 다닌 초등학교는 아버지가 근무하시던 목장의 사택에서 10리나 떨어진 곳에 있었는데, 산과 논과 간이 비행장, 그리고 또 공동묘지와 목장을 지나 다시 논을 따라 걷다 보면 그제야 겨우 나타나는 조그만 마을 한복판에 있었다. 3학년짜리 오빠와 1학년짜리 누이에게 그런 장거리 여행을 하면서 매일매일 학교에 다녀야 한다는 건 정말 끔찍한 일이었다. 학교가 재미없기는 그때나 지금이나 마찬가지였으니까.

어느 여름인가 집으로 선생님이 찾아오셨다. 오누이가 일주일 동안이나 결석을 했기에 무슨 일인지 걱정되어 오셨다고 했다. 엄마는 아침마다 꼬박꼬박 집을 나간 오누이가 학교를 빼먹은 사실을 알고 오빠를 마구 때렸다. 죽이 맞은 오누이는 따분한 학교 대신 집 뒷산을 헤매며 나뭇가지를 꺾어서 칼싸움으로 공부를 대신한 것이다.

난 가끔 내가 전생에 무당이 아니었나 싶은 생각이 든다. 도대체 재미가 없는 일은 진득하게 해내지 못하기 때문이다. 그렇다 보니 어릴 때부터 재주가 많다는 소릴 듣고 크긴 했지만, 똑 부러지게 한 가지에 몰입하지 못하고 이리 기웃 저리 기웃 하며 살아온 것 같다. 내 또래치고는 지나치게 호기심이 많고 싫증을 잘 내는 내가 한 남편과 그토록 오래 사는 게 신기하다며 이죽거리는 친구들도 많다. 아무튼 나는 지루한 게 싫다.

아이들 키우는 일이 재미가 없었다면 내 인생은 지금과는 꽤 달라졌으리라. 이이들괴의 만남온 늘 세로웠고 재미있었다. 갓난아기와도 주저리주저리 잘 떠들고 놀았다. 아이들은 키워야 할 대상이 아니라 나와 함께 놀아 주는 대상이었다. 나는 아이들과 노는 걸 아주 좋아한다. 지금까지도.

아이들이 커 가면서 장난감 총으로 전쟁놀이를 하게 되자 내가 빠질 수 없었다. 어차피 청소는 안 하고 살기로 결정했겠다, 그렇다고 아이들만 놔두고 영화 구경을 갈 수 있는 형편도 아니겠다, 시끄러워서 책읽기도 글렀겠다, 모처럼 친구들이 찾아오지 않는 날은 심심하기 짝이 없는데 아이들 노는 걸 시끄럽다고 탓하기보다는 차라리 적극적으로 한몫 끼는 게 상책이라는 생각이 들었다.

꼬맹이들은 저희들끼리 '좋은 놈' 편을 짜고 나에게는 '나쁜 놈'을 하라고 했다. 그러곤 플라스틱 기관총을 나누어 주었다. 일곱 살, 다섯 살, 세 살짜리도 이미 전쟁놀이에는 도사가 다 되었기 때문에 저희들 끼리 작전을 짜 나를 잘도 공격했다.

"너희들은 포위됐다. 무기를 버리고 투항하라."

세 살짜리는 '포위'라는 말을 '포기'라고 발음해서 형들에게 야단을 맞았지만 억양만은 텔레비전 탤런트를 뺨치게 닮았기 때문에 나는 터져 나오는 웃음을 참느라 용을 써야 했다. 마음 놓고 웃었다가는 전쟁 중에 웃는 사람이 어디 있느냐는 훈계를 들어야 했기 때문이다. 그때만 해도 요즘처럼 실제와 똑같은 소리를 내는 총이 드물었기 때문에, 그리고 대부분 부서진 상태였기 때문에 아이들은 각자 입으로 총소리를 냈다. 타타타타…, 빵빵…, 드르르르…. 콧등에 땀방울이 송글송글 맺히면서 입으로는 쉼 없이 총소리를 내는 모습들은 진지하기 짝이 없었다. 소파 위로 몸을 던지기도 하고, 책상 밑으로 웅크리기도 하며 온몸을 던져 놀았다. 나 역시 질쏘냐 하며 입과 몸을 맹렬히 움직였다.

나는 그때나 지금이나 현관문을 잠그지 않고 지내는데, 한창 전투가 치열할 때 문을 불쑥 열었다가 이런 광경을 목격한 사람들은 하나같이 배를 잡고 웃어 댔다. 정말 못 말리는 엄마라면서. 그럴 시간이 있으면 설거지나 해 놓지, 싱크대에는 그릇들을 잔뜩 쌓아 놓고 무슨 기운으로 애들 놀이를 하느냐고.

아이들은 엄마에게 집중 사격을 했는데도 엄마가 끝까지 맞대응을 하면 왜 안 죽냐며 화를 낸다. 엄마는 워낙 힘이 장사이기 때문에 그 정도 맞아서는 안 죽는다고 끈질기게 버티다가 드디어 내가 쓰러진다. 아이들은 나를 타고 올라 승리를 자축한다. 오늘도 또 '좋은 놈'이 이긴 것이다.

"엄마, 이제 일어나."

아이들이 나를 '나쁜 놈'에서 해방시켜 주어도 나는 금방 일어나지 않는다. 아이들은 내 눈을 뒤집어 보고 코를 잡아당기고 발바닥을 간질이며 엄마를 일으키려고 애써 보지만 어림없다. 나는 숨을 죽이고 계속 죽은 척한다. 막내는 드디어 "엄마 진짜 죽어쩌?" 하더니 앙하고 울음을 터뜨린다. "아니야, 엄마한테 속지 마" 하고 달래던 둘째까지 울먹울먹. 저희들끼리 엄마한테 너무 총을 많이 쐈나 보다면서 드디어 큰애까지 울 태세를 보일 때에야 나는 "엄마, 살았다!" 하며 벌떡 일어난다. 아이들은 "야, 우리 엄마 살아났다!"를 외치며 깡충깡충 뛰고, 나는 자신의 명연기로 아이들을 울린 승리감을 만끽한다. 오늘의 전투에서도 좋은 놈과 나쁜 놈이 모두 다 이긴 것이다.

아이들과 함께 뒹굴고 놀 수 있는 기간은 대단히 짧다. 막내까지 초등학교에 들어가고 나면 사실 아이들과의 놀이는 끝나고 만다. 솔직히 대부분의 엄마가 그렇듯이 나도 그 이후에 아이들이 무슨 놀이를 하면서 시간을 보냈는지 잘 모른다. 그럼에도 불구하고 어렸을 때 악을 쓰면서 서로 뒹굴고 논 그 경험은 아이들과 나 사이에 모자 관계라는 끈 이외에 친구 같은 느낌을 갖도록 한 것 같다. 또 하나, 아주 자연스럽게 신체 접촉을 하는 습관을 키워 주었다.

아이들이 사춘기에 이르렀을 때까지도 텔레비전을 볼 때 우리 식구들의 포즈는 한마디로 가관이었다. 소파에 다섯 식구가 한꺼번에 엉켜 있을 때가 많았다. 어깨를 기대든지, 다리에 머리를 올려놓든지, 새

대화는 반드시 말로 하는 것은 아니다.
내 생각으로는 부모 자식 간의 대화에서 말보다 더 중요하고
확실한 것이 바로 스킨십인 것 같다.
스킨십처럼 친밀한 대화가 또 어디 있으랴.

끼손가락을 잡든지 간에 온 식구가 신체의 일부분을 걸치곤 했다. 30도가 넘는 한여름에도 마찬가지였다. 거의 무의식적으로 스킨십을 하는 문화가 형성되었다고나 할까.

요즘 부모들이 겪는 어려움 중의 하나가 아이들과 대화가 제대로 안 된다는 것이다. 모처럼 아이들을 이해해 보려고 대화를 시도했다가 아이들의 거부로 오히려 감정만 상하는 경우가 많다고 한다. 대화 부재의 경직된 문화 속에서 오래 살다 보니 실제로 우리는 대화에 아주 서툴다. 부모 자식 관계도 마찬가지여서 아이들이 어릴 때는 부모가 일방적인 명령과 지시만 하다가, 아이들이 크면 그때는 자식이 일방적으로 거부하는 게 기본 구도인 것 같다. 바로 그게 문제가 아닐까. 대부분의 부모들이 아이들을 잘 알고 있다고 생각하다가 사춘기가 되면 갑자기 벽을 느끼고 대화의 필요성을 느끼는데, 그때는 이미 늦다.

대화란 무슨 남북한 고위회담을 하듯 격식을 갖추어야 되는 게 아니다. 꼭 근사한 말로 문제 제기를 하고 해결책을 모색하는 식의 정해진 틀로 되는 것도 아니다. 무엇보다 반드시 말로 하는 것만도 아니다. 내 생각엔 부모 자식 간의 대화에서 말보다 더 중요하고 확실한 것이 바로 스킨십인 것 같다. 스킨십처럼 친밀한 대화가 또 어디 있으랴.

아이들이 지쳐 보일 때 나는 "너 무슨 일 있었니?"라고 묻는 대신, 아이들의 머리를 어루만지거나 어깨를 감싸 안으면서 말한다.

"사는 게 힘들지?"

내가 우울해하면 아이들 역시 조용히 엄마를 안아 주며 말한다.

"힘내세요. 우리가 있잖아요."

Chapter 2

'내 뜻대로'가 아닌
'네 뜻대로'

당신의 아이는 천재일지도 모른다

아이가 첫돌을 지나면서부터 거의 모든 엄마들은 자기 자식이 천재일지도 모른다는 환상에 빠지기 시작한다. 아무리 안 그러려고 해도 자기 아이는 다른 집 아이들과는 비교가 안 될 정도로 총명하게 보이는 걸 어떻게 말린단 말인가.

우선, 말을 배울 때도 다른 애들보다 발음이 훨씬 더 분명하겠다, 기억력은 어찌나 뛰어난지 텔레비전에서 딱 한 번 들은 노래를 가사 한 자 틀리지 않고 똑같이 따라 부르는가 하면, 호기심도 남보다 월등하게 강해서 처음 본 물건이나 글자에 대해서 꼬치꼬치 물어 대는 모습이 이건 분명히 천재 기를 타고난 것 같다.

오랜만에 장난감 가게에 가 보면 아기의 지능을 개발해 준다는 장난감들이 그새 즐비하게 진열되어 있고, 서점에 들러 보면 '천재는 배

속에서부터'라는 구호를 담은 책들이 또 새로 나와 있다. 엄마들은 '아, 내가 너무 무심했구나' 하는 뉘우침 때문에 가슴이 철렁한다.

'무심한 엄마 때문에 천재일지도 모르는 우리 아이가 둔재로 자라는 건 아닐까. 너무 늦은 듯한 감이 있지만 늦다고 생각할 때가 가장 빠르다는 말도 있잖는가. 지금부터라도 아이 교육에 힘써야지, 그러지 않았다간 나중에 두고두고 후회할지도 몰라.'

생각이 여기에 미치면 엄마들은 누가 낚아챌지도 모른다는 듯이 장난감과 책을 한아름 안고 아까운 마음 없이 지갑을 연다.

세계 최고의 교육열을 자랑하는 민족답게 우리는 아기가 배 속에 있을 때부터 교육을 시작하는 전통을 갖고 있다. 나 역시 임신을 확인한 순간부터는 사과 하나를 먹더라도 흠 없고 색깔 예쁘고 잘생긴 것으로 골라 먹었다. 속상한 일이 있어도 좋은 쪽으로 마음을 고쳐먹으려고 애썼고, 아무리 싫다 싶은 생각이 드는 사람에게도 미운 감정을 품지 않으려고 무진 노력했다. 불쾌감이나 증오심을 품으면 내 피가 더러워져 배 속의 아이에게 나쁜 영향을 끼칠지도 모른다는 지극히 모성적인 불안감 때문이었다. 한마디로 이런 노력들은 모두 아이의 건강과 인성을 고려한, 말하자면 감성적인 태교였다.

그런데 요즘 젊은 엄마들은 임신 6개월 된 배 앞에 영어 회화 테이프를 틀어 놓는다고 한다. 세계화 시대의 태교라면서. 조기 교육도 이쯤 되면 세계 챔피언급이라고 하겠다.

아무튼 아이들 수는 줄어들고 살림살이는 하루하루 풍요로워지면서 조기 교육이 점점 더 확산되는 현상은 어쩌면 당연한 추세일 터이다. 그러나 아이들에게 무조건 빨리, 무조건 많이 가르치면 무조건 좋다는 발상은 대단히 위험해 보인다. 그렇게 해서 덕을 보는 측은 아이도 엄마도 아니고, 오직 조기 교육과 관련된 장사를 하는 사람들뿐이 아닐까.

서너 살 때부터 학원을 네 군데나 보내면서도 조바심을 치는 이웃의 젊은 엄마에게 이런 말을 하니까, 당신이 아이 키울 때와 지금은 엄청난 차이가 있으니 이해 못할 거라며 반박한다. 그때는 조기 교육을 시키는 엄마들이 상대적으로 적었기 때문에 안 시켜도 마음이 편할 수 있었지만, 지금은 너나없이 시키기 때문에 안 시킬 수가 없다는 것이다.

그러나 20년 전에도 역시 젊은 엄마들 사이에 조기 교육 열풍이 불었다는 사실을 이 신세대 엄마는 모르고 있나 보다. 바로 그 무렵이야말로 우리나라에 본격적인 아파트 시대가 도래한 시기였다.

비슷한 소득 수준과 비슷한 욕구를 가진 비슷한 연령대의 사람들이 한 단지에 무려 4천 가구씩이나 몰려 살다 보니, 생활 패턴과 자녀 양육 방식 역시 비슷하게 전개되었으리라는 것쯤은 누구나 예상할 수 있을 것이다. 게다가 같은 아파트 단지의 아이들은 모두 같은 초등학교에 들어가게 된다. 비슷한 배경을 가진 아이들이 모인 반에서도 결국에는 1등에서 꼴등까지 석차가 나오게 마련이니, 아파트 시대의 엄마들은 단독 주택 시대의 엄마들이 하던 것과는 상당히 다른 엄마노릇을 해야 할 역사적 상황에 처하게 된 셈이었다.

이러한 상황을 그때 막 꽃피기 시작한 상업주의가 놓칠 리 없다. 그

아이는 자기가 흥미를 가지면 저절로 배우게 되어 있다.
그걸 엄마의 흥미나 욕심에 맞추어 억지로 가르치려 든다면
역효과만 나게 마련이다.
문제는 지나친 욕심 때문에 중심을 잃는 것이다.

즈음부터 소위 '일일공부'니 '매일공부'니 하는 일일 학습지들이 전성기를 맞았고, 조기 교육용 교재가 곳곳에서 쏟아져 나오기 시작했다.

훈이가 초등학교에 들어가던 해, 아파트 단지의 입구에 자리한 슈퍼마켓(그 즈음부터 대형 슈퍼마켓이 출현하기 시작했다)에서 물건을 잔뜩 사서 양팔에 안고 집으로 가는 길이었다(당시엔 종이봉투를 사용했기 때문에 팔로 안아야 했다). 그런데 중간쯤 되는 곳에서 서성이던 이십대 청년이 무거우시겠다며 억지로 봉투 하나를 빼앗아 드는 게 아닌가. 그땐 워낙 신문 보급소 직원들 간에 판촉 경쟁이 심할 때였기에 아마 그런 사람인가 보다 하고 말을 나누다 보니 실은 무슨 출판사에서 발간한 조기 교육용 교재 외판원이었다.

그 청년은 아주 점잖게 조기 교육의 필요성을 전제하고 교재를 팔려고 말문을 열었다. 그는 당시로서는 선구자답게 앞으로의 교육은 창의성 개발을 목표로 해야 한다면서 암기 위주 교육을 비판하는 등 상당히 신선하게 접근했다. 평소 같으면 간단히 "안 사요"라고 끊었으련만, 그날은 청년의 인상이 괜찮은 탓인지 그만 조기 교육 열풍에 대해서 그와 진지하게 토론하는 입장이 되어 버렸다.

당신의 직업상 이해가 가지 않는 바는 아니지만, 조기 교육을 하지 않으면 천재가 둔재가 된다는 식으로 순진한 엄마들에게 겁을 주지는 말았으면 좋겠다, 이 세상에 천재란 아주 소수일 뿐이다, 또 창의력을 키워 준다면서 또 하나의 암기식 교육을 더 부과하는 경우가 많다, 그리고 분야에 따라서는 오히려 지나치게 빠른 교육이 아이들에게 해롭다는 이야기를 해 줘라, 차라리 늦게 하는 편이 빠른 편보다 더 효과적

일 수도 있지 않느냐, 뭐 대충 그런 내용이었으리라.

그는 조기 교육용 교재 외판원이라는 자신의 신분도 망각한 채 오히려 나의 이야기에 성실하게 귀를 기울이더니, 아주머니 같으신 분은 처음이라면서 어떻게 그렇게 소신이 강할 수 있느냐며 감탄을 거듭했다. 그리고 대부분의 엄마들은 천재를 둔재로 만들지도 모른다는 말에는 다 넘어간다고 털어놓았다. 그러더니 마지막으로 던지는 말이 걸작이었다.

"남보다 빨리 배우면 뭘 해요. 끝까지 배워야죠."

대부분의 엄마들이 자기 아이만 늦었는지도 모른다는 조바심에 새로 나온 교재를 마구 사들였다가는 이내 엄마부터 싫증을 내고 처박아 둔다는 것이다. 그리고 내용을 잘 살펴볼 생각보다는 무조건 제일 비싼 것이 제일 좋다고 믿고, 순전히 가격을 보고 교재를 고른다고 했다. 자신이 쓸 화장품을 고를 때보다도 더 단순하게 말이다.

요즈음 국가적으로 조기 교육에 대한 관심이 높아지고, 심지어 세계화를 빨리 이루려면 영어 조기 교육이 필수라는 식의 분위기가 확산되는 현상에 대해서도 나는 회의적이다. 우리가 중·고등학교, 심지어 대학을 나와서도 영어를 제대로 못하는 까닭은 혀가 잘 구르지 않아서가 아니라 낯선 문화에 대해서 마음이 열리지 않아서이다. 지금 당장 아이들의 마음을 꼭 닫게 만드는 우리나라 교육 현장의 획일성만 깨져도 사정은 확 달라질 것이다. 마음이 열리면 입은 저절로 열리게 마련이다.

큰애가 일곱 살이 되었는데도 한글을 깨치지 못한다고 하니까 주위에서는 모두들 나보고 너무 무심한 엄마라고 나무랐다. 한글은 원칙적으로 1학년 때 기역 니은부터 가르치는 게 아니냐고 했더니, 요즘은 시대가 달라져서 아이들이 입학하기 전부터 한글을 다 깨치고 들어가기 때문에 학교에서도 그걸 전제로 가르친다는 것이다. 한두 아이를 대상으로 진도를 맞추어 줄 선생님도 없고 아이들도 그걸 원하지 않으니 결국 한글을 못 깨친 아이는 지진아 취급을 받는다는 것이었다. 그러면서 한글 가르치는 일은 조기 교육 축에도 끼지 못한다며 엄마가 멀쩡한 애 바보 만들기로 작정한 모양이라고 걱정들을 해 주었다. 정상아를 지진아로 만들어 버리는 게 우리의 교육 현실인가.

내 생각으로는 아이가 한글을 다 깨치고 들어가면 수업 시간이 너무 재미없을 것 같았다. 또, 선생님이 가르치는 내용이 얼마나 시시하게 보일 것인가. 그러다 보면 처음부터 학교생활이 따분하기 그지없이 느껴질 텐데….

그래서 나는 한 번도 우리 아이들에게 한글을 가르치지 않았다. 물론 요즘 아이들은 하도 영악해서 천재가 아니더라도 한글쯤은 가르치지 않아도 저절로 깨친다는데 훈이는 이상하게 그러지 못했다. 친척들까지도 아이가 생기기는 꽤 영리하게 생겼는데 머리는 좀 늦되는 모양이라고 고개를 갸웃거렸다. 그러면서도 아마 학교 들어갈 즈음에는 다 깨칠 거라고, 너무 걱정하지 말라고 위로하기도 했다. 그런데 사람의 심리라는 건 아주 묘해서 별로 걱정하지 않고 있다가도 남들이 걱정하지 말라고 위로해 주면 그 순간부터 걱정이 되는 법이다.

입학 날이 일주일 앞으로 다가왔는데도 훈이가 여전히 글을 못 읽자 슬슬 불안해지기 시작했다. 학교 들어가서 정말 지진아 취급을 받으면 어쩌나 은근히 걱정되기도 하고, 한번도 가르치려 들지 않았으면서도 저절로 깨치기를 기다린 엄마가 너무 무심했다는 자책감이 나를 옥죄었다.

아직도 한글을 못 깨친 걸 보면 애가 정말 돌머리일지도 모른다는 불안감도 꽤 컸다. 어떻게 된 애가 이토록 지적 호기심이란 게 없을까 하는 답답한 마음이 들기도 했다.

드디어 만사를 제치고 훈이에게 한글을 가르치기로 결심하고 마주 앉았다. 그랬던 그 일주일간의 경험은 그 후 내게 쓰디쓴 약이 되었다. 한마디로 '내 뜻대로' 되지 않았다. 다른 면으로는 아주 영리한 아이가 글을 익히는 데는 아주 무뎠다.

내 아이가 이렇게 둔하다니!

나는 몹시 충격을 받았을 뿐만 아니라 어미로서 자존심까지 상했다. 그러니 1분이 멀다 하고 아이에게 사납게 고함을 칠 수밖에.

"또 잊어 먹었어, 이 돌대가리야."

아이는 제 뜻대로 익혀지지 않는 글자들이 답답한 데다 여태까지 별로 들어 보지 못한 엄마의 악쓰는 소리와 거친 태도에 질려 눈물을 뚝뚝 흘리면서 연필을 잡았다. 그래도 또 틀렸다. 이번에는 군밤.

그런데 어느새 둘째는 다섯 살밖에 안 된 녀석이 저 혼자 글자를 깨쳐 신문을 줄줄 읽어 내리고 있었다. 형을 야단치는 엄마 옆에 배를 깔고 엎드려서.

나는 금방 제정신을 차렸다. 아이는 자기가 흥미를 가지면 저절로 배우게 되어 있다. 그걸 엄마의 흥미나 욕심에 맞추어 억지로 가르치려 든다면 역효과만 나게 마련이다. 교과서에 그렇게 쓰여 있잖는가. 조기 교육을 시키지 않는 게 어리석은 것이 아니라 갑자기 남의 말에 휘둘려서 중심을 잃고는 내 뜻대로 안 된다며 아이를 괴롭힌 게 어리석은 것이다. 문제는 지나친 욕심 때문에 중심을 잃는 것이다.

훈이는 겨우 자기 이름 석 자를 익히고 학교에 들어갔다. 같은 반 아이들이 거의 다 한글을 깨친 걸 알게 되자 훈이는 바짝 긴장이 되었던 모양이다. 담임 선생님은 교과 내용대로 일단은 기역 니은부터 가르쳤다. 다른 아이들이 그까짓 것 하며 딴청을 하는 동안 훈이는 눈도 깜빡 않고 열심히 선생님의 한마디 한마디에 귀를 기울였다.

훈이는 이내 한글을 익혔다. 뿐만 아니라 학교에 가면 늘 새로 배우는 게 많았기 때문에 학교에 가는 걸 즐거워했다. 받아쓰기 시험에는 한 번도 만점을 받아 본 적이 없지만, 열 문제 가운데 겨우 두세 개 맞던 아이가 여덟 개까지 맞았을 때의 성취감은 대단했다. 초등학교 1학년 때의 받아쓰기 점수를 마치 대학 입학 수능고사 점수처럼 생각하는 엄마들이 들으면 '아이고, 저렇게 뭘 모르는 한심한 여자도 있구나' 하고 혀를 차겠지만.

정말 '하고 싶은 일'을
찾아 준다는 것

자기가 하고 싶은 일을 하면서 밥을 먹을 수 있다면 가장 행복한 인간이라는 생각이 요즘은 부모들 사이에서 꽤 폭넓게 퍼져 나가고 있다. 그동안은 하도 밥 먹는 일이 어려웠기 때문에 자기가 하고 싶은 일과 실제로 하는 일을 일치시킬 수가 없었다. 특히 남성의 경우는 적성에 맞는 직업을 구한다는 것 자체가 사치스럽게 여겨지는 풍토였다. 하지만 목구멍이 포도청이었던 시대가 드디어 이 땅에서 끝나 가고 있는 것이다.

해방 이후부터 지금까지 격변하는 사회 속에서도 늘 확실히 밥을 먹을 수 있는 직업은 뻔했다. 세상이 어떻게 바뀌더라도 부와 명예가 보장되는 직업인 의사와 변호사, 부는 다소 부족하지만 신분이 보장되는 공무원과 교사 등을 치면 열 손가락이 남을 정도였다.

가난한 시대의 거의 모든 부모들은 공부 잘하는 자식에게 의대와 법대를 가도록 종용하고, 자식들 역시 대부분 부모의 말이 아니더라도 그쪽으로 자신의 진로를 잡는 게 전반적인 분위기였다. 공부 잘하는 아이들은 자기가 정말 하고 싶은 일이 무언지 생각해 볼 겨를도 없었다. 그들은 다른 공부 잘하는 아이들이 몰리는 곳으로 무조건 몰려가는 길밖에 몰랐다.

물론 요즘도 역시 법대와 의대는 많은 부모들이 꿈꾸는 대학이며 공부 잘하는 아이들이 가장 집중적으로 몰리는 곳이다. 그렇기는 해도 한 해 한 해 이런 집중 현상이 조금씩 옅어지는 것도 사실이다. 공부 잘하는 아이들도 자기가 하고 싶은 일을 찾아가기 시작했다. 어느새 아주 완만하나마 사회의 흐름도 바뀌고, 사람의 생각도 바뀌어 가고 있음을 피부로 느낄 수 있다.

가난한 시대의 공부 못하는 보통 사람들도 자기가 하고 싶은 일보다는 가능한 한 돈도 보장되고 신분도 안정되는 그런 직업을 찾았다. 공부도 못하는 사람이 자기가 하고 싶은 일을 찾는다는 건 일종의 주제넘은 짓이니까.

이제 그렇게 살아온 사오십 대들은 자신이 이제까지 살아온 길보다 자신이 가지 않았던(못 갔던) 길에 대해서 강한 아쉬움을 느낀다. 서머싯 몸이 쓴 『달과 6펜스』라는 소설을 보면 나이 마흔이 되어 화가가 되기 위해 가출하는 주식 중개인의 이야기가 나온다. 대학교 1학년 때 이 소설을 읽을 때는 주인공의 갈등이 막연하게만 느껴졌는데, 나 역시 마흔이 다가오면서부터는 그 느낌이 절절하게 다가왔다. 이제 무슨

아이가 자기가 진짜 좋아하는 일을 찾아낼 때까지
무엇보다 부모의 '참을성'이 필요하다.
아이의 작은 몸짓, 작은 소리에 귀를 기울이면서.

직업을 가져도 일단 밥은 해결되는 시대를 맞다 보니 우리가 왜 그토록 밥에 연연했는지 안타깝게 여겨지는 것이다.

지금은 많은 부모들이 "남들이 좋다는 일을 따라 하지 않고 자기가 하고 싶은 일을 찾아서 살아도 좋은 시대가 되었으니 너희들은 얼마나 행복하냐"며 자식들 세대를 부러워한다. 하지만 문제는 '내가 하고 싶은 일'이 과연 무엇인지 제대로 찾아내기가 보통 어려운 일이 아니라는 데 있다. 그래서 어떤 아이들은 오히려 옛날이 더 좋았다, 지금은 기회도 많지만 실패할 확률도 더 높아지고, 또 옛날에는 자기 인생을 부모나 사회에 슬쩍 떠넘길 수 있었는데 지금은 그럴 수도 없으니 더 불안하다고 고백한다. 실제로 소위 일류 대학에 들어간 많은 아이들이 고등학교 시절과 비교해 볼 때 자유가 지나치게 많아졌다고 불평하기도 한다.

부모들 역시 불안하기는 마찬가지이다. 옛날에는 공부해라, 공부해라만 해도 충분히 부모노릇을 수행한 셈인데, 이제는 아이의 적성을 제대로 찾아서 키워 주어야 할 뿐만 아니라, 실제로 적성을 찾아 주기란 말처럼 쉬운 게 아니기 때문에 그 부담감이 이루 말할 수 없다는 것이다.

바로 이러한 불안감이 아이가 서너 살만 되어도 서너 군데의 학원을 순례하게 만드는 원인의 하나라고 할 수 있다. 이것저것 배우고 기웃거리다 보면 어느 곳에선가 아이가 정말 좋아하고 또 잘할 수 있는 분야를 발견할 수 있을 거라는 기대에서 비롯된 현상이기 때문이다.

예체능 학원에 아이를 보내는 이유도 그런 점에서 보면 많이 변했다고 할 수 있다. 전에는 이것 역시 학교 성적을 올리기 위한 목표가 거의 전부였다면, 요즘 들어서는 아이의 적성을 찾아내거나 살리기 위한 목표가 더 커졌기 때문이다.

내가 아이들을 '공짜로' 키웠다고 소문이 난 후부터는 생면부지의 엄마들에게서 정말 과외를 한 번도 안 시켰느냐는 질문을 많이 받는다. 물론 이때의 과외는 학과목 과외를 의미할 때가 대부분이며, 질문하는 엄마들의 마음속에는 '설마'라는 의심이 자리 잡고 있다. 내가 "아주 안 시킨 건 아니었어요"라고 대답하면 엄마들은 '그러면 그렇지, 저라고 별수 있어'라는 표정을 지으며 회심의 미소를 띤다. 그러나 난 곧이어 성적을 올리기 위한 학과목 과외를 시킨 적은 없다, 내가 시킨 과외는 예체능 과외였으며 이것들은 다 성적과 관계가 있는 것이 아니라 적성 찾아 주기의 일환이었다. 그러니까 나도 '완전 공짜'로 아이를 키우지는 못한 셈이라고 털어놓는다.

나를 포함해서 많은 부모들은 부모가 무식해서, 혹은 부모가 가난해서, 혹은 부모가 무심해서 아이들이 적성을 개발할 기회를 놓치지나 않을까 싶어 전전긍긍한다. 그래서 되도록 아이에게 많은 기회를 열어 주어야 한다는 강박 관념 같은 것에 쫓기기 쉽다. 세계적인 음악가로 성장한 한국의 정씨 형제들도, 그리고 에디슨 같은 과학자도 만약 그 어머니가 기회를 열어 주지 않았다면 도리 없이 필부필부(匹夫匹婦)로 살았으리라는 데 생각이 미치면 갑자기 심장이 두근거리기 시작한다.

훈이에게 싫다는 피아노를 억지로 가르친 것도 순전히 이런 심리에서였다. 학교에 들어가면 선생님이 어련히 가르쳐 주시지 않겠느냐며 한글을 안 가르친 배포까지는 그렇다 치고, 학교에서는 도저히 배울 가능성이 없는 피아노까지 안 가르치는 것은 정말 너무 인색한 처사였을까.

어느 날 친구들끼리 모여서 수다를 떨다가 아이에게 피아노를 안 가르치는 엄마는 나 하나밖에 없다는 사실이 밝혀졌다. 나 말고 딱 한 명만이라도 동지가 있으면 오죽 좋았을까마는 불행히도 나 하나였다. 암만 생각해도 이건 지나치다 싶었다.

서둘러 집으로 돌아와 훈이에게 물었다.

"네 친구들 중에 피아노 안 배우는 애 있니?"

"아니."

"그런데 넌 피아노 배우고 싶지 않아?"

"아니."

"왜?"

"우리 집엔 피아노도 없잖아."

"그깟 피아노 당장 사면 될 거 아냐?"

큰소리를 뻥 치면서도 가슴 한구석이 쓰려 왔다. '가난은 부끄러운 일은 아니지만 상당히 불편한 일이다'라는 누군가의 말이 떠올랐다. 그리고 아이가 이렇게 소극적인 것은 전적으로 무능하고 무식한 부모 탓이라는 죄책감 때문에 괴로웠다.

나는 배우기 싫다고 도리질 치는 아이의 손을 잡고 같은 층에서 피아노를 가르치고 있는 엄마에게로 데려갔다. 당시 한 달 수입의 무려 1할이나 되는 돈을 피아노 교습료로 바쳐야 했다. 아까운 생각이 안 드는 건 아니었지만, 더 늦기 전에 아이에게 음악적 적성을 발견할 수 있는 기회를 제공해 주었다는 생각으로 마음이 흐뭇해졌다.

그러나 하루도 빠짐없이 피아노 교본을 끼고 꾸벅꾸벅 왔다 갔다 하는 아이의 표정은 뭔가 새로운 것을 배운다는 희열은 찾을 수 없이 늘 심드렁하기만 했다. "재미있니?" 하고 물어보면 대답은 "그저 그래"가 고작이었다. 나는 부모가 비싼 돈을 들여 피아노를 가르쳐 주는 경우 자식은 마땅히 고마워하는 동시에 즐거워해야 한다고 믿었다. 그런데 아이는 둘 다 아니었다. 괘씸하고 아까운 생각 때문에 속이 부글부글 끓었다.

석 달이 흐르자 내가 잘못 생각한 게 아닐까 하는 의문이 생겼다. 내가 왜 그전에는 아이에게 피아노를 가르칠 생각을 하지 않았던가 차분하게 자문해 보았다. 물론 나의 무심함 탓도 있지만, 그보다 아이 자신이 피아노 배우는 것에 전혀 흥미가 없었기 때문에 그랬다는 결론이 나왔다.

평소에는 무엇이든지 아이들이 하고 싶어 하면 시킨다는 단순하지만 꽤 단단한 소신을 가졌던 내가 친구들과의 모임에서 너무 쉽게 휘청거렸던 것이다. 정신을 차린 나는 훈이에게 피아노를 배우고 싶지 않으면 당장 그만두어도 좋다고 말했다. 그러자 훈이는 그날로 당장 피아노를 그만두었다.

그 후 어떤 과외도 받지 않은 훈이는 중학교 2학년이 되자 그림의 기초를 배우고 싶은데 한 석 달만 학원비를 대 줄 수 없느냐고 제의했다. 자신이 그림에 소질이 있는 것 같은데 그걸 확인하고 싶다는 생각이 들었나 보다. 훈이는 그때부터 산업 디자인에 대해 관심을 보였다. 초저녁잠이 그렇게 많은 아이가 그 당시 한밤중에 텔레비전에서 방영하는 세계의 디자인 산업 프로그램은 꼬박꼬박 볼 정도였다.

부모로서 미안했던 것은 산업 디자인을 공부하려면 미술 대학에 들어가야 하는데, 우리나라의 미술 대학 입시 체계가 얼마나 개성을 죽이면서 돈을 잡아먹는지 잘 알고 있던 나로서는 선뜻 아이에게 미술 대학에 들어가라는 말을 할 수 없었다는 사실이다. 물론 아이 스스로도 집안 형편을 잘 알고 있었기 때문에 미술 대학 진학은 일찌감치 포기했다.

그러나 훈이가 자신의 꿈까지 버린 것은 아니었다. 훈이는 건축학과를 선택함으로써 자신의 꿈을 이룰 첫 계단을 오른 것이다. 다른 급우들이 단지 수학을 잘한다는 이유로 건축과를 택한 것과는 달리 훈이는 설계와 디자인, 그리고 예술 일반에 대한 흥미 때문에 건축을 전공과목으로 골랐다. 나는 훈이가 즐거움과 보람을 느끼며 전공 공부를 하는 모습을 보면서 기쁘기도 하고 부럽기도 했다.

둘째는 어릴 때부터 노래와 춤을 좋아했다. 나는 농담처럼 우리 집에서 제일 값이 많이 치인 아이는 둘째라고 하는데 그건 진담이다. 둘째는 초등학교 1학년 때부터 피아노를 치고 싶어 했기 때문에 역시 같은 동네 젊은 주부가 하는 피아노방에 보냈는데, 어찌 된 셈인지 꼬박 3년을 싫증 한 번 내지 않고 잘도 다녔다.

중학교 들어가서는 몇 달 동안 기타 학원을 다녔는데, 아무도 안 나오는 시험 기간 동안에도 열심히 나가서 학원 강사를 놀라게 했다고 한다. 사회학과에 들어간 것도 결국 음악을 더 잘하기 위해서라던 녀석은 대학교 4학년에 음반을 냈으니 자기와의 약속에 충실했다고 할 수 있다. 부모로서 더욱 기특하고 놀랍게 생각하는 점은 무엇에나 싫증을 잘 내는 것처럼 보이는 아이가 대학 3년 동안 꾸준히 아르바이트를 해서 모은 돈으로 꼭 필요한 악기를 하나하나 마련해 나갔다는 것이다.

막내는 스스로도 너무 얌전하다고 생각했는지 초등학교 때 3년 동안 태권도 학원을 선택해서 다닌 게 과외의 전부이다. 오히려 대학교에 들어가자 인류학 공부에 필요하다며 사설 사진 학원에 석 달 동안 다녔는데, 물론 교습비는 아르바이트로 충당했다.

막내의 적성이 무엇인지는 아직 정확하게 찾아내지 못했다. 남편은 막내는 성격이 온순하고 적극성이 없는 것 같으니 공무원이나 교수직과 같은 안정적인 직업이 맞을 거라고 암시한다. 그러나 본인은 펄쩍 뛰면서 고개를 젓는다. 재미없는 직업들이라나.

아무튼 '재미'를 추구하는 성격은 다섯 식구가 똑같은 것 같다. 남편은 구세대답게 재미 찾다가 나중에 밥도 못 먹을까 봐 걱정되는 모양인데, 나는 그 점에서는 느긋하다. 다만 막내가 나중에 무슨 일을 할지 흥미진진하게 기다려질 뿐이다.

세 아이의 적성 찾기 과정을 늘어놓다 보니 부모가 아이 인생을 설계해 주겠다고 나서는 게 얼마나 어리석은 일인지를 깨닫게 된다. 우리는 단지 부모라는 이유로, 아이들보다 조금 먼저 태어났다는 이유로 인생에 대해서 잘 아는 것 같고, 따라서 그들의 인생을 설계해 주어야 할 책임감 같은 걸 느끼면서 산다. 그러나 엄밀히 말해서 이것은 곧 아이에게서 자기가 살아갈 인생을 빼앗는 일이 아닐까.

실제로 부모의 강권으로 자신의 적성과 상관없는 학과를 택한 아이들이 대학을 졸업한 후 다시 다른 전공을 택하는 경우가 상당히 늘고 있다. 어떤 친구는 두 자녀가 일방적으로 전공을 골라 준 엄마를 원망하면서 다시 공부를 시작하는 바람에 경제적으로도 꽤 부담을 느끼고 있다고 호소한다. 남편은 조기 정년으로 물러났는데 아이들은 끝없이 학비를 요구하고 있다는 것이다. 그것도 '내 인생 돌려줘'라는 원망을 하면서.

적성과 창의성이 중시되는 시대를 맞아 젊은 부모들에게 중요한 것은 그저 아이가 자기가 진짜 좋아하는 일을 찾아낼 때까지 아이의 작은 몸짓, 작은 소리에도 귀를 기울이는 자세가 아닐까. '내 뜻대로'가 아니라 '아이 뜻대로' 사는 모습을 보려면 무엇보다 부모들의 '참을성'이 필요하다.

이왕 꺾일 기라면
미리 꺾어야지

"저는 어머니의 시행착오 대상이었어요."

훈이가 입버릇처럼 하는 말이다. 자신은 단지 맏이로 태어났다는 이유만으로 동생들보다 훨씬 불리한 위치에서 컸다는 것이다. 엄마가 나이도 젊은 데다가 아이를 키워 본 경험도 없다 보니 시행착오를 겪을 수밖에 없었다는 점을 충분히 이해는 한다. 하지만 그렇다 보니 자기는 원래 타고난 천재성을 다 잃어버린 범재가 되어 버렸고, 동생들은 타고난 천재성 이상의 것을 마음껏 발휘한다나.

"그래, 그러니까 누가 너더러 맏이로 태어나랬냐."

인정머리 없이 이렇게 넘겨 버리지만, 사실은 가끔씩 훈이가 안됐다는 생각이 들곤 한다. 나 역시 형제 중에서 위로 오빠를 둔 둘째이지만 딸로서는 맏이인지라 훈이가 뭘 말하려는지 너무나 잘 알기 때문이다.

　동생들 입장에서 보면 맏이는 부모의 절대적인 신뢰를 받는 것처럼 보일 수도 있지만, 바로 그 신뢰라는 것 때문에 오히려 맏이는 자기를 아주 어릴 때부터 억누르면서 자라지 않는가. 무엇이든지 동생들에게 양보해야 한다는 의무감, 그리고 부모의 늙어 가는 모습을 가장 잘 느끼게 되는 위치…. 이런 것들이 맏이들에게는 언제나 큰 부담으로 다가온다.

　누구나 자신의 성격에 100퍼센트 만족하기란 힘든 법인가 보다. 막내는 자기가 '너무 착해 빠져서' 싫다고 하고, 둘째는 자신이 '매사에 싫증을 잘 내서' 문제라고 한다.

　그런데 훈이가 자기 자신에게 가장 못마땅하게 생각하는 점은 성격이 지나치게 두루뭉술해서 뜨뜻미지근하다는 점이다. 그리고 그런 성격을 갖게 된 게 순전히 엄마 탓이라는 거다. 왜냐하면 자기가 기억하는 한 원래 자신은 꽤 괜찮은 놈, 즉 성격이 불같고 칼같은 놈이었는데, 젊은 엄마의 시행착오 때문에 그 좋은 성격(?)—천재성을 나타내는 정열적인 성격—을 키우지 못했다는 것이다.

　워낙 지난 일을 잘 잊어버리는 나도 훈이가 무슨 일을 놓고 이렇게 탓을 하는지는 금방 기억할 수 있다. 무심코 행한 일이라면 벌써 까맣게 잊었을 테지만 그게 아니기 때문이다.

　훈이가 초등학교 3학년 되던 해의 어느 봄날이었다. 아침부터 비가 부슬부슬 내리는 을씨년스런 오후였다. 그날도 늘 가깝게 지내며 자주 오가던 친구가 아이 둘을 데리고 놀러 왔다. 여느 때처럼 엄마들은 커

피를 마시며 수다를 떨고 아이 다섯은 방에 들어가 놀고 있었는데 얼마 있다 친구 아들이 울면서 나왔다. 동훈이 형한테 맞았다는 것이다.

훈이는 어릴 때부터 체격이 크고 눈빛이 매서웠기 때문에 굳이 주먹을 들지 않아도 동생들이 알아서 기는 타입이었는데, 이상하게 그 즈음에는 아이들을 잘 울렸다. 아마도 사춘기가 조금 빨리 왔는지 매사가 불평불만투성이에다가 걸핏하면 소리를 질러서 나하고도 자주 부딪쳤다.

게다가 따지고 드는 데는 명수라 웬만해서는 나한테도 지는 법이 없었다. 아홉 살짜리 녀석과 말싸움을 하다가 마지막에 가서는 항상 내가 먼저 "녀석, 커서 변호사 하면 잘하겠다"는 말로 얼버무릴 정도였으니까.

솔직히 녀석의 그런 태도는 가끔은 내 마음에 꼭 들 때도 있었다. 미안한 말이지만, 내 생각으로는 아이들에게 인성 훈련을 하지 않게 된 건 바로 우리 또래가 부모가 되면서부터 시작된 것 같다. 소위 자녀들에 대한 '과잉보호'가 보편화되기 시작한 첫 세대가 바로 우리라는 말이다. 물질적으로는 아낌없이 쏟아붓는 반면 공부에는 과잉 부담을 주고 예의범절 따위는 전혀 신경을 쓰지 않는 부모들.

더욱 기가 막히는 풍경은, 다른 아이들과 함께 놀면서도 자기 욕심만 채우는 자식들을 흐뭇한 눈으로 바라보는 엄마들이 의외로 많다는 사실이다. 어떤 아이는 자기 집에 놀러 온 아이들한테 장난감에 손도 못 대게 하는데, 그 모습을 보면서 그 아이 엄마가 한다는 말이 "쟤는 원래 그래요. 나중에 부자로 살 거예요"이다. 그러고는 얼굴에 흐뭇한

예의를 가르치는 것은
아이의 기를 죽이는 일이라고 믿는 부모가
버릇없는 아이를 만들고 나아가서는
공동체 의식이 결여된 문화를 만들어 내고 있다.

미소를 띤다.

　요즘 젊은 부모들이 음식점이나 백화점, 지하철 등의 공공장소에서 마구 뛰어다니며 소리를 지르는 아이들을 제지하지 않아서 큰일이라는 한탄의 목소리가 큰데, 그게 다 어제오늘 시작된 일이 아닌 만큼 고쳐지는 데도 꽤 시간이 걸릴 거라는 게 내 생각이다. 아이에게 예의를 가르치는 것은 아이의 기를 죽이는 일이라고 믿는 부모들이 사라지지 않는 한.

　우리의 삶은 한풀이의 과정 이상이 아닌지도 모른다. 가난하고 억압적인 분위기에서 기 한 번 못 펴고 살아온 자신의 인생이 너무 원통해서 자식을 통해서나마 그 한풀이를 하고 싶어 하는 부모들이 너무 많다. 자식들만은 '기죽지 않고' 살게 하려는 염원이 버릇없는 아이들의 양산으로 이어지고, 나아가서는 공동체 의식이 결여된 문화를 만들어 내고 있다. 특히 남보다 뭐 하나라도 더 가진 사람들의 자식 키우기는 그야말로 원초적 본능의 발현 수준인 것 같다.

　이야기가 너무 나간 것 같은데, 아무튼 양보나 배려와 같은 정말 필요한 미덕을 쓰레기처럼 여기는 부모들 탓에 많은 아이들이 어릴 때부터 배워야 할 것을 못 배운 것은 앞으로 개인이나 사회에 두고두고 걸림돌이 될 게 틀림없다.

　내가 아는 아이들 중에도 너무 자기중심적으로 행동하거나 거칠고 폭력적인 아이들이 많았다. 훈이는 그런 아이들을 혼내 주는 데는 도사였기 때문에 나는 내심으로 훈이의 그런 성격에 박수를 보냈다.

　그런데 그날 울린 친구네 아이는 평소 드물게 양보심이 강한 착한 아이였기 때문에 나는 대번에 훈이의 잘못이라고 판단했다. 이야기를 들어 보니 아니나 다를까, 좁은 방에서 이리 뛰고 저리 뛰고 하다 보니까 서로 몸이 부딪치게 되는 건 당연한 일인데, 어쩌다가 훈이 발이 몇 번 밟힌 모양이었다. 훈이는 자기 딴에는 참을 만큼 참다가 너무 아프다 싶었던지 발을 밟은 아이의 멱살을 잡고는 왜 자꾸 밟느냐면서 윽박질렀단다. 아이는 겁이 나서 울음을 터뜨릴밖에.

그 즈음의 훈이는 자기가 먼저 공격하는 적은 거의 없었지만 남이 모르고 저지른 실수도 잘 참지를 못했다. 일종의 피해 의식으로 똘똘 뭉쳐 있었던 것 같다. 아마 어린 나이에 맏형노릇을 하는 게 고달프기도 했으려니와, 날이면 날마다 우리 집으로 모여드는 아이들에게 질렸을지도 모른다. 그날도 상대편이 일부러 발을 밟은 게 아닌데도 왜 제 발을 자꾸 밟느냐면서 눈을 부릅뜨고 윽박지르니 마음 약한 아이가 울음으로 항변한 것이다.

나는 훈이를 불러 동생 같은 아이가 일부러 발을 밟은 것도 아닌데 그렇게 무섭게 굴면 어떻게 하느냐, 형이 돼 갖고 남의 실수를 포용할 줄 모르면 안 된다고 타일렀다. 그러자 훈이는 한두 번도 아니고 몇 번씩 남의 발을 밟으면 어떻게 하느냐, 밟은 사람이 잘못이지, 왜 밟힌 사람이 잘못이라고 그러느냐며 대들었다. 나는 좁은 방에서 여럿이 놀다 보면 그럴 수도 있는 걸 갖고 속 좁게 군다면서 형이 참아야 한다고 했다.

그랬더니 갑자기 훈이가 울음을 터뜨리면서 엄마는 뭐든지 나보고만 참으라고 한다, 동생들이 잘못해도, 다른 집 아이들이 잘못해도 뭐든지 나보고만 참으라고 한다면서 악을 썼다. 나는 남과 더불어 살 줄 모르는 사람은 우리 집에서 살 자격이 없다고 말했다. 녀석은 자기는 자격이 없으니까 그러면 이 집을 나가면 될 게 아니냐고 두 눈을 적대감으로 활활 태우면서 내게 대들었다.

집을 나가?

아홉 살짜리 아이 입에서 나온 '가출'의 위협은 가히 충격적이었다. 그러나 충격보다 더 강하게 떠오른 생각은 지금 이 녀석한테 져서는 안 된다는, 지금 생각하면 일종의 자존심 같은 것이었다. 마음 한구석에서는 나에게는 큰애지만 객관적으로는 아직 어린아이한테 엄마로서 너무 냉정하게 구는 게 아닌가 싶기도 했지만, 지금 녀석한테 굽히고 들면 앞날이 순탄치 않을 거라는 예감이 들었다.

나는 애써 흥분을 누르며 되받았다. 그래? 정 억울하다 싶으면 나가라, 나도 너 같은 아이와 한집에서 살기는 힘들다고 했다. 그러자 녀석은 나중에 후회해도 소용없다면서 우산도 쓰지 않고 현관문을 나갔다. 억수같이 쏟아지는 비는 그칠 기미를 보이지 않고 어느새 날은 어둑해지는데, 녀석은 뒤도 한 번 돌아보지 않고 아파트 앞길을 걸어갔다.

시종 어쩔 줄 모르고 모자의 대결을 지켜보던 친구는 그제야 이런 날 찬비를 맞으면 감기 들기 십상이라며, 조그만 애한테 해도 너무한다고 나보고 얼른 나가서 데리고 오라고 난리였다. 솔직히 나도 녀석이 그런 식으로 집을 나가리라곤 짐작도 못 했다. 빗발은 점점 굵어지는데 녀석이 어디로 갔을까. 마음이 울렁거렸다.

한편으로는 서른이 넘은 어른이 이제 겨우 아홉 살밖에 안 된 자식을 말로 달래지 못하고 일대일로 맞서서 내쫓다니 정말 한심한 어미가 아닌가, 이게 어른이 할 짓인가, 정말 교육적 의도에서 아이를 야단친 건가, 아니면 자존심이 상해서 화를 낸 건가, 나 자신한테 화가 났다. 그러나 겉으로는 태연한 척 새로 커피를 끓였다.

30분이 지났다. 바깥을 힐끔거리던 친구가 "아, 동훈이가 저기 있네" 하며 환성을 질렀다. 잔디밭 저쪽으로 지하수 펌프가 있었는데, 그 펌프 옆에서 비에 함빡 젖은 채 우리 집 쪽을 바라보고 꼼짝 않고 서 있다는 것이다. 친구는 나더러 어서 가서 데려오라며, 만약 내가 가기 싫으면 자기가 가서 데려올까 하고 물었다. 나는 베란다 쪽으로 얼굴을 보이지 말라며 가만히 있으라고 친구를 말렸다.

얼마 후 현관문이 열리며 훈이가 들어왔다. 완전히 비에 젖은 생쥐 꼴이었지만 표정만은 오기로 가득 차 있었다. 집을 나가려고 했지만 엄마가 너무 걱정할 것 같아서 들어왔다고 했다. 나 역시 차분한 목소리로 아이에게 몸을 씻기 전에 윽박지른 동생에게 사과부터 하라고 말했다.

그날 이후 아이는 눈에 띄게 태도가 어른스러워졌다. 그 많던 짜증과 신경질이 모두 비에 씻겨 사라진 듯싶었다. 어른들도 동훈이가 갑자기 큰 것 같다고, 그 앞에 서면 왠지 조심스러워진다며 놀라워했다.

훈이는 지금까지도 그때 일을 잊지 못하고 있다. 그러면서 만약 그때 어머니가 자기의 기를 그렇게 냉정하게 꺾지만 않았다면 자기는 정말 굉장한 놈이 되었을 텐데, 어머니 때문에 기가 다 죽었다고 투덜거린다. 그전에는 자기 눈에서 불꽃이 번뜩였는데, 지금은 그저 헬렐

레하는 눈동자로 바뀌었다나.

나 역시 요즘은 녀석이 부드럽다 못해 자신의 능력에 비해 너무 욕심이 없는 것처럼 보여 답답한 생각이 들기도 하는 터라 '맞아, 그때 그냥 내버려 두는 게 나았을지도 몰라' 하고 후회 같은 것이 일기도 한다. 훈이 말대로 당시 훈이가 보인 증상이 일종의 천재성의 발로였는지도 모르는데 평범하기 짝이 없는 엄마가 그걸 감당하지 못하니까 강제로 꺾어 누른 건 아닐까 싶기도 한 것이다.

내 표정에서 일말의 미안감을 발견하면 훈이는 자기 목적은 달성되었다 싶은지 이내 느물거리기 시작한다.

"이해는 돼요. 생전 아이를 키워 본 경험이 없는데 무슨 수로 실수를 안 하시겠어요. 그저 맏이로 태어난 게 잘못이죠, 뭐. 이렇게 기죽어 사는 게 제 팔자인가 보죠."

아니, 웬 팔자타령? 녀석의 불같은 성격을 죽여서 부드러운 남자로 만든 게 어떻게 실수야? 잠깐 동안 품었던 미안한 마음이 순식간에 사라진다.

"천만에, 엄마는 네가 천재가 아니라도 좋아. 그리고 네 타고난 팔자건 엄마 실수건 난 지금의 네가 아주 마음에 들어. 세상 살아가다 보면 어차피 죽을 긴데 미리 꺾어 놓는 게 낫잖아. 넌 뜨뜻미지근하다고 하지만 사실은 부드러운 인간이 된 거니까 오히려 엄마한테 고맙다고 해야. 그렇지 않으면 친구들이 네 옆에 오겠냐?"

내 아이는
내가 제일 잘 안다고?

한 치 앞을 내다볼 수 없는 게 인생이라더니 어느 순간 나는 '패닉 엄마'라는 희한한 이름을 갖게 되었다. 1995년 말 둘째가 '패닉'이라는 이름으로 이인조 그룹을 만들어 음반을 냈는데 그게 시쳇말로 '방방 떠서' 순식간에 유명해졌기 때문이다. 특히 〈달팽이〉라는 발라드 곡이 인기 순위 프로에서 몇 주씩이나 1위를 하다 보니, 생전 가요 프로그램과 담쌓고 지내던 친구들조차 나를 '달팽이 엄마', 남편을 '달팽이 아빠'라고 부르기도 한다.

우리는 어느새 연예인 가족이 되어 버렸고, 1년 전만 해도 상상도 하지 못했던 일들을 겪고 있다. 우편함은 가지각색의 예쁜 봉투들로 미어터지고, 시도 때도 없이 "적이(동준이의 예명) 오빠 있어요?"라는 여학생들의 전화로 온 식구가 신경이 곤두설 지경이다. 책가방을 멘

여학생들이 삼삼오오 떼를 지어 아파트 입구에 진을 쳐서 경비 아저씨들이 애를 먹고, 자칫 한눈을 파는 사이 엘리베이터에는 '패닉 오빠 사랑해요'라는 낙서가 쓰여진다.

대중문화의 위력이 얼마나 막강한 것인지를 나보다 더 생생하게 경험하는 사람도 드물 것 같다. 데뷔 초만 해도 둘째는 "어머니는 왜 그렇게 유명하세요?"라며 투정을 했다. 인터뷰를 할 때마다 많은 기자들이 네가 아무개 아들이냐며 음악 외적인 것에 관심을 보인다는 것이다. 그러던 것이 석 달도 안 돼 내가 내 이름 대신 '패닉 이적 엄마'라고 불리기 시작했으니.

둘째가 슬슬 이름이 나면서 주위 사람들이 엄마인 내게 가장 많이 쏟아붓는 질문이 두 가지 있다. 하나는 그 애가 언제부터 음악을 하기 시작했느냐는 것이고, 둘은 둘째가 앞으로도 음악을 전업으로 삼을 것인가, 아니면 한때의 놀이로 하다 그만둘 것인가에 관한 것이다.

언뜻 듣기에 첫 번째 질문이 훨씬 단순한 것처럼 보이지만, 내게는 첫 번째가 두 번째 질문보다 더 대답하기 어렵다. 왜냐하면 실제로 그 아이가 언제부터 음악을 시작했는지 정확히 알지 못하기 때문이다. 내가 아는 건, 이태 전 내가 중국에 1년 동안 갔다와 보니, 둘째가 선배네 집에서 음악 연습을 한다며 악기를 메고 왔다 갔다 했다는 게 고작이다. 이렇게 대답하면 사람들은 그게 아니라 아마 훨씬 전부터 본격적으로 연습을 했을 텐데 그게 언제부터냐고 묻는다.

물론 어릴 때부터 피아노 치기를 좋아하고, 중학교 때는 기타 학원에 몇 달 다니기도 하고, 고등학교 입학 때 입학 선물로 오디오를 사

달라기도 하고, 용돈을 타면 음반을 사서는 집 안이 울릴 정도로 꽝꽝 틀기는 했지만, 그 정도야 요즘 아이들이면 다 하는 짓이 아닌가. 그래도 대학교까지 가서 졸업반이 된 시점에 가수가 되기로 나설 정도라면 언제부터인가 뭔지 다른 징후를 보이지 않았을까라는 것이 주위의 기대인 것 같다. 예를 들어 어릴 때부터 가수들 흉내를 냈다든가, 음악에 미쳐서 학교를 안 갔다든가 등등….

그런데 둘째는 가족이나 친척들의 눈에 그런 튀는 모습을 보인 적이 한 번도 없다. 오죽하면 둘째 동서가 앨범을 받고 놀라서 "아니, 난 여태 동준이가 노래하는 소리도 한 번 들어 본 적이 없는데, 그 얌전하고 조용한 애가 도대체 언제 연습을 했냐?" 하고 물었을까.

이 말을 전하자 둘째는 능청스럽게 "제사와 제사 사이에 연습했다고 말씀하시지 그러셨어요"라고 받는다. 한마디로 집안에 제사나 결혼식 같은 행사가 있을 때나 만나는 큰엄마가 어떻게 조카의 삶을 알겠느냐는 뜻인데, 나는 처음에는 무슨 뜻인지 잘 알아듣지도 못했으니 정말 세대 차이는 온갖 곳에 도사리고 있나 보다.

그래도 내 딴에는 자식에게 쓸데없는 간섭은 하지 않지만 꾸준히 관심을 기울인다고 자부했는데, 얼마 전 어떤 신문과의 인터뷰 기사는 이런 내 자부심을 단번에 뭉개 버리기에 충분한 것이었다. 둘째 왈, 중학교 때부터 밴드를 조직했단다. 그때까지의 내 정보로는 그 애가 밴드를 만들어 학교 행사에 참여한 것은 고등학교 때라고 입력되어 있었다.

아무리 기억을 더듬어 중학교 때의 둘째를 되살려 보아도 그 애가

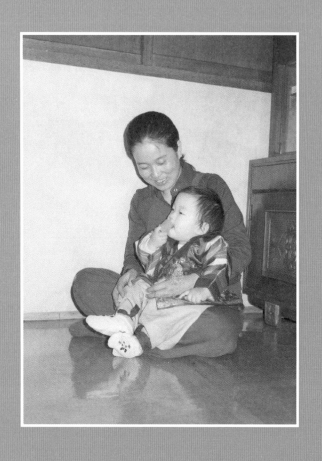

아이들은 부모가 보지 않는 사이에도 자라는 법이다.
그러니 부모라고 해서 어떻게
아이들을 속속들이 안다고 큰소리칠 수 있으랴.

밴드를 만들어 논 흔적은 잡히지가 않았다. 단지 아무리 무더운 날씨라도 늘 즐겁게 해쭉해쭉 웃으며 발뒤꿈치를 들고 가볍게 걸어 다녔다는 기억밖에는.

하긴 둘째의 중학 졸업식을 하루 앞둔 날인가, 대학 다니는 조카에게서 전화가 걸려 온 적이 있다. 동준이가 〈소년조선일보〉에 톱기사로 났다는 것이다. 커다란 사진과 함께. 내용인즉, 중학 3년 내내 귀가 잘 안 들리는 난청 급우가 무사히 학업을 마치고 상급학교에 진학할 수 있도록 '헌신적으로' 도와주어 졸업식 날 선행상을 수여하기로 했다는 것이다.

둘째에게서 한 번도 그런 비슷한 이야기도 들은 적이 없기 때문에 나는 깜짝 놀랐고, 이내 코끝이 찡하도록 감격스러웠다. 그렇게 신문에 실리는 '착한 어린이'라면 나하고는 상관없는 진짜 별난 아이들이라고 생각하며 살아온 터라 나는 적잖이 충격을 받았다. 그와 동시에 엄마라는 사람이 이토록 자식을 모를 수가 있느냐는 자책감이 나를 사로잡았다.

그런데 집에 돌아온 아이는 그저 덤덤한 표정이었다. 어렵사리 구해 온 신문을 보여 주며 감격스러운 표정을 짓는 내게 "아무튼 그 기자 아저씨들, 되게 쓸거리가 없었나 봐요"라고 말한 게 고작이었다. 한마디로 자기가 한 일은 별거 아니라는 것이다. 다른 아이들 같아도 다 그렇게 했을 텐데, 어쩌다 자기 옆에 앉았기 때문에 자기가 도와주었을 뿐이란다. 그러니 어머니도 뭐 특별히 착한 아들을 둔 걸로 착각하지 말라나. 자기는 그냥 보통 아이일 뿐이니 동네방네 떠들지 말란다.

괘씸하고도 대견한 녀석. 나는 둘째한테 계속 퉁을 맞으면서도 대견하다는 표정을 숨길 수가 없었다. 그리고 거의 10년이 다 되어 가는 어떤 기억을 떠올렸다. 이번과는 전혀 반대의 풍경을.

당시 초등학교 1학년이던 둘째는 그 동네의 YMCA 체육관에서 운영하는 리틀 수영단에 들어 있었다. 운 좋게도 둘째는 바로 전해에 새로 생긴 아기 스포츠단에 추첨을 통하지 않고 들어갈 수 있었고, 그다음 해에는 거의 자동적으로 수영단에 들어갔다.

여름이나 겨울이나 한 번도 빠짐없이 둘째는 샛노란 단복을 입고 열심히 다녔다. 때문에 나는 나름대로 저 녀석이 수영에 적성과 능력이 다 들어맞는구나 하고 믿고 있었다. 그렇지 않다면 그 추운 날에 머리가 꽁꽁 얼어 가면서도 그토록 즐겁게 다닐 리가 없을 거라고 확신했다. 그즈음 다른 엄마들을 만나면 자식을 수영 선수로 키우기 위한 정보들을 빈번하게 주고받는 분위기였기 때문에 나도 은근히 속으로는 '수영 선수? 좋지'라고 생각하고 있었다.

그런데 아이들의 발표회가 있는 날이었다. 그 조그만 아이들이 폼도 멋있게 풀에 뛰어들어 날렵하게 물을 저어 나가는데 그중에서 눈에 띄게 폼이 엉성하고 느린 아이가 있었다. 스탠드에 앉아 있던 엄마들이 "쟤 좀 보라"며 서로 툭툭 치면서 박장대소를 하는데, 어럽쇼, 가만히 보니 바로 우리 둘째가 아닌가. 그때의 충격이라니. 워낙 체구가 왜소하고 몸무게가 안 나가서 그랬는지 어쨌는지, 자유형을 하느라 몸이 반쯤 젖혀지며 나가는데 이건 꼭 파도에 쓸리는 가랑잎처럼 나풀거리는 모습이 전혀 속도가 붙지 않았다.

나는 눈물이 났다. 눈치를 챈 옆의 엄마들은 미안한 마음이 들었는지 여러 가지로 위로의 말을 해 왔지만 내게는 하나도 들리지 않았다. 속이 상해서 눈물이 난 게 아니었다. 세상에, 나 같으면 저렇게 눈에 띄게 못한다 싶으면 벌써 그만두었을 텐데, 어쩌면 1년 동안을 하루같이 그토록 즐거운 얼굴로 다닐 수 있었을까.

집으로 돌아오는 길에 둘째는 아주 흔연스러운 표정으로 자기 수영 솜씨가 어떠냐고 물었다. 엄마는 워낙 물을 무서워해서 여태까지 수영을 못 배웠는데 너는 쪼끄만 애가 그렇게 수영을 잘하니 얼마나 좋으냐, 정말 부럽다고 대답했다. 그 애는 신이 난 얼굴로 자기 반에 누구누구는 자유형을, 그리고 누구누구는 접영을 아주 잘한다면서 자랑스러워했다.

아이들 마음의 구김살은 아이들이 만드는 게 아니다. 둘째는 비록 수영을 능숙하게 하지는 못할지라도 수영을 즐기는 법을 터득했던 것이다. 그것을 엄마의 잣대로 재고 채찍질했다면 그 애는 아마 중도에 그만두었을 것이 틀림없다.

이렇게 내 아이를 발견해 가는 게 부모에게 부여된 가장 큰 즐거움이 아닐까. 따라서 '둘째가 평생 음악을 계속할지 어떨지?'라는 물음에 대한 내 대답은 '모른다'일 수밖에 없다. 요즘 말로 '네 뜻대로 하세요' 일 뿐.

비단 둘째뿐만이 아니라 큰애도 셋째도 늘 내게 경이로움을 안겨준다. 너무너무 말이 없이 웃기만 하던 셋째가 유치원을 졸업하는 날 가진 연극 발표회에서 쩌렁쩌렁 울리는 목소리로 "내가 너를 잡아먹겠다" 하며 악한 늑대 역을 해냈을 때의 놀라움, 기껏해야 네 살 아래 밖에 안 되는 막냇동생을 마치 아들처럼 무릎에 올려놓고 소곤소곤 이야기를 해 주는 중학생 큰애를 봤을 때의 믿음직스러움. 그리고 이렇다 하게 배운 적도 없는데 놀랍도록 정교하게 스케치를 하던 큰애의 그림 솜씨와, 시키지도 않았는데 엄마 손님에게 서툰 솜씨로 커피를 타 오는 막내의 어른스러운 배려 같은 것들… 이런 것들이 다 경이로움이 아니고 무엇일까.

남편은 몇 년 전인가 중학생인 막내가 엄마가 없는 집에 귀가한 아버지를 위해 냉동실에 들어 있던 꽁꽁 언 돼지고기를 녹여 구어 주었을 때, 일종의 감동 같은 것을 느꼈다고 한다(그리고 보면 우리 부부는 선천적으로 감동 체질인지도 모르겠다).

아이들은 부모가 보지 않는 사이에도 자라는 법이다. 그러니 부모라고 해서 어떻게 아이들을 속속들이 안다고 큰소리칠 수 있으랴.

아 참, '패닉'이 처음 KBS 〈가요 톱 텐〉에 출연했을 때 '번개 맞은 머리'를 해 갖고 번쩍거리는 가죽 바지를 입고 나왔는데, 그 모습을 보고 정말 기절할 뻔했다.

"아니, 쟤가 동준이야?"

남편도 입을 벌린 채 다물지 못했다. 아이들이 더 이상 부모를 놀라게 만들기를 그만둘 때, 어쩌면 그때에야 그들이 다 컸다고 말할 수 있는 것인지도 모른다.

당신을 닮았네요

"역시 피는 못 속이는 모양이야."

둘째가 음반을 냈다는 사실이 알려지자 사람들은 으레 이렇게 말한다. 재미있는 건, 부부 중 누구를 더 잘 아느냐에 따라 그 '피'의 소유자가 각기 다르다는 사실이다.

남편의 친척이나 친구들은 아버지가 이루지 못한 꿈을 드디어 아들이 해냈다고 말하고, 내 친구들은 그러면 그렇지, 엄마의 '끼'가 어디로 가겠냐면서 고개를 끄덕이곤 한다. 우리 부부를 다 잘 아는 오래된 친구들은 엄마 아빠가 모두 딴따라 끼가 농후한데 오죽하겠느냐고 한다. 1960년대 대학 시절 연극반에서 만나 결혼한 우리의 과거를 들먹이면서.

그러나 당사자인 둘째로서는 이런 반응들을 전혀 납득할 수 없는 모양이다. 부모의 현재 모습 어디에서 '끼'라는 것을 찾을 수 있을지 난감해하는 것 같은 표정을 보면서, 우리 부부는 묘한 감상에 사로잡힌다.

그래, 우리도 한때는 정말 뾰족한 감성의 날을 세우고 낭만이라는 것에 미쳐 휘둘려 다녔더랬는데, 사반세기가 넘는 결혼생활 동안 닦이고 닦여 지금은 그저 무덤덤한 일상 속에 매몰되어 버린, 그냥 코끼리 같고 하마 같은 한 쌍의 부부로 남게 되었구나. 어쩌면 젊은 너희들에겐 바라보기만 해도 숨이 막힐 것 같은 바윗덩어리처럼 보일지도 몰라.

하지만 아이들이 어떻게 생각하든지 간에 아이들이 가진 장점이 바로 부모들 가운데 한쪽을 닮았다고 생각될 때보다 흐뭇할 때도 또 없다. 그것이 외모이든 성격이든 능력이든 간에.

지금 생각하면 참 어처구니없다 싶기도 한데, 첫아이를 낳기 직전 나는 갑자기 엉뚱한 걱정에 휩싸였다. 혹시 장애아를 낳으면 어떡하나 하는 건 물론 거의 모든 임산부들이 갖게 마련인 기본적인 두려움이고, 그것 말고, 어쩌면 아이가 나를 닮아서 얼굴도 새까맣고 주근깨투성이 못난이에다가 체격만은 또 남편 쪽을 닮아서 상체는 길고 하체는 짧은 순 토종이면 어떡하나 하는 생각이 들었던 것이다. 그런 애라도 단지 내가 낳았다는 이유만으로 예뻐 보일까 하는 초보 엄마다운 순진한 걱정에 주위 선배들은 고슴도치도 제 새끼는 어쩐다는 이야기를 들먹이면서 깔깔댔다.

사실 우리 부부를 보면 얼마든지 내가 그린 대로의 아이들이 태어날 확률이 높음에도 불구하고 천만다행히도 세 아이들은 우리가 가진 얼마 안 되는 장점들만을 쏙 뽑아 닮아 나왔다. 적어도 외모상으로는 그랬다.

우선 두 아이가 남편 쪽을 닮아 피부가 하얗고(글쎄 웬 백색 콤플렉스인지 내가 생각해도 한심하긴 하지만), 굵고 짙은 눈썹을 자랑한다. 막내는 피부 색깔은 까만 편이지만 대신 눈이 크다. 게다가 세 명 모두 '롱다리'에 키가 크니 요즘 애들이 부러워하는 체격 조건을 두루 갖춘 셈이다. 외모만 보고도 친구들은 우리가 능력 이상으로 농사를 잘 지었다고 시샘 섞인 평가를 내린다. 그도 그럴 것이, 부모들은 훤칠한 외모를 갖추었는데 자식들은 전혀 반대인 경우도 드물지 않잖은가.

어렸을 때 아이들을 데리고 외출할 때면—물론 1970년대의 산업전사였던 남편은 항상 직장에 나가 있었기 때문에 주로 나 혼자 아이들을 데리고 다녀야 했다—가게 주인이나 택시 운전사를 막론하고 이렇게 말했다.

"아이들이 참 잘생겼네요. 아빠를 닮았나 보죠?"

도대체 이게 무슨 실례의 말씀인가. 생전 처음 보는 여자에게 대놓고 당신 참 못생겼다고 흉보는 말이 아닌가. 게다가 그들의 짐작대로 남편이 그리 잘생긴 편도 아니련만, 나는 그저 아이들이 잘생겼다는 말에 한껏 으쓱해서는 "네, 그래요"라고 맞장구를 쳐 댔다. 심지어는 막내를 안고 탄 아파트 엘리베이터 안에서 엄마들이 "아유, 예뻐라. 아빠가 외국인인가 보죠?"라며 넘겨짚은 경우조차, 단일 민족의 순수성을 의심받았다는 분노에 앞서 주책맞게 입부터 헤벌어지는 것이었다.

별스럽게도, 아이들을 키우는 동안 우리 부부는 자기도 모르는 사이에 겸양의 미덕을 발휘하기 시작한 것 같다. 아이들이 뭘 좀 잘한다, 혹은 괜찮다 싶으면 우리는 서로 그것이 상대를 닮았다고 생각하게 되었다. 거꾸로 아이들이 뭘 못한다, 혹은 마음에 들지 않는다 싶으면 다 자신을 닮아서 그렇다고 주장하고. 듣기에는 대단한 미담처럼 들릴 수도 있지만, 다르게 생각하면 우리 스스로 자기 자신에게 만족을 느끼지 못하는 인간형이라는 점에서 닮은꼴인지도 모르겠다.

훈이는 맏이라 그런지 어릴 때부터 침착하고 과묵한 편이었다. 나는 스스로 참을성이 없고 변덕이 심하다고 생각하기 때문에 훈이의 그러한 성격이 남편을 닮아서 다행이라고 여긴다. 그런데 어떤 경우에는 이런 성격이 적잖이 답답하게 여겨질 때가 있다. 아이가 너무 신중하다 보니까 즉시즉시 자기표현을 하지 않는 것이다. 무얼 하나 물어봐도 "네, 그게, 그러니까…" 하면서 얼른 화끈한 대답이 나오지 않는다. 그럴 때마다 나는 '정말 피는 못 속인다니까' 하면서 피식 웃어버리는데, 왜냐하면 진짜 속마음 깊은 곳에서는 요즘 아이들 같지 않은 신중함을 높이 평가하기 때문이다.

그렇지만 남편은 훈이의 그런 태도가 진짜 답답하고 마음에 안 드는 모양이다. 별로 화를 내지 않는 성격인 남편이 그때만은 완전히 딴 사람이 되어, 왜 너는 어린애가 자기표현을 분명히 하지 못하고 구식인 아버지의 단점을 닮아 느리고 답답하냐면서 흥분하는 걸 보면.

준이는 서너 살 때부터 그림도 잘 그리고 노래도 잘하는 꾀돌이인데다 붙임성도 좋았다. 〈로버트 태권V〉라는 만화 영화를 둘째가 세 살, 큰애가 다섯 살 때 함께 보러 갔는데, 주제가가 나올 때마다 큰애는 가만히 앉아서 눈도 깜빡 않고 보고 있는데 둘째는 아예 일어서서 목청껏 노래를 따라 부르는 거였다. 옛날이야기를 해 보라고 시키면 무슨 사자니 토끼니 하는 내용을 시작도 끝도 없이 좔좔 풀어내는 솜씨도 일품이었다.

남편은 둘째가 혹시 천재일지도 모른다면서 아마 엄마를 닮아서 그런 모양이라고 했다. 그러나 내 눈에는 어디 가서나 붙임성이 좋아 인기를 끄는 모습이 꼭 남편을 닮은 것 같았다. 그리고 너무 재주가 많으면 한 우물을 못 파는 법이라는 생각 때문에 아이가 나를 닮지 않기를 바랐다.

막내는 태어나면서부터 자기 위치를 알아서 그랬는지 상상도 할 수 없을 정도로 순하디순한 아이였다. 시간 맞추어 우유를 안 줘도 생끗, 기저귀를 안 갈아 줘도 생끗, 그저 엄마와 눈만 마주쳐도 환하게 웃음을 보냈다. 잠이 오면 밥을 먹다가도 그냥 고개를 떨구고 잠이 드는 '너무너무 착한' 아이였다.

시어머니는 막내가 꼭 제 아비를 닮았다면서 남편의 어린 시절을 주르르 꿰시곤 했는데, 나는 시어머니의 말씀에 전적으로 동의했다. 남편은 막내가 자기를 닮았다는 점을 인정하면서도, 한편으로는 아이가 너무 욕심이 없어 자기 밥도 못 찾아 먹을까 봐 걱정이 되는 모양이었다.

너무 착한 아이는 곧 너무 무능한 어른이 된다는 게 남편의 지론이었다. 그러면서 엄마를 닮아 '똑또구리'해야 한다고 되뇌었는데, 솔직히 말하면 엄마를 닮아 좀 못되게 굴어야 한다는 뜻이 아니었을까. 그

언제부터 우리는
아이들에게 못마땅한 점을 발견할 때마다
서로 사나운 표정으로 '네 탓이오'를 외치게 되었을까.
아이들은 우리의 기대보다 더 잘 커 주고 있는데도 말이다.

런 데다가 막내는 초등학교 때부터 다섯 식구 중 유일한 기독교도까지 되었으니 남편의 걱정이 더 커질밖에.

그러나 내 생각은 달랐다. 나는 남편이 막내에 대한 걱정을 늘어놓을 때마다 뭘 그리 걱정하느냐, 당신 같은 성격으로 이 험한 대한민국 땅에서 이 정도로 먹고살 수 있으니 그것만으로도 큰 성공이다, 공연한 걱정을 버려라, 막내도 잘될 거다, 난 그 애 성격이 정말 좋다고 다독였다.

그런데 비교적 오랫동안 지속되어 온 부부간의 이런 아름다운 겸양지덕이 아이들이 다 커 버린 지금에 와서는 어디론가 다 증발되어 버리고 만 것 같다. 언제부터인가 우리는 아이들에게 못마땅한 점을 발견할 때마다 서로 사나운 표정으로 '네 탓이오'를 외치게끔 되었다.

바쁘다는 핑계로 큰댁 행사에 아이들이 자꾸 빠지려 드는 것, 방을 쓰레기통으로 만들어 놓고도 치우지 않는 것, 연락도 없이 외박하는 것 등등 거슬리는 짓들이 잦아져 갈수록 우리 부부는 서로를 탓하기 바쁘다. 당신을 닮아서 아이들이 인사성이 없다, 당신을 닮아서 아이들이 지저분하다, 당신을 닮아서 아이들이 자상하지 못하다, 당신을 닮아서 아이들이 계획성이 없다, 당신을 닮아서, 당신을 닮아서….

아이들이 우리 기대보다 더 잘 커 주었고 자기 삶을 충실히 잘 꾸려 가고 있는데, 부모들은 조그만 문제들을 있는 대로 부풀려서 서로에게 상처를 줄 말만 골라서 하고 있는 셈이다. 아마 이제는 부모의 울을 벗어날 만큼 훌쩍 커 버린 아이들에 대한 아쉬움, 어느새 서로를 애잔한 눈으로 볼 수밖에 없는 늙음에 대한 처연함이 공연한 시빗거리라도 만들지 않으면 견딜 수 없기 때문에 이렇게 된 것 같다. 아니면, 세상이 흘러가는 대로 따라가다 보니 우리 마음도 말할 수 없이 삭막해지기만 했는지도.

이럴 때 마침 둘째의 음반이 나왔다.

남편은 이렇게 말한다.

"노래 솜씨는 나를 닮았고, 창의력은 당신을 닮았어."

나는 대답한다.

"난 음치잖아. 다 당신 닮은 덕이야."

아버지는 아이들에게
누구인가

요즘 젊은 아버지들을 보면 세상이 달라져도 많이 달라졌다는 사실을 인정하지 않을 수 없다. 어떻게 하면 아이를 잘 키울까, 어떻게 하면 아이와 좋은 관계를 맺을까에 대해 놀라울 만큼 신경들을 쓴다.

가끔 사회 기관에서 운영하는 '아버지 모임'에 나가서 이야기를 할 기회가 있을 때마다 나는 새삼 세상의 변화를 느끼는 것과 동시에 우리 또래의 아버지노릇에 대해서 뒤돌아보게 된다. 그러다 보면 이제는 이미 지나가 버린 결혼 초기 10년 동안 남편이 했던 아버지노릇이 떠오르고, 뒤늦게 옛날에 다 풀어내지 못한 화가 솟구치기도 한다.

훈이가 아직 열 살이 채 안 되었을 때니까 1970년대 말이었다. 남편의 고등학교 동기 동창 회보를 만들던 남편 친구에게서 가족란에 실릴 원고 청탁을 받은 적이 있다. 당시 남편은 1970년대 한국 사회의 산업 역군답게 날이면 날마다 통금 시간 직전에 고주망태가 되어 들어오곤 했다. 올망졸망한 아이 셋은 완전히 내 몫일 수밖에 없었고, 남편은 아이들이 깨기도 전인 이른 새벽에 집을 나가 아이들이 잠든 뒤에나 돌아왔기 때문에 늘 잠자는 얼굴밖에 볼 수가 없었다.

그때는 일요일도 휴일도 없었다. 지금 돌아보면 내 인생 중 팔자타령과 원망이 극에 달한 때였던 것 같다. 그러니 미사여구라는 건 애초에 어울리지 않는 성격에 남편 동창 회보라고 거짓말을 늘어놓을 수는 없잖은가. 남편 흉을 잔뜩 본 다음에 나는 글을 이렇게 마무리 지었다.

"그럼에도 불구하고 아이들이 아빠의 얼굴을 잊지 않고 알아보는 것은 전적으로 아이들이 천재이기 때문이라고 생각한다."

그 글이 실린 후, 지극히 보수적이었던 남편 동창들은 내가 현모양처답지 못하게 공개적으로 남편 흉을 보았다고 분개했는데, 정작 남편은 "당신은 정말 재치가 있어"라며 칭찬을 했던 기억이 난다.

남편은 그런 사람이었다. 어문계 대학을 다니면서 연극에 미쳐 산 사람답게 현실과 상당한 거리를 두면서 살아가는 형이었다. 결혼을 하고 나서도 그 성향은 변하지 않았다. 나 역시 이상주의적 성향이 강했기 때문에 결혼 직후 현실적으로 상당히 괴로움을 맛보아야 했다. 살아남으려면 둘 중 하나는 재빨리 현실에 발을 담가야 했는데 결국 내가 졌다. 결혼 이후 근 10년 동안 나는 소크라테스의 부인으로 살았던 것 같다. 끊임없이 바가지를 긁으면서 남편을 닦달했으나 아무런 성과를 보지 못했던.

한마디로 그는 가정적인 남자와는 거리가 멀었다. 집안일은 완전히 아내에게 맡기고 전혀 몰라라 했다. 회사 일은 대단히 충실하게 했지만 돈에 대해서는 지나치게 담백했다. 나 역시 남의 돈을 탐내지는 않는 성격이지만, 돈 자체의 필요성에 대해서는 결혼 이후 깨닫는 바가 있었다. 돈이 없다고 자존심이 상할 건 없지만 돈이 없으니까 아이 우유를 먹일 수 없었다.

그런데 남편은 내가 돈 이야기만 꺼내면 나를 속물로 취급했다. 어찌 된 일인지 자본주의 사회에서 성장한, 그것도 사업가의 집에서 자란 그는 일종의 돈 알레르기 증상을 앓고 있었다. 연애할 때는 그런 증상이 매력 포인트로 작용했지만 결혼 후에는 치명적인 약점으로 보였다. 장님이 되지 않고 어떻게 연애를 할 수 있으랴만.

게다가 남편은 가장 모범적인 한국 남성답게 '가정적인 인간은 곧 비인간적'이라는 등식에 매여 있었다. 자기 아이나 아내에게 자상하게 구는 친구들을 겉으로는 표현하지 않지만 내심 우습게 여기고 있었다. 나는 남편에게 당신은 현대인이 아니라 근대인이라고, 시대를 잘못 태어났다고 쏘아붙일 때가 많았다. 장점이라고 말할 수 있는 점이라면, 내가 아무리 바가지를 긁어도 자기 태도를 고칠 생각을 안 하려니와 별로 기분 상해하지도 않는, 코끼리 발바닥 같은 무딘 신경이었다.

이런 남자가 하는 아빠노릇은 어떤 것일까. 훈이가 유치원에 들어갈 즈음부터 우리 사회에도 아빠노릇에 대한 변화가 생기기 시작했다. 예를 들면 유치원 종업식에 아빠들도 참여하는 분위기가 점점 퍼져가고 있었다. 마침 같은 동네에 살던 고등학교 동창 두 명도 아들들을 같은 유치원에 보냈는데, 그 두 아빠들은 종업식에 왔지만 남편은 무슨 웃기는 소리냐며 아예 귀를 기울이려고도 하지 않았다. 아마 모르긴 몰라도 속으로는 그 두 아빠들에게 '쪼다 같은 녀석들'이라고 욕깨나 퍼부었을 것이다.

모처럼 쉬는 일요일이면 남편은 하루 종일 잠만 잤다. 아파트 베란다에서 바깥을 내다보다가 아는 엄마들이 가족 동반으로 놀러 나가는 모습을 보면, 나는 아무 소득이 없을 줄 뻔히 알면서도 남편에게 바가지를 긁곤 했다. 우리도 아이들 데리고 외식도 좀 하자, 그래야 아이들도 아빠와 좀 더 가까워질 수 있다고.

어느 날 훈이가 물었다. 자기네 반 아이들이 롯데 호텔 뷔페가 어떻고 남서울 호텔 뷔페가 어떻고 하면서 어디는 갈비가 맛있고 어디는 뭐가 맛있다면서 입씨름을 하던데, 도대체 그 '뷔페'라는 게 뭐냐는 것이다. 1970년대 말은 우리 사회에 본격적으로 소비문화가 일기 시작한 때였고, 우리가 살던 곳은 새로 조성된 대규모 아파트 단지였기 때문에 이른바 시류에 민감한 주민들이 집단으로 거주하고 있었다. 당시 막 유행하기 시작한 뷔페 식당에 가족들을 데리고 외식하는 가장은 아주 잘나가는 사람으로 보이던 때였다.

나는 남편에게 우리도 뷔페라는 데를 한번 가 보자고 졸랐다. 남편의 대답은 간단했다. 뷔페라는 형식은 이미 서양에서는 한물간 식당 형태로, 한마디로 촌놈들이 가는 데라는 것이다. 우리나라에서는 뒤늦게 도입하여 값만 비싸게 받는데 왜 그런 델 가고 싶어 하느냐며 이해할 수 없다는 표정을 지었다. 나는 당신은 노상 다녀서 그런 결론을 냈겠지만, 우리는 구경도 못했으니 아이들 견학도 시킬 겸 한번 가 보는

엄마노릇에 정답이 없듯이 아빠노릇에도 정답은 없다.
다만 아빠라는 사람을 아이들이 잘 이해하게 만들 수만 있다면
그것으로 족하다.

것도 괜찮지 않겠느냐고 설득했다. 하지만 남편은 끄떡도 하지 않았다. 세상의 모든 것을 알 필요는 없다, 그런 건 몰라도 된다는 것이다.

우리 아이들이 뷔페를 처음 구경한 것은 그로부터 10년이 흘러 사촌 형이 대학을 졸업할 때였다. 그때는 뷔페도 이제 한물가서 상대적으로 값이 많이 내려갔지만, 아이들은 어느새 사회의식이 생겨 뷔페 같은 데 가서 온 식구가 먹는 데다 큰돈을 쓰는 것에 대해 강한 거부감을 갖고 있었다. 아무튼 매사가 이런 식이었다.

솔직히 나에게도 문제가 있음을 인정해야겠다. 아이들을 데리고 갈 필요가 있다고 판단했다면 남편이 뭐라든 혼자서라도 아이들을 데리고 가야 했던 것이 아닐까. 그러나 나중에 생각하니 참 어리석었다는 깨우침이 드는 일이 어디 한두 가지랴. 한번 고정관념에 사로잡히면 좀처럼 벗어나기 힘든 법이다.

이렇게 내 눈에는 아빠노릇을 전혀 안 하는 아빠를 어쩐 일인지 아이들은 꽤나 좋아했다. 아마도 아빠가 곰살궂게 굴지는 않지만 성격이 워낙 짜증과는 거리가 먼지라 아이들을 상당히 편하게 만들어 주었기 때문인 것 같다. 게다가 가장 큰 장점은 유머가 있는 아빠라는 점이다. 그 또래의 남성치고 남편처럼 편안하게 유머를 구사하는 사람은 아주 드물다는 게 내 생각인데, 이것도 제 눈에 안경인가.

아이들이 꾸준히 아빠를 좋아한다는 사실에 대해서 남편은 내게 고마움을 표한다. 내가 은근히 아빠를 존경하도록 만든다는 건데, 그럴 때마다 나는 양심에 찔린다. 오히려 아이들 앞에서 아빠 흉을 있는 대로 보았기 때문이다. 큰애 말에 따르면 엄마가 하도 아빠 흉을 보았기 때문에 자기는 어렸을 때 아빠가 나쁜 사람인 줄 알았다는 것이다. 나쁜 사람이지만 좋아했다니!

어쩌면 아이들은 이해관계를 떠나서 사물의 핵심을 보는 눈을 가진 것은 아닐까. 자신들에게 잘해 주고 못해 주고가 아니라 그 사람 자체의 값을 볼 수 있는 능력을 아이들은 갖고 있는 것 같다.

아이들이 가끔씩 내게 묻는다.

"아버지 같으신 분이 어찌 이렇게 험한 세상을 별 탈 없이 살아오셨어요?"

아이들이 보기에도 자기 아빠는 숨이 막힐 만큼 너무 착하고 순진하다는 것이다.

이런 말을 들을 때면 나는 기분이 묘해진다. 기분이 괜찮을 때는 "그러니까 대한민국이 좋은 나라라는 거 아니냐"라는 농담으로 받지만, 우울할 때는 "그러니까 이 엄마가 얼마나 살기 힘들었겠니?"라는 넋두리가 시작된다. 물론 어느 때부터인가 아이들은 절대로 아빠에 대한 엄마의 험담을 들으려고 하지 않게 되었지만.

세 아이들은 모두 연희동에 있던 열두 평짜리 아파트에서 태어났다. 그 아파트는 요즘같이 고층이 아니라 3층짜리 저층으로 마당에 김장독을 묻을 수 있었고, 주민들이 얼마 안 돼 시골처럼 사이좋게 지냈다. 그렇다 보니 애들 아빠가 매일 밤 술에 취해 통금이 지나 귀가한다는 사실을 이웃에서 빤하게 알고 있었다. 내가 속상해서 하소연하면 이웃 아주머니는 싱글싱글 웃으며 위로를 해 주었다.

"새댁, 속상해하지 말고 기다려 보우. 저러다가도 마흔이 넘으면 집으로 돌아온다우."

갓 서른 살이던 그때는 끔찍한 말이었지만 과연 사실이었다. 남편은 마흔이 넘자 조금 가정적으로 변했다. 아마 사회 분위기 자체가 변한 점도 크게 작용했을 것이다.

훈이가 초등학교를 졸업하던 해 우리는 처음으로 가족끼리만의 여행을 했다. 설악산 언저리를 걸으면서 남편은 아이들과 많은 이야기를 나누었는데, 그들은 잊었을지 몰라도 나는 이 여행을 결코 잊을 수 없다. 훈이가 이 여행 이후 놀랄 만큼 성숙해졌기 때문이다. '추억 만들기'는 준이가 중학교를 졸업하던 해 두 부자끼리의 경주 여행으로 이어지기도 했다.

훈이가 대학에 입학하면서부터 남편과 아이들은 가끔 함께 당구장에 몰려가곤 한다. 인원이 네 명이기 때문에 편을 가르기도 쉽다면서.

아빠노릇을 꽤 잘하고 있는 젊은 아빠들이 더 좋은 아빠가 되기 위해 열심히 배우는 모습은 참으로 보기 좋다. 그러나 엄마노릇에 정답이 없듯이 아빠노릇에도 정답은 없다. 다만 아빠라는 사람을 아이들이 잘 이해하게 만들 수만 있다면 그것으로 족할 것 같다.

Chapter 3

자식노릇 하기도
힘들다구요

거친 황야를
홀로 걸었다

예부터 내려오는 말 중에서 언제 들어도 참신한 것 중에 '역지사지(易地思之)'라는 말이 있다. 입장을 바꾸어 생각해 보라는 뜻이다. 부모 노릇 하기가 너무 힘들다고 하소연하는 부모들에게 나는 이 말을 자주 인용한다. 당신들의 자식은 부모노릇에 서툴기 짝이 없는 당신들 밑에서 자라면서 얼마나 자식노릇 하기 힘들지 한번 생각이나 해 보았느냐고 물으면 다들 깜짝 놀라는 것 같다.

나 역시 내 아이들이 나 같은 엄마 밑에서 크느라고 얼마나 힘든지 별로 생각하지 않고 살았었다. 자신의 어린 시절을 조금만 되돌아보면, 부모가 마음에 안 들 때마다 부모를 선택할 수 없는 운명을 탓하며 얼마나 억울해하고 속상해했던지 떠올릴 수 있으련만, 자신이 부모가 된 그 순간부터 우리는 어찌 된 셈인지 아이들에게 신처럼 군림하면서도 그것을 의식하지 못하고 산다.

대학에 막 들어간 큰애와 오붓하게 텔레비전을 보던 어느 날 저녁이었다. 언제나 의젓한 아들이 그날따라 유난히 대견스럽게 보이기에 내 딴에는 인사를 차린답시고 말을 건넸다.

"그래, 그동안 참 힘들었지?"

"예, 거친 황야를 홀로 걷는 기분이었어요."

큰애가 웃지도 않고 읊은 대사는 마침 얼마 전 청문회에 출석한 한 5공 인사의 입에서 나와 신문 가십난에서 씹힌 것과 한 자도 틀리지 않는 그 대사 그대로였다. 나는 반사적으로 깔깔대고 웃었는데, 결국 그 웃음 끝에 눈물이 따라 흐르고 말았다. 그동안 '별난' 엄마 밑에서 아이 혼자 견뎌 냈을 그 황야, 그 바람, 그 외로움이 한꺼번에 나를 덮쳤기 때문이다.

그전부터 귀에 못이 박이도록 들어온, 엄마가 잘난 척하다가 아이 바보 만든다는 이웃들의 상투적인 충고 따위는 이에 비하면 아무것도 아니었다. 아이들은 그런 충고들이 모두 쓰잘 데 없는 것임을 증명이라도 하겠다는 듯이 반듯하게 자라 주었다. 때로는 쓰디쓴 맛을 볼 때도 없지 않았으련만 아이들이 그다지 티를 내지 않았기 때문에 나는 아이들의 괴로움에 대해서 솔직히 별로 신경을 쓰지 않았다.

소위 치맛바람을 일으킨다고 공인된 극성 엄마들도 대부분은 처음부터 극성스럽게 엄마노릇을 하겠노라고 결심한 것은 아니라고 생각한다. 사실 내 또래부터가 해방 후 제대로 교육을 받은 첫 세대의 여성들이라고 해도 과언이 아니다. 따라서 실제로 사회는 혼란스러울망정

"그동안 힘들었지?"
"예, 거친 황야를 홀로 걷는 기분이었어요."
그동안 '별난' 엄마 밑에서 아이 혼자 견뎌 냈을 그 황야, 그 바람,
그 외로움이 한꺼번에 나를 덮쳐 결국 눈물을 흘리고 말았다.

교과서상으로나마 민주주의나 시민 의식에 대해서 배우며 성장한 세대이다. 치맛바람이니 가족 이기주의니 하는 것이 왜 나쁜지, 적어도 이론상으로는 훤하게 알고 있었다.

그런데 자기 아이들을 학교에 보내면서부터 그들은 너무나 쉽게 현실과 타협해 버린다. 그리고 그렇게 타협하고 드는 이유를 '아이들이 상처를 입지 않게' 하기 위해서라고 입을 모은다.

지금 나는 돈 봉투 이야기를 하고 있다. 요즘 검찰에 줄줄이 불려 간 재벌들이 전직 대통령에게 천문학적인 돈 봉투를 내민 이유 가운데 '보험용으로'라는 말이 있다. 그들 말로는 칼자루를 쥔 자에게 특혜를 바란다기보다 최소한 상대적 불이익을 당하지나 않기를 바라는 마음에서 거액을 들이밀 수밖에 없었다는 것이다.

어쩌면 이리도 닮은꼴일까. 교사에게 돈 봉투를 가져다주는 엄마들의 변명도 똑같다. 다른 엄마들은 다(?) 가져다주는데 혼자만 안 가져다주면 결국 우리 아이만 미움을 받게 되니 울며 겨자 먹기로 가져다준다는 것이다. 더구나 교사가 보기에 그 집 부모라면 객관적으로 가져다줄 만한 형편이라고 판단될 경우 상황은 더 심각해지기 때문에 알아서 길 수밖에 없다고 한다.

그리고 이런 믿음을 뒷받침해 주는 사례는 우리 주위에 얼마든지 널려 있다. 학기가 시작된 지 한 달이 되도록 찾아가지 않았더니 우리 아이가 아무리 손을 들어도 절대로 시키지 않더라, 또는 여럿이 함께 떠들었는데 우리 아이만 야단치더라, 우리 아이만 청소를 시키더라 등등…. 심지어는 요즘 아이들은 눈치가 빨라서 누구누구 엄마가 학교에 왔다 갔는지 다 알기 때문에, 나보고도 빨리 선생님한테 인사(?)하라고 성화더라는 이야기까지.

이와 아울러 담임교사의 돈 봉투에 대한 태도가 어떠어떠하다는 것처럼 신속하게 입수되는 정보도 또 없을 것이다. 누구는 불가사리처럼 돈을 좋아한다더라, 누구는 겉으로는 청렴한 척하지만 절대 속지 마라, 누구는 현금은 절대 안 받는다더라….

한편 무슨 일에나 그렇듯이 지나치게 세상을 잘 아는 아주 일부 엄마들은 차라리 총대를 메고 앞장을 선다. 그들은 영악한 계산으로 우리의 열악한 교육 환경을 셈해 보고, 어떻게 하면 이런 데서 자기 아이들이 남보다 두드러질 수 있는지 간단하게 파악한다. 수십 명의 아이들에게 나누어져야 할 교사의 관심을 내 아이에게 좀 더 돌릴 수만 있으면 되는 것이다. 세상은 어차피 경쟁사회렷다, 그깟 몇 푼 안 되는 돈, 남보다 조금만 빨리 조금만 더 쓰면 만사형통일 텐데 무슨 양심 운운? 준다는 데 싫다는 사람 보지 못했고, 세상에 공짜는 없는 법.

물론 이렇게 영악한 엄마, 또 비겁한 엄마만 있는 건 아니다. 내 아이를 맡겨 놓고 인사를 드리는 건 부모의 당연한 도리라고 믿는 예의 바르고 순수한 엄마들도 많다. 그들에게는 교사에게 표시하는 성의를 촌지니 비리니 하면서 과대 포장하거나 사갈시하는 세태가 너무 각박하게만 느껴진다. 그러나 언뜻 보면 아주 순수해 보이는 이런 태도 아래에는 '좋은 게 좋다'는 타협 심리가 깔려 있음도 부인할 수 없으리라.

아무튼 해마다 학기 초만 되면 온 매스컴들이 다투어 돈 봉투 문제를 연례행사로 다루게 된 지 오래임에도 불구하고 이러저러한 이유로 교사와 학부모 사이에 돈 봉투를 둘러싼 줄다리기는 끈질기게 지속되고 있다. 또, 교사들 입장에서 보면 지나치게 침소봉대된 감도 있긴 하지만, 돈 봉투 문제는 이제 막 아이들을 학교에 입학시킨 젊은 엄마들에게 있어 여전히 가장 부담스러운 문제로 다가온다.

나는 촌지에 관한 한 전부터 태도를 분명히 정해 놓고 있었다. 간단했다. 옳지 않다고 생각되므로 하지 않기로. 나는 원래 치밀한 성격의 소유자가 아닌 만큼 평소 생활 원칙 같은 것을 딱 부러지게 정하지 않는 편인데도 이 문제에 관해서만큼은 고집스러웠다. 아마도 내 어릴 적 상처들이 너무 깊었기 때문인 것 같다. 지금도 가끔 생각나는 장면이 있다.

산골에서 읍으로, 그리고 서울 변두리로 옮겨 다니며 초등학교를 졸업한 나는 당시 부잣집 딸들이 많이 모인다는 명문 중학교에 들어갔다. 입학하자마자 사친회가 열렸는데, 생전 학교라고는 찾아보지 않던 어머니가 그때 아마 맏딸의 떼를 견디지 못하고 참석하셨던 것 같다. 세련된 엄마들이 나서서 돌린 기부금 명부를 받고 고심하던 어머니는 콧등에 땀이 맺혀 가면서 최저 금액을 써넣으셨다. 그러나 그 돈은 말단 공무원인 아버지의 수입에 비해 터무니없는 거액이었다. 나중에 이 사실을 알게 된 아버지는 있는 년들 춤추는 데 덩달아 날뛰었다며 무섭게 몰아치셨고, 말주변 없는 어머니는 닭똥 같은 눈물만 뚝뚝 떨어뜨리셨다.

내가 서울로 전학한 것은 5학년 때였는데, 충청도 시골에서 올라온 내게 변두리나마 서울의 치맛바람은 살을 에어 낼 듯이 매서웠다. 그때만 해도 나는 군인 아저씨나 경찰을 보면 멀리서도 절을 꾸벅 할 만큼 촌무지렁이였기 때문에 자기 딸을 제치고 1등을 한 나에게 "너는 왜 서울에 와서 우리 딸을 괴롭히니?"라며 노려보던 젊고 예쁜 반장 엄마가 마귀할멈처럼 무섭게 보였다. 6학년 때 담임 선생님은 문학적 소양이 높아 내가 무척 좋아했던 분인데, 다섯 명으로 짜인 과외 그룹의 엄마들 때문에 나를 좋아한다는 걸 표현 못 하시는 눈치였다. 덕분에 나는 그 특수층을 제외한 전체 반 친구들에게 마치 가난한 정의의 사도처럼 떠받들렸다.

이런 경험들은 어린 내 마음속에 일종의 정의감 같은 것으로 남아 각인되었다. 적어도 나는 나중에 어른이 되었을 때 자기 자식들을 위한다는 핑계로 다른 아이들에게 상처를 주는 그런 나쁜 어른은 되지 않겠노라고 결심한 것이다.

세 아이를 키우면서 나는 이 결심을 지켰다고 자부한다. 물론 아주 예외적인 경우가 없었던 것은 아니다. 큰애가 중학교 2학년 때인가 전교 1등을 한 번 한 적이 있는데, 그때 젊으나 젊은 담임 선생님은 참으로 끈질기게도 아이에게 '한턱내라'고 졸랐다. 결국 나는 전화로 밀고 당긴 끝에 '내 본의가 아니다'라는 편지와 함께 촌지를 전한 적이 있다. 이 비슷한 일을 네 번인가 겪은 것 말고는, 한 반에서 몇 명의 어머니들이 모어 다달이 담임에게 '판공비'를 걷어 주는 게 관례가 되어 있던 강남에서 나 같은 엄마는 골칫거리로 통한다는 것을 잘 알고 있지만, 원칙을 바꾼 적은 한 번도 없었다.

그렇다고 내가 기본적으로 교사를 싫어하고 미워한다고 생각한다면 정말 잘못 짚은 것이다. 오히려 나는 아이들이 거쳐 온 서른여섯 명의 교사 가운데 정말 존경받을 만한 교사들을 여럿 기억하고 있다. 아무리 세상이 썩어도 적어도 교직을 택할 만한 성향을 가진 사람들 가운데는 좋은 사람이 남아 있게 마련 아닌가.

내가 제일 듣기 싫은 이야기는 이러저러한 이유로 돈 봉투를 가져다주고 돌아온 엄마들이 교사를 품평하는 내용이다. 만약 교사들이 이런 이야기를 직접 들을 수 있다면, 설사 굶어 죽는 한이 있더라도 촌지를 단 한 푼도 받지 않을 거라고 믿는다. 내 생각에는 서로 세련되게 돈 봉투를 주고받는 관계에 최소한이라도 인간적 신뢰가 존재한다면 그것 자체가 기적이다. 너무 삐딱한 생각일까.

엄마들이 우려했듯이 우리 아이들은 내가 보기에 바보가 되지도 않았고 기가 죽지도 않았다. 아마 부모를 닮아 성격이 워낙 무딘 편이라 선생님이 구박해도 눈치를 채지 못했는지도 모른다. 가끔 가다 내가 보기에도 지나치게 표가 나는 선생님을 만날 때도 있었지만, 아이들은 대개 대범하게 웃어넘기는 것 같았다. 내 친구들 말에 따르면, 남자 아이들이라 그렇지 딸이었으면 너도 별수 없었을 거라고 하는데 사실일지도 모르겠다.

솔직히 아이들이 학교생활을 어떻게 기억하고 있는지에 대해서 나는 너무 무관심했던 것 같다. 그저 크게 상처받거나 크게 괴로워하지 않은 걸로 됐다고 나름대로 판단을 내려온 것이다. 자신도 그렇게 황야를 걸었다는 그 이유만으로 아이들로 하여금 홀로 바람 부는 황야를 걷게 내몰고는, 이제 와서 '그렇게 힘들었니?' 하며 새삼 놀라고 새삼 안타까운 눈물을 흘리는 이 구제받을 수 없는 엄마 같으니라고.

이 엄마 밑에서 자식 노릇 하느라고 정말 애썼다, 얘들아. 그렇지만 산다는 게 그리 간단하지 않다는 걸 미리 겪어 보는 것도 괜찮은 일 아니니.

모르는 건 끝까지
모른다고 해라

바로 엊그제 초등학교 2학년에 올라간 훈이가 눈물이 그렁그렁해서 돌아왔다.

"이제부턴 엄마 말 안 들을 거야."

"왜?"

"오늘 선생님한테 나만 혼났단 말이야."

"그랬어? 무슨 일인데 이렇게 착한 훈이를 야단치셨을까?"

"순 엄마 때문이야."

"그래? 엄마가 무얼 잘못했는데?"

"엄마가 그랬잖아. 모르는 건 끝까지 모른다고 하라고. 그랬더니 우리 선생님 화났어."

산수 시간이었단다. 선생님이 설명을 다 하신 다음에 "여러분, 이제 잘 알겠죠?" 하고 물으시자 반 친구들이 몽땅 입을 맞추어 "네"라고 대답했는데, 유독 자기 혼자만 "아니요"라고 했단다. 선생님은 자기를 한 번 바라보더니 다시 한 번 똑같은 방식으로 설명하셨는데 여전히 자기는 이해를 할 수 없었단다. 그래서 "여러분, 이제 다 알겠죠?"라고 물으시는데 또 한 번 혼자 "아니요"라고 했더니, 선생님 얼굴색이 달라지더란다.

선생님이 다짜고짜 "너 왜 그래?" 하고 물으시기에 동훈이는 "우리 엄마가 그러는데 모르는 걸 아는 척하는 것처럼 바보는 없다고 하셨어요. 모르는 건 끝까지 모른다고 해야 한다고 하셨어요"라고 대답했단다. 그러자 선생님은 다시 한 번 더 설명해 줄 생각은 하지 않고 화를 벌컥 내면서 "그럼 니네 엄마한테 가르쳐 달라고 해" 하고는 수업을 마쳤단다. 같은 반 아이들은 바보처럼 선생님을 화나게 했다고 훈이를 욕하고.

훈이가 꺽꺽거리면서 눈물범벅 콧물범벅으로 전하는 이야기를 듣자 속에서 열불이 솟구쳤다. 세상에, 이 정도였구나. 그래, 이 정도밖에 안 되는 세상이야.

나는 아이를 꼭 안아 주면서 물었다.

"그래서 엄마가 잘못한 것 같니?"

"응, 엄마 말대로 했다가 선생님한테 야단만 맞았잖아. 다음부턴 엄마 말 안 들을 거야."

"그럼 다음부터는 몰라도 네 할 거니?"

"다른 애들이 그러는데 걔네들도 다 알아서 네 하는 게 아니래. 그

"모르는 걸 아는 척하는 것처럼 바보는 없다."
자기가 무엇을 모르는지만 알면 그다음을 알기는 쉬우니까.
하나를 알더라도 확실하게.

냥 다 함께 네라고 안 그러면 선생님이 화를 낼까 봐 그렇게 대답해 주는 거래."

아홉 살밖에 안 된 아이들이 벌써부터 타협의 고수가 되어 버렸다면 웃어야 할 노릇인가, 울어야 할 노릇인가. 아이는 단 한 번의 깊은 상처로 이미 타협이 편하다는 걸 눈치채 버렸을 뿐만 아니라 그쪽으로 마음을 정하고 있었다.

타협. 아이를 학교에 보낸 지 이제 겨우 만 1년이 지났을 뿐인데 그 짧은 기간 동안 얼마나 자주 듣던 낱말인가. 만약 다른 엄마에게 말하면 틀림없이 또 이 낱말에 관련된 조언을 들어야 할 것이다.

"동훈이 엄마, 동훈이네 선생님 유명하게 밝히는 여자야. 얼마나 노골적이고 지독한 여잔데. 그냥 쉽게 생각해요. 다 운수소관이야. 왜 아이를 괴롭혀? 사는 게 다 그렇지 뭐. 타협할 수밖에 없잖아. 누구는 뭘 몰라서 타협하나, 그냥 좀 편하자는 거지. 세상이 다 그런데 혼자 잘난 척하다가 애만 병신된다고. 동훈이가 워낙 무딘 애라 그렇지, 우리 애가 그러는데 동훈이 매일 당하고 산대요."

아이가 미워서 매일 청소를 시켜도 좋고 벌을 세워도 좋다. 사람이란 한번 감정이 나면 아주 쉽사리 통제 불가능한 상태까지 굴러가는 게 보통이니까. 그러나 천직이니 성직이니 하는 시대에 어울리지 않는 말로 거창하게 수식할 필요도 없이, 그냥 직업으로 교사를 택한 사람이라 해도 이처럼 자기 직업을 모독할 수는 없다. 가르치는 것을 업으로 삼았다면, 적어도 그것으로 밥을 먹는 사람이라면 아이가 가르침을 원하면 가르쳐야 할 의무가 있다. 그 아이의 엄마가 신경에 거슬리더라도 이제 아홉 살밖에 안 된 순수한 아이에게 그런 태도를 취해서는 안 되는 것이다.

엄마는 아이를 내팽개쳐 길렀다고 공언하고 있지만 결과적으로 아이들이 모두 공부를 잘하게 된 배경에는 무언가 그 엄마만의 특수한 교육이 있지 않았을까 하고 사람들은 나름대로 추리한다. 내게서 아이들에게 지적 자극을 준 그 어떤 방법을 굳이 끌어낸다면, 그건 바로 훈이가 울며불며 엄마를 탓한 바로 그 말 한마디다.

'모르는 건 끝까지 모른다고 해라. 모르는 걸 아는 척하는 사람처럼 바보는 없다.'

훈이가 학교에 들어갈 즈음 공부와 관련되어 한 말은 이것이 전부였다. 물론 이 말은 내 삶의 경험에서 체득한 것이다. 남편도 같은 생각이었다. 자기가 무엇을 모르는지만 알면 그다음을 알기는 쉬우니까.

훈이는 비록 빠릿빠릿한 구석은 없지만 하나를 알더라도 확실하게 알고 넘어가려는 의욕이 대단했다. 따라서 질문이 많은 편이었다. 나는 훈이가 당장의 성적은 좋지 않을지 몰라도 끊임없이 발전할 아이라고 믿어 의심하지 않았다.

그런데 선생님에게 엄마까지 꺼묻혀서 모욕을 당했으니, 이 대목을 잘 넘기지 않으면 큰일이라는 위기감이 들었다. 나는 아이를 품에 안고 잠깐 생각을 정리했다.

교육에 관해서 쓴 글이나 상담 내용을 보면, 어떤 때는 너무 윤리적이고 위선적이어서 오히려 비교육적이라는 판단이 드는 경우가 아주 많다. 예를 들어 아이가 학교에서 야단을 맞고 오면 절대로 아이 편을 들지 말고, 선생님의 결점을 아이 앞에서 거론하지 말라는 충고들만 봐도 그렇다. 아이 앞에서 선생님을 비난하면 아이들에게 불신감을 심어 줄 뿐이라는 것이다. 물론 급변하는 사회 속에서도 군사부일체라는 전통적인 도덕률을 붙잡고자 하는 안간힘이 이해되지 않는 바는 아니지만, 이런 충고 밑에 깔려 있는 체제 유지에 대한 맹목적인 집착은 확실히 시대착오적이다.

교육학자들이 들으면 큰일 날 그런 소리를 나는 아홉 살짜리 아이에게 또렷하게 들려주었다.

"동훈아, 너는 잘못하지 않았어. 잘못한 사람은 네 선생님이셔. 선생님이라고 해서 뭐든지 잘 알고 뭐든지 옳은 일만 하시는 건 아니란다. 선생님도 틀리실 때가 있어. 왜냐하면 선생님도 사람이시거든. 그리고 선생님들도 다 똑같지는 않으셔. 사람은 누구나 성격이 다르기 때문이야. 어떤 분은 선생님을 직업으로 택하셔도 그 직업에 잘 안 맞는 경우가 있어. 그러니 네가 잘못했다고 생각하지 말고, 앞으로도 계속 모르는 건 끝까지 모른다고 해야 해."

내가 훈이에게 이런 이야기를 했다고 말하면 사람들은 상당히 곤혹스러운 표정을 짓기 일쑤였다. 세상을 알 만큼 아는 어른이 이제 막 세상 속으로 들어가는 조그만 아이를 놓고 복잡한 세상사를 미리 가르쳐 줄 필요가 있을까 하는 의문과, 마땅히 존경해야만 하는 선생님이 평범한 인간일 수도 있다고 가르쳐 주는 건 아이에게 너무 일찍 비판 의식을 심어 주는 일일 뿐만 아니라 나아가 인간 불신을 조장하는 행위이므로 바람직하지 않은 것 같다는 반응이 주류였다. 반면에 그렇다고 해서 전 시대처럼 권위에 대해 무조건 복종하거나 '좋은 게 좋다'는 식으로 무조건 현실과 타협하는 것도 능사는 아니라는 반응도 간혹 보였다.

대부분의 사람들은 너무 어릴 때부터 아이들에게 비판 의식을 심어 주면 결국 부정적인 세계관을 갖게 된다며 나를 비난했다. 쉽게 말해 엄마는 다 큰 어른이기 때문에 비판 성향이 강하다 하더라도 인간 자체가 비뚤어지지는 않지만, 아이들은 자칫하면 비뚤어진 심성을 가진 인간이 되기 쉽다는 것이다. 그러다 보면 성인이 되었을 때 인간관계도 원활하지 못하고 직장생활에도 적응하지 못하는 사회 부적응자가 될 수도 있다고 했다.

어느 부모가 제 자식이 사회에서 따돌림당하는 사람이 되기를 바라겠는가. 뛰어난 능력을 가졌으되 남과 어울리지 못하는 사람보다는 덜 똑똑하더라도 주위의 사랑을 받는 인간이 되기를 소망하는 게 모든 부모의 마음이다. 그러나 남에게 모난 사람이라는 소리를 듣기가 두려워 아예 어려서부터 좋은 게 좋다는 식으로 세상을 바라보게 만드는 부모는 옳지 않다. 오히려 어른들이 너무 현실과 타협하면서 살아왔기 때문에 세상에 오늘과 같은 많은 문젯거리를 남긴 게 아닐까.

모든 부모는 자기 자식이 '착한 아이'로 불리기를 바란다. 그런데 그 '착함'의 내용은 '무조건 권위에 복종하라'는 메시지로 가득 차 있는 게 보통이다. 어른들 말씀 잘 듣는 아이가 착한 아이다. 그러나 말씀을 내리는 어른들은 과연 얼마나 착한가.

선생님이 잘못이지 네 잘못은 없다는 엄마의 말에 훈이는 일단 머리를 끄덕이기는 했지만 곧 단서를 달았다.

"앞으로 선생님한테는 모르는 게 있어도 절대로 모른다는 말을 안 할래요. 그 대신 모르는 게 있으면 집에 와서 엄마한테 묻든지 혼자 공부할래요."

선생님하고는 상대를 하지 않겠다는 결심이었다. 어린아이에게 이런 오기가 있다니. 입술을 앙다물고 오기 어린 결심을 피력하는 이 조그만 반항아에게 나는 더 이상 할 말을 잃었다.

일사불란하게 진행되는 수업 진도를 방해하는 유일한 지진아가 사라져서 선생님은 마음이 편해졌을까. 솔직히 내가 제대로 된 엄마라면 담임을 찾아가서 이 문제를 상의해야 옳다는 것을 나도 안다. 어쩌면 그 선생님은 소문과 다를지도 모르고, 마침 그날은 생리 중이거나 부부 싸움을 하고 나온 뒤끝이었는지도 모른다.

그러나 학교는 내게 처음부터 기피의 대상이었다. 학교와 교사를 둘러싼 소문들은 나에게 마음을 열고 그들을 만나러 갈 수 있는 용기를 원천 봉쇄하기에 충분할 만큼 나는 아예 질려 버린 상태였다. 난 이미 전의를 상실한 병사였다. 그것은 내 나름대로의 타협이었는지도 모른다. 나는 비겁한 엄마였다. 자신은 비겁하면서도 아이들에게는 용기를 가져야 한다면서 등을 떠민 엄마였다.

엄마의 비겁함을 아는지 모르는지 훈이는 나름대로 꿋꿋하게 학교 생활을 잘 꾸려 갔다. 어느 날인가 아이들과 함께 동네 상가를 구경하고 다녔는데 훈이가 "아, 우리 선생님이다" 하더니 선생님과 엄마를 인사시켰다. 의례적인 인사를 나누자마자 선생님은 "동훈이 글씨가 엉망이에요"라고 말했다.

글쎄, 고마워해야 할지 속상해해야 할지 아주 묘한 기분이었는데 정작 동훈이는 아무렇지도 않은 표정이었다. 어느새 애가 이렇게 컸구나. 나는 흐뭇한 마음으로 돌아설 수 있었다.

둘째가 학교에 입학할 때 훈이는 엄마에게 들은 훈계를 고스란히 반복했다.

"야, 모르는 건 끝까지 모른다고 해야 해. 괜히 아는 척하는 녀석은 바보야, 바보."

정말 보고 듣는 게 무섭다는 생각이 들었다.

자꾸만 공부가
재미있어져요

우리 아이들은 한결같이 친구들 사이에서 '중학교에 들어가서 갑자기 공부 잘하는 아이'라는 소문의 주인공이 되었다. 이 말은 초등학교 때는 별 볼일 없는 아이였다는 뜻을 담고 있다.

사실이다. 우리 아이들은 셋 중에 누구도 초등학교 시절 단 한 번이라도 반장을 해 본 역사가 없다. 또, 소위 '올백'이라는 걸 맞아 본 적도 없다. 그렇다고 무슨 특별한 재능을 발휘해 본 적도 없으니, 어디 있어도 눈에 띄지 않는 그런 존재들이었다.

그리고 엄마라는 사람이 생전 학교를 찾아가 본 적이 없으니 담임 선생님과 면담할 기회도 없고, 따라서 아이가 반에서 몇 등을 하는지 한 번도 확실하게 알아본 적도 없다. 초등학교 성적표에는 석차가 기재되지 않는데도 엄마들은 용케도 자기 아이들의 석차를 정확하게 꿰고 있다는 사실이 오히려 신기해 보였다.

무엇에나 등급 매기기를 좋아하는 사회답게 사람들은 아이들의 석차를 알고 싶어 한다. 어느 집 아이가 공부를 잘한다는 말을 전할 때도 꼭 '전교에서 1, 2등 하는 애'라고 해야 직성이 풀린다. 엄마들은 아이의 석차가 1등만 떨어져도 하늘이 무너질 것처럼 걱정하며 아이를 닦달한다. "너 이러다가 대학 떨어지면 어떡할래?" 하면서.

친척이나 친구들을 만나면 인사치레인지 한결같이 우리 아이들의 성적을 물어보는데, 그때마다 내 대답은 늘 신통치 못해서 비난을 받았다.

"애들 공부 잘하지?"

"그냥 그렇죠, 뭐."

"그냥 그렇다는 걸 보니 꽤 잘하나 보네."

"잘하는 편이에요."

"그래, 반에서 몇 등이나 하는데? 1등? 2등?"

"몇 등인지는 몰라요."

처음엔 괜히 내숭을 떠나 보다 생각하다가 진짜로 내가 아이들 석차를 모른다는 걸 확인하면, 사람들은 한편으로는 엄마의 무신경에 놀라고, 한편으로는 공부를 별로 잘하지 못하는 아이들이구나 하고 추측하는 듯했다.

나처럼 제 잘난 맛에 사는 사람이 아이들 성적을 이야기하면서 '그냥 그렇죠'라는 애매모호한 용어를 쓰게 된 데는 나름의 이유가 있다.

큰애가 초등학교 3학년쯤 되면서부터 아이가 말하지 않아도 나는

나중에 아이들이 다 서울대에 들어갔다는 소문을 듣고
당시 같은 동네 살았던 엄마들은 굉장히 충격을 받았다고 한다.
아이들 일은 모른다는 말이 있지만, 그 집 아이들은
정말 '존재가 없었다'고.

시험이 언제부터인지 알 수 있게 되었다. 같은 아파트 단지에 사는 친구들에게서 시험 일주일 전부터 정보가 쏟아져 들어왔기 때문이다. 어쩌면 그렇게도 엄마들의 관심사는 온통 아이들 시험에 몰려 있는지 정말 질리지 않을 수 없었다. 아이에게 무슨 학습지를 시키냐, 이번 시험 범위는 어디서 어디까진데 어느 부분이 어렵다더라….

'시험은 평소 실력으로'라는 게 내 평소 소신이었기 때문에 나는 아이들에게 시험공부를 시켜 본 적이 없다. 더구나 초등학교 때부터 시험공부를 따로 해야 한다면 앞으로 그 고달픔을 어떻게 견디겠는가 싶었기 때문에 문제집도 제대로 사 주지 않았다. 교실에서 배운 것은 교실에서 익혀 놔야지 그걸 나중에 따로 공부한다는 게 우스웠다.

훈이가 3학년이 되어 처음으로 일곱 과목이나 시험을 본 날이었다. 평소 아이들에게 철저한 엄마노릇 하기로 소문이 짜하게 난 동창에게서 전화가 왔다.

"애, 동훈이 시험 잘 봤대니?"

"응, 잘 봤더라."

"어머, 좋겠다 애. 그럼 올백이겠구나?"

"징그럽게 무슨 올백이냐. 올백 같은 건 우리랑은 상관없어."

"그럼 몇 개나 틀렸는데? 하나?"

"아니."

"그럼, 두 개 틀렸구나. 애, 그 정도면 아주 잘했다."

"아니야. 잘하긴 했지만 그 정도는 아니야."

"그래? 그럼 도대체 몇 개 틀렸다는 거니? 그래도 다섯 개는 넘지 않겠지?"

"다섯 개보다 훨씬 많아. 열세 개 틀렸더라."

"뭐? 아니, 애 좀 봐. 너 똑똑한 줄 알았더니 뭘 몰라도 한참 모르는구나. 열세 개면 반에서 중위권도 못 돼. 이 동네 애들이 얼마나 공부를 잘하는데."

기가 막혀 죽겠다며 친구는 전화를 끊었다. 나도 기가 막혔다. 일곱 과목에 열세 개 틀렸으면 한 과목에 두 개가 채 안 되는 꼴인데, 그러면 100점 만점에 90점인 셈인데…. 평균 90점이면 공부 잘하는 애지, 반에서 몇 등이 무슨 상관이람.

반 친구들이 하도 올백 올백 하니까 훈이도 스트레스를 받지 않을 수 없었던지, 어느 날은 "나 같은 애는 죽어도 올백 못 받을 거야" 하며 한숨을 다 쉬었다. 올백이라니, 머리를 뒤로 다 빗어 넘겼다는 거야 뭐야. 나는 훈이에게 위로하는 차원을 넘어서 단호하게 선언했다.

"올백 같은 거 좋은 거 아니야. 그런 것 해 보려고 애쓸 필요 없어. 엄마는 네가 시험 때 괜히 떨려서 실수하지 말고 아는 것만 제대로 쓰면 더 바랄 게 없어."

어쩌다가 자기가 다 아는 문제가 나와서 운 좋게 한 번쯤 올백을 맞았다면 모르지만 올백을 목표로 공부하는 건 너무 어리석은 짓이 아닐까. 그 아이는 올백을 한 번 맞아 본 이후부터는 항상 올백을 맞아야 한다는 강박관념에 쫓길 게 틀림없다. 한 문제만 틀려도 전보다 성적이 떨어졌다고 실망하게 된다면 너무 불행한 인생이다.

결국 세 아이들 모두 올백이라는 걸 한 번도 못 받아 봤지만, 그리고 반에서 과연 몇 등이나 하는지 한 번도 못 알아봤지만 나는 우리 아이들이 공부를 못하는 애들이라고 생각해 본 적이 없다. 그런데도 이 세상은 소위 '전교에서 놀지 않으면' 공부를 못하는 축에 끼워 넣기를 좋아한다. 나를 세상 물정 모르는 푼수 엄마 취급을 하며.

나중에 아이들이 다 서울대에 들어갔다는 소문을 듣고 당시 같은 동네 살았던 엄마들은 굉장히 충격을 받았다고 한다. 아이들 일은 모른다는 말이 있지만, 아무리 그래도 서울대에 갈 만한 아이들이면 어릴 때부터 어딘가 달라도 다른 법인데 그 집 아이들은 정말 '존재가 없었다'고.

나 역시 우리 아이들이 점점 공부를 잘해 가리라는 확신은 갖고 있었지만 서울대를 갈 정도로 공부를 잘하리라고는 미처 예상하지 못했다. 그리고 솔직히 난 아이들이 꼭 서울대에 가야 한다는 생각도 없었다. 대학 입학은 아주 먼 훗날의 일로 생각했고, 또 서울대가 목매달고 갈 만한 곳이 아님을 이미 알고 있었기 때문이다.

그런데 큰애가 중학교에 들어가자마자 상황이 달라졌다. 첫 시험에서 훈이는 놀랍게도 쉰 명 중에서 여섯째를 차지했다. 초등학교 시절에는 정확히 몇 등을 하는지는 모르지만 나 혼자서 막연하게 한 20등은 넘나들 거라고 짐작했는데.

더욱 놀라운 사실은 훈이가 그 성적표를 디밀면서도 상당히 불만족스러워했다는 점이다. 더 잘할 수도 있었는데 억울해 죽겠다는 표정이었다. 어럽쇼? 이놈 봐라.

내가 정말 잘했다고 칭찬하자 훈이는 그 말이 진심인지 아닌지 살

피는 눈치였다. 나는 50명 가운데 10등 안에 든 건 보통 일이 아니라며 네가 이렇게 잘하는 줄은 몰랐노라고 몇 번이고 칭찬을 했다. 그리고 이 정도면 얼마든지 1등도 할 수 있는 가능성이 있다고 부추겨 주었다. 아니 6등이나 1등이나 마찬가지라고까지 말했다.

훈이는 6등을 했는데 이렇게 좋아하는 엄마는 아마 없을 거라며 아무개는 5등 했는데 부모님께 야단맞을 걸 각오하고 있다고 했다. 그 친구는 초등학교 때 줄곧 반장을 도맡아 온 아이인데, 부모님이 중학교에 가서도 꼭 1등을 유지하지 않으면 혼날 줄 알라고 엄포를 놓으셨다는 것이다.

다음 달 시험에서 훈이는 2등을 했다. 그 친구는 전보다 성적이 더 떨어져서 아버지에게 매를 맞았다고 했다. 중학생인 아들을 때릴 수 있는 아버지는 과연 어떤 사람일까. 초등학교 때는 공부를 잘했는데 중학교에 와서 성적이 떨어진 이유는 단 하나, 네가 공부를 열심히 안 했기 때문이라는 지극히 단순한 논리로 착하고 성실한 아이에게 심한 매질을 한 그 아버지. 아이는 밤잠을 안 자고 공부했지만 성적은 오르지 않았다.

어느 날 훈이가 부끄러운 듯 고백을 해 왔다.

"엄마, 중학교에 오니까 공부가 재미있어져요."

친구들은 이젠 자기들이 공부를 안 해도 엄마들이 잘 모른다면서 실컷 놀겠다고 하는데, 자기는 거꾸로 공부가 너무 재미있어서 자꾸 공부가 하고 싶어진단다. 과목에 따라 선생님들이 바뀌 들어오시는 것도 재미있고, 선생님의 성격에 따라 가르치는 방식이 다른 것도 재

미있단다. 또, 질문을 해도 잘 받아 주시고 좋은 질문이라고 칭찬까지
해 주시니 정말 기분 좋다고 했다. 그러면서 친구들은 초등학교 시절
부터 엄마에게 너무 공부해라, 공부해라 하는 잔소리를 들어서 '공부'
라는 소리만 들어도 지겹다고들 하는데, 아마 자기는 그런 잔소리를
못 들어서 공부가 재미있게 느껴지나 보다고 제법 그럴듯하게 풀이
까지 했다.

　나는 훈이의 말을 들으면서 아이가 어느새 훌쩍 컸다는 느낌에 대
견스러웠지만 가슴 한편이 싸하니 아려 오기도 했다. 초등학교 선생님
들에게 별로 칭찬을 들어 보지 못하고 지내왔다는 사실이 마음에 걸
렸기 때문이다.

　아무튼 훈이는 그때 공부에 관한 한 제 길을 찾은 셈이다. 그것도
중학교 1학년 때 순전히 제 힘으로.

엄마는 대학을 나왔다면서
그것도 몰라?

'내 아이는 내 마음대로' 할 수 있다는 확신을 갖고 아이를 틀림없는 자기편으로 만들어 가던 엄마들이 '자식은 내 뜻대로 안 되나 봐' 하고 맨 처음 손을 드는 때는 언제일까.

아이들이 초등학생일 때는 개인 교수처럼 옆에 붙어 앉아서 전 과목을 가르치던 이른바 극성 엄마들도 아이들이 중학교에만 들어가면 갑자기 자신감을 잃어버리고 아이들의 공부에 대한 지휘권을 포기하고 만다. 영어고 수학이고 생물이고 간에 엄마들이 다닐 때 배우던 것과 모든 것이 달라졌기 때문에 이해할 수도 없을뿐더러 아이들이 하루아침에 엄마를 우습게 보기 때문이다.

엄마들 가운데 끈질긴 사람들은 스스로 학원에 다니면서까지 아이에 대한 교육권을 포기하지 않으려고 눈물겨운 노력을 하는 이도 없는 건 아니지만, 대부분의 엄마들은 그때부터 공부는 놔두고 공부 이외의 것에 대한 통제로 만족하고 물러서게 된다.

중학생 아이들을 둔 엄마들끼리 나누는 하소연은 대부분 엄마를 전지전능한 신처럼 여기던 아이들의 눈에 엄마를 깔보는 빛이 어릴 때 엄습하는 무력감에 대한 것들이다. 특히 왕년에 머리 좋다고 자타가 공인하던 대학 졸업 학력을 가진 엄마들은 아이에게 "엄마는 대학을 나왔다면서 이런 것도 몰라?" 하며 노골적으로 무시를 당했을 때 자존심이 휴지처럼 구겨지는 걸 느꼈다고 한다. 어떤 엄마들은 주책맞게 눈물까지 솟아올라서 화장실로 뛰어 들어가 세수를 했다며 웃었다.

주부의 삶, 특히 결혼한 지 10년 남짓 된 주부의 일상을 찬찬히 들여다보면, 쳇바퀴처럼 돌아가는 하루하루의 시간 속에 책이 자리할 여백을 발견하기가 힘들다. 매일매일 필수적으로 해치워야 할 가사노동은 아무리 숙련된 주부라 해도 절대적인 시간을 필요로 하는 데다가, 뚜렷이 눈에 보이는 건 아니지만 지속적으로 신경을 쓰지 않으면 당장 펑크가 나는 일이 한두 가지가 아니다. 그래서 결혼 전에 아무리 책을 좋아하고 많이 읽던 여성이라도 결혼해서 아이를 낳고 기르는 몇 년 동안은 여성 잡지나 주간지 이외에는 책 한 권 읽지 못하고 살아가기 일쑤이다.

이에 대해 어떤 이들은—소위 여성 문제에 대한 권위자라고 자처하는 남성들일수록—요즘처럼 여자들 살기가 편해진 시대에 왜 시간이 없겠느냐, 아이들이 잘 때 읽어도 되고, 아이들끼리 노느라고 정신이 없을 때 그 옆에서 읽을 수도 있지 않느냐, 결국 엄마들이 책을 읽지 않는 것은 게으름 때문이라고 호되게 질책하기도 한다.

물론 우리 주위에는 갓난아기를 키우면서 박사 논문을 쓰는 여성도 있고, 아이들이 잠든 한밤중에 책을 읽거나 소설을 쓰는 여성도 있다. 그러나 그런 여성들은 결국 자기가 자야 할 시간을 줄이는 셈인데, 뚜렷한 목표나 집념이 없는 대부분의 주부들은 건강을 유지하기 위해서라도 자야 할 시간에 자야 한다.

또, 미국의 유명한 심리학자의 이론에 의하면, 아이들이란 참으로 이상해서 자기들끼리 재미있게 놀 때 엄마가 뜨개질을 하고 있으면 그냥 계속 잘 노는데, 엄마가 책을 읽고 있으면 금방 엄마에게로 달려와서 방해를 한다고 한다. 따라서 주부들은 무얼 하더라도 아이들에게 끊임없이 신경을 쓰고 살아야 하니 잡지 이외의 읽을거리는 아예 포기할 수밖에 없다.

그렇다 보니 주부 경력이 길어질수록 지적 능력은 떨어질 수밖에 없다. 검증된 바는 없으나, 속설에 의하면 주부 경력 1년인 주부의 지적 능력은 최종 학력에서 마이너스 1년으로 계산하면 딱 맞는다고 한다. 주부 경력이 10년 된 대졸 주부의 지적 능력은 중학교 1학년 수준이라는 것이다. 사실이라면 너무 끔찍한 말이다.

이렇게 따져 보면, 큰아이가 중학교에 들어갈 즈음이면 주부 경력이 최소한 13년은 넘는 셈이니, 지적 능력은 대학 졸업 마이너스 13년, 즉 초등학교 4학년 수준이라는 계산이 나온다. 좀 과장된 감은 있지만 내 경험을 돌아볼 때 전혀 근거 없는 계산법은 아니다.

전업주부 10년이 되던 해 큰애가 중학교에 들어갔다. 어느 날 무슨 수학 문제를 물어보는데 나로서는 생전 들도 보도 못한 내용이기에 모른다고 했더니 대뜸 "엄마는 대학을 나왔다면서 이런 것도 몰라?"라고 되받았다. 그것도 짜증이 잔뜩 담긴 목소리로.

아, 이제 친구들의 말대로 드디어 엄마를 무시하는 시점에 들어섰구나. 이때를 잘 넘기지 않으면 영원히 무시당하며 살지도 모른다는 위기감이 나를 사로잡았다.

"그래, 모른다. 대학을 나왔다고 해서 뭐든지 다 알 수는 없어. 전에 배운 걸 다 머릿속에 넣어 둘 수도 없고, 또 그럴 필요도 없어. 그러다간 머리가 터질지도 모르잖니."

"그럼 뭣 하러 대학까지 갔어? 다 잊어버릴 걸."

"많이 배운다는 건 지식을 많이 쌓는 게 아니라 지혜를 배우는 거야."

"무슨 지혠데?"

"답을 몰라도 답을 찾아가는 방법은 안다는 뜻이지. 자, 네가 그 문제를 어디까지 풀다가 엉켰는지 나한테 한번 설명해 봐. 엄마는 전혀 모르는 문제니까 처음부터 차근차근 잘 설명해 줘야 해."

훈이는 이제까지 저보다 훨씬 유식한 줄 알았던 엄마가 자기가 아는 것도 모르는 수준이다 싶으니까 신이 나서 설명하기 시작했다. 일단 다 듣고 나서, 엄마가 학교 다닐 때부터 워낙 수학을 못했기 때문인지 잘 못 알아듣겠다며 더 천천히 기초부터 설명해 달라고 말했다. 무슨 교육적인 의도나 깊은 뜻에서 그런 것이 아니라 진짜 이해를 못했기 때문에 그렇게 말한 것이다. 훈이는 이렇게 쉬운 것도 이해를 못하

너희들이 공부를 잘하면 소원이 없겠다는 말을
반복하는 엄마보다
아무 말 없이 틈만 나면 책을 펼치는 엄마에게서
아이들은 지적 자극을 받는다.

겠냐면서 원리부터 다시 짚어 주었다. 그러더니 갑자기 "아, 그렇구나! 엄마, 알았어. 이젠 다 풀렸어" 하며 신나했다.

"그래, 이제 어디서 엉켰는지 알았지? 그렇게 쉬운 걸 갖고 괜히 엄마를 곯려 먹으려고 했구나. 엄마 때는 그런 거 배워 본 적도 없어. 교과서도 시대에 따라 자꾸자꾸 바뀌니까 니네들이 엄마 세대보다 어떤 면에선 훨씬 유식할 수도 있는 거야. 네가 아는 걸 엄마가 모른다고 해서 엄마를 무식하다고 생각하면 그거야말로 정말 무식한 짓이야."

결과만 보면 굉장한 고단수를 쓴 것처럼 보이지만, 솔직히 그 순간에는 은근히 켕기는 구석도 있었다. 만에 하나 훈이가 끝까지 문제를 못 풀 수도 있었기 때문이다.

이 경험은 나나 훈이 두 사람에게 모두 플러스로 작용했다. 나는 별로 애쓴 것도 없이 훈이에게 비교적 지혜로운 엄마로 비쳤고, 훈이는 그다음부터 남에게 의존하지 않고 스스로 문제를 풀어 나가는 방법을 터득했으니. 고등학교 때도 문제가 안 풀린다 싶으면 나한테로 와서는 "어머니, 정신 똑바로 차리고 들어 보세요. 어디서 엉켰는지 찾아내야 해요" 하면서 말로 풀어 나가기 시작했다. 중학교 1학년 문제도 캄캄인데 하물며 고등학교 수학을 내가 어떻게 이해하겠는가. 그러니까 훈이는 나에게 무슨 실제적인 도움을 바라서가 아니라 하나의 공부 방식으로 나를 앞에 두고 그런 쇼를 하는 거였다. 벽창호를 앞에 놓고 한참을 떠들다 보면 거의 대부분 저절로 풀리곤 했다.

전업주부인 엄마들이 아이들에게 무시를 당하는 이유는 지식에 대한 고정관념 때문이다. 어른들은 반드시 아이들보다 무엇이든지 많이 알고 있어야 한다는 생각은 잘못된 것이다. 실제로 우리가 어렸을 때 얻은 정보의 양은 지금 아이들에 비하면 턱도 없이 적다. 일생 동안 입력된 정보량만 비교해도 엄마들이 중학교 아이들을 따라갈 수 없는 터에 그나마 그 적은 양조차 기억하지 못한다. 양적으로 보면 엄마가 무식하다는 소리를 들어도 할 말이 없다.

그러나 아이들에게 무시당하지 않겠다고 죽어라 하고 공부를 할 필요는 없다. 사전에 담긴 지식을 다 외울 필요는 없다는 것이다. 단지 사전 찾는 법만 알고 있으면 된다. 더 좋은 방법은 아이들이 엄마에게 사전을 찾아 달라고 부탁하기보다는 스스로 사전을 찾도록 버릇을 잡아 주는 것이다.

물론 버릇 들이기는 강제적이 아니라 자발적인 방법을 쓸 때 더 효과적이다. 그러기 위해서 무엇보다 집안 분위기 자체가 지적 자극을 받을 수 있는 분위기라면 가장 바람직하다. 너희들이 공부를 잘하면 소원이 없겠다는 말을 반복하는 엄마보다 아무 말 없이 틈만 나면 책을 펼치는 엄마에게서 아이들은 지적 자극을 받는다.

우리 아이들이 평가하는 바에 따르면, 자기들이 비교적 공부를 좋아하게 된 이유는 단 한 가지, 우리 집 안 곳곳에 지적 자극을 줄 수 있는 각종 책들이 널려 있었다는 점이란다. 아이들이 어렸을 때 단 한 시간도 집중적으로 책을 읽을 짬이 없었던 건 사실이지만, 우리 부부는 끊임없이 새로 나온 책을 사들였다. 신문의 신간 안내란에서 괜찮다 싶은 책은 스크랩을 해 두었다가 틈날 때마다 한 권씩 샀다. 워낙 두 사람 다 호기심이 많은 성격인 탓에 사들이는 책의 종류는 한마디로

잡스러웠다. 만화책에서부터 시집들, 월간 종합지들, 계간 문학지들, 소설책에 여행 안내서, 야구 해설서, 당구 교과서 등 온갖 종류의 잡지와 단행본이 구입 대상이었다.

변변한 책장도 마련하지 못하고 사는 빡빡한 살림살이에 책이 이곳저곳에 쌓여 있으니 가뜩이나 청소를 안 하고 사는 집 안은 항상 구질구질했다. 우리 집에 들른 동네 엄마들은 첫마디가 "어머, 이 집 아빠는 학교에 나가시나 보죠?" 또는 "아빠가 회사에 다니신다면서 웬 책이 이렇게 많아요?"였다. 어떤 엄마는 아주 솔직하게 이렇게 책이 많으면, 그것도 전집류가 아닌 단행본이 많이 쌓여 있으면 집 안이 아주 지저분하게 보인다며, 집을 깔끔하게 치우려면 우선 저 책들부터 다 없애야 한다고 조언했다.

내가 다시 공부를 시작하면서부터는 여기에다 온갖 종류의 사회과학 책들이 덧붙여졌다. 나이 들어 살림하며 공부하려니까 워낙 알량했던 아이들에 대한 관심이 그나마 엷어질 수밖에. 미안한 이야기지만, 아이들이 어떻게 공부하고 있는지 들여다본 적이 단 한 번도 없었다. 내 코가 석 자였으니까.

그런데 내가 겨우 틈을 내어 공부를 하면 아이들이 기웃거리기 시작했다. 집에서 밥만 하던 엄마가 어느 날부터인가 책과 씨름하면서 밤늦게 앉아 있다는 사실이 아이들에게 무척 신기하게 여겨졌던 것 같다.

서초동으로 이사 오니 내 공부방이 한 칸 생겼다. 나는 커다란 포마이카 밥상을 놓고 공부하는 것이 습관이 되었던 터라 작은 책상이 싫어졌다. 그래서 회사 같은 데서 쓰는 서랍이 없는 커다란 회의용 책상을 샀다.

내가 저녁 설거지를 마치고 책상에 앉으면 텔레비전에 넋을 빼던 녀석들이 하나둘 의자를 갖고 내 옆으로 온다. 아이들이 가장 듣기 싫어한다는 말, 그리고 엄마들이 가장 많이 한다는 말인 '공부해라'가 우리 집에서는 전혀 필요 없었다. 밤늦게 귀가하던 남편은 엄마와 아이들이 커다란 책상에 둘러앉아 공부하던 그 장면이 항상 감동적으로 보였다나.

고3이 무슨
벼슬이라고

해마다 돌아오는 입시 철이면 전 국민이 한 차례씩 입시병을 앓곤 하는 이상한 나라에 살다 보니 고3 학생에 대한 특별 대접이 어느새 당연한 풍속으로 굳어져서 하나도 이상하게 보이지 않는다.

매스미디어들은 입학을 가늠하는 수능 시험이 앞으로 며칠 남았다, 며칠 남았다를 마치 선전 포고 하듯 하루하루 일깨우는 일을 무슨 긴급 뉴스 전하는 것처럼 숨 가쁘게 알리고, 그에 따라 학부모들에게 수험생을 위한 요점 정리와 음식과 취침 등의 건강 관리에 대한 상세한 정보들을 친절하게 전달해 준다. 거의 모든 매체들이 경쟁적으로. 과연 교육 대국다운 풍속도라 아니 할 수 없다.

지역이고 정당이고를 떠나서 온 국민의 초미의 관심사가 바로 대학 입시이기 때문에 일간 신문들마저 정기적으로 시험문제를 내보내게끔 된 건지, 아니면 하도 매스컴들이 입시, 입시 하다 보니까 집안에 대입 수험생이 없어도 입시에 관심을 쏟지 않으면 무언가 낙오자가 되는 듯한 기분이 들어서인지 모르겠지만, 아무리 생각해도 우리 사회의 입시 열기는 잘못돼도 한참 잘못되어 가고 있는 것 같다.

요새 집안에 고등학교 3학년생을 둔 집은 주위의 각별한 관심과 배려의 초점이 된다. 그도 그럴 것이 기존의 '고3병'에다 '고3 엄마병'이라는 새로운 병이 사회의 공인을 받고 있는 터이기 때문이다. 친구들 간에도, 가족들 사이에서도 고3 아이뿐만 아니라 고3 엄마들까지 당연히 특별 대접을 받는다. 물론 특별 대접의 내용은 하늘과 땅 차이이다. 어느새 고3 아이는 벼슬자리에 오른 듯이 군림하고, 고3 엄마는 죄인처럼 휘둘림을 당하는 것이다.

우리 아파트에 사는 전업주부들이 남편이 쓰는 차와 별개로 차를 마련하는 이유는 백이면 백 다 고3 아이를 태워다 주기 위해서라고 한다. 새벽에 일어나 도시락을 두 개 싸고, 아이를 깨워서 밥을 먹이는 동안 주차장으로 미리 내려와서 자동차 시동을 걸어 놓는 게 요즘 강남 엄마들의 의무 1조라고 한다.

밤에는 학교 앞에서 차를 대기하고 있다가 독서실이나 과외 학원까지 데려다주어야 하고, 집에 와서 잠깐 쉬다가 다시 데리러 가야 한다. 또, 이런 과정에서도 반드시 지켜야 할 사항으로서 아이를 태우고 다니는 동안 절대로 아이의 기분을 상하게 할지도 모르는 말을 해서는 안 된다는 수칙이 있다고 한다.

이렇다 보니 엄마들은 아이들보다 더 피로해 보이는 수면 부족의 얼굴로 '고3 엄마 된 죄'를 읊조리면서 제발 이런 징역살이가 단 1년 만에 끝날 수 있기를 간절히 기도한다. '재수는 필수요, 삼수는 선택'이라는 말이 유행하는 시대에 어떤 엄마든 자칫하다간 고4 엄마노릇을 할지도 모른다는 두려움에서 벗어나지 못한 채.

고3 엄마들이 모인 자리, 이를테면 계 모임 같은 데서는 입시에 대한 정보를 교환한 후 후식처럼 꼭 고3짜리 자녀들에 대한 성토대회가 열리곤 한다. 고3이 무슨 벼슬이라더냐, 어쩌면 그렇게 유세를 떠는지 자식이라도 꼴 보기 싫어 못 살겠다, 내가 전생에 무슨 죄를 지어서 고3 엄마노릇을 두 번씩이나 해야 하느냐, 차라리 내가 지금 이 나이에라도 대입 준비를 하는 게 낫겠다, 공부해서 저 갖는 거지 부모 주냐, 이렇게 뒷바라지해도 대학만 들어가면 '엄마가 나한테 해 준 게 뭐가 있어요?' 한다더라….

자녀 앞에서는 입도 뻥끗 못 하던 엄마들이 이때다 하고 저마다 쏟아 놓는 넋두리를 듣다 보면, 정말 우리나라 여자들은 한도 많고 탈도 많구나 싶다. 시어머니 눈치, 남편 눈치 보던 시대를 겨우 벗어나자마자 그보다 몇 갑절 힘든 자식 눈치 보는 시대가 기다리고 있었던 것이다. 그러나 한번 거꾸로 세상을 읽어 보자 들면 재미있는 구석이 보인다.

고3 엄마가 되는 연령대는 대부분 사십대 후반부터이다. 그 연령의 여성들에게서 만약 고3 엄마노릇을 빼앗는다고 지금보다 더 행복하리라는 보장이 어디 있는가. 한국에서 여성으로 산다는 것의 의미를 조금만 잘 아는 사람이라면 이 말에 숨어 있는 시니컬한 어조를 감지했으리라. 그러나 지금 이 자리는 이 이야기를 이어 나가기엔 어울리지 않는 것 같다.

이제 남의 이야기는 여기서 그만두고, 나의 고3 엄마노릇을 털어놓을 때가 되었다. 세 번씩이나 고3 엄마라는 자리에 앉아 보았으니 아이를 하나나 둘 낳은 엄마보다 훨씬 수준 높은 노하우를 쌓았으리라고 짐작하는 사람이 있다면 정말 잘못 짚은 것이다.

내가 평소에 아이들을 내팽개쳐 기른다고 말해도 괜히 그러는 거지, 저래도 남들 하는 만큼은 어느 정도 뒷바라지를 할 사람이라거나 최소한 속으로라도 신경을 쓰리라고 짐작했던 사람들도, 막상 내가 고3을 코앞에 둔 막내를 '버려두고' 중국으로 가 버리자 두 손 들지 않을 수 없었다고 말한다. 자식이 고3이 되면 외국으로 나가 있던 엄마도 들어와야 하는 판에 이건 완전히 반대의 경우였으니 상식으로는 도저히 이해할 수 없었다는 것이다.

우리는 대부분 자기도 모르는 새 경험주의자를 자처한다. 다시 말해 모든 것은 경험해 봐야만 말할 자격이 있다고 믿는다. 예를 들어 선배들에게 너무 고3 엄마노릇에 매이지 말라고 조언하면 "너도 나중에 당해 봐라. 그런 말 못 할 거다"라며 자신을 합리화하기에 바쁘다. 나아가서는 아픈 데를 찌르는 후배가 괘씸하다 싶은지 "네가 당하면 나보다 더하면 더했지 덜하지는 않을 거야"라는 자신만만한 예언까지 덧붙인다.

나도 큰애가 고3이 되기 전까지는 일종의 자격지심을 버리지 못했다. 고3 엄마노릇도 해보지 않은 사람이 이러쿵저러쿵 말로만 떠들

"야, 너 괜히 어머니를 믿었다가는 큰일 난다.
대학에 들어가고 싶으면
처음부터 끝까지 너 혼자 알아서 해야 해.
어머니는 너 대학 못 들어가도 눈 하나 깜짝 안 하실 거야."

어 대다가 정작 내 아이가 고3이 되었을 때 자기 말을 지키지 못하면 얼마나 꼴불견일까 싶었다. 평소에도 말과 행동이 다른 사람들을 신물 나도록 봐 왔기 때문에 나는 그렇게 되지 않아야 한다는 일종의 강박 관념이 오히려 나를 소극적인 인간으로 만들었다. 그런가 하면 마음 한구석에서는 이제까지 너무 엄마노릇을 안 했으니 나도 한 번쯤은 근사한 고3 엄마노릇을 해서 이제까지 깎였던 점수를 만회해 봐야지 하는 은근한 포부도 꿈틀거렸다.

그런데 큰애가 고3이 되어도 어찌 된 셈인지 내가 특별히 해야 할 일이 생기지 않았다. 고3은 누가 씌워 준 벼슬이 아니라 고2에서 한 학년 올라간 것일 뿐이었다. 소위 사회적으로 형성된 고3 엄마라는 이미지는 나하고는 아무런 상관이 없었다. 우선 아이를 차에 태워 등교시킨다는 고3 엄마노릇은 내가 차가 없기 때문에 원천적으로 불가능했다. 차가 없으면 차를 사야 한다고? 글쎄…. 과외? 글쎄…. 보충 수업이니 자율 학습이니 해서 학교에서 붙잡는 시간도 너무 많다 싶은데 무얼 과외까지….

처음으로 해 본 도시락 두 개 싸는 일도 한 달이 지나면서 중단되었다. 저녁에 차갑게 굳은 도시락 먹기 싫다고, 그리고 교실에 계속 앉아 있기도 싫다고, 학교 앞 식당에서 사 먹겠노라며 밥값만 주시면 좋겠다고 큰애가 제안해 왔기 때문이다.

무엇보다도 큰애 자신이 꿈에도 고3을 벼슬자리로 생각하지 않았으니 내가 '고3 엄마 된 죄'를 갚으려야 갚을 방법이 없었다. 궁여지책으로 나는 단도직입적으로 본인의 의사를 물어보기로 했다.

"동훈아, 고3 엄마로서 엄마가 무얼 해 주면 좋겠니?"

훈이는 이 엄마가 갑자기 웬일이냐는 듯이 눈을 똥그랗게 뜨더니 허허 웃어넘기려고 했다.

"어머니는 그냥 그대로 하시면 돼요. 괜히 부담 주지 마세요."

"부담 주려는 게 아니라 진심이야. 나도 뭔가 보여 줘야 하지 않겠니? 그러니까 이 기회를 놓치고 나서 나중에 후회하지 말고 한 가지만 말해 봐."

드디어 내게 제기된 고3 아들의 요구.

"그럼 제가 학교 갔다 오면 가끔 섬싱 딜리셔스(something delicious: 맛있는 것)를 마련해 주실 수 있으세요?"

이를테면 맛있는 생과자, 아이스크림, 초콜릿, 치킨 등을 가끔 먹을 수 있게 해 주겠느냐는 제안이었다.

"얘는 엄마를 뭘로 보는 거야. 그런 것쯤은 이 엄마가 매일이라도 먹게 해 주지."

큰소리를 탕탕 쳤지만 나는 역시 엉터리 엄마. 비록 바깥일로 분주하기는 했지만 고3보다 늦게 귀가할 만큼 바쁜 사람도 아닐뿐더러 집에서 길 하나만 건너면 빵 가게나 슈퍼들이 즐비하건만, 아이가 원하는 섬싱 딜리셔스가 집에 마련되어 있는 날은 손으로 꼽을 정도였다. 훈이는 으레 그럴 줄 알았던지 섬싱 딜리셔스가 없어도 짜증 한 번 내지 않았다.

그러나 항상 흔들림이 없던 훈이도 고3 여름방학을 넘기면서부터는 초조감을 느끼는 것 같았다. 아무래도 자기가 공부하는 시간의 절대치가 너무 부족하다는 생각이 든다고 했다. 그래서 처음으로 동네 독서실 티켓을 끊더니, 드디어 새벽 1시까지로 공부 시간을 늘렸다. 공부하는 방법에 대해서는 일절 아무 간섭도 하지 않던 나로서도 사실 고3치고는 너무 공부 시간이 짧은 게 아닐까 은근히 불안했던 터라 내심으로는 훈이의 독서실행이 반갑게 여겨졌다.

나는 대부분의 엄마들이 믿는 것처럼 책상에 앉아 있는 시간과 공부 효과가 비례한다고는 믿지 않는 사람이다. 뭐, 특별히 과학적인 근거가 있어서 그런 것이 아니라 어릴 때 내가 공부했던 방식을 돌아보면 저절로 깨치게 된다. 특히 책상에 앉아서 졸거나 엎드려 자거나 하는 것처럼 어리석은 일은 없다고 생각한다. 누굴 닮았는지(하긴 엄마 아빠가 둘 다 유명한 잠충이긴 하지만) 우리 아이들은 졸리면 책을 덮어 버리고 정식으로 잠자리에 들지, 앉아서 조는 법이 없었다. 텔레비전도 보고 싶으면 소파에 느긋하게 앉아서 보지 들락날락하면서 보지 않는다. 그렇다 보니 공부하는 시간이 아주 짧게 보인다.

그렇게 짧은 시간을 공부에 할애하면서도 성적이 계속 올라가니 공부 시간을 조금만 더 늘린다면 대단히 효과가 날 거라고 훈이 자신도 믿었던 것 같다. 그러나 웬걸, 결과는 정반대였다. 독서실에서 공부한 두 달 동안 훈이 성적은 곤두박질을 치고 말았다. 새벽 1시까지 공부하다 보니 낮에는 하루 종일 머리가 흐릿하다고 했다. 다른 아이들과 비교할 때 절대적으로 공부 시간이 짧다는 불안감 때문에 체질에 맞지 않는 방법을 택한 결과였다.

이제 와서 훈이의 고3 시절을 돌이켜 보면 그때처럼 모자간의 대화가 풍부했던 시기도 없는 것 같다. 그 시기엔 나도 아주 책을 많이 읽었다. 마음이 초조해지면 아이는 내가 공부하는 책상 앞으로 와서 책을 읽는 내게 별의별 질문을 다 해 댔다. 어떤 때는 새벽 서너 시까지 이런저런 이야기로 밤을 새우기도 했다. 공부는 안 하고 잡담으로 날을 새웠어도 기분은 아주 맑아지는 모양이었기에 나는 기꺼이 수다를 떨어 주었다.

첫째의 고3을 이렇게 보낸 엄마가 둘째, 셋째라고 해서 나아질 리는 만무하다. 엄마의 사회 활동 영역이 점점 넓어져 감에 따라 아이에 대한 관심은 점점 더 엷어져 갔다. 더구나 첫째가 여유 있게 대학에 들어갔다는 사실은 내게 터무니없을 정도로 자신감을 불어넣어 주었기 때문에 둘째와 셋째는 고3 티도 내 보지 못하고 고3을 지내야 했다. 하긴 둘째야 뭐 음악을 한다고 대학에 안 간다고 해서 그런가 보다 했더니, 뒤늦게 마음을 바꾸었다고 해서 또 그런가 보다 하며 지켜보기만 했다.

둘째의 고3 여름은 살인적인 더위가 닥친 해였다. 고3 스트레스를 피아노를 두드려 대는 걸로 풀던 둘째는 과연 우리 집에서 가장 '비싼 아이'답게 제발 에어컨을 들여놓을 수 없느냐고 제안해 왔다. 에어컨이 있는 학교 도서실에서 공부를 하다가 집에 오면 더위가 숨을 조여 온다는 것이다. 고3이 무슨 벼슬이냐고 한마디로 밀쳐 내기엔 나에게도 그해 여름은 너무 더웠다. 나는 거금을 들여 급속 냉각 에어컨을 주문했다.

막내가 고등학교에 올라가던 해 둘째는 대학에 들어갔는데, 어느 날 저녁 둘째가 막내에게 들려준 조언은 가히 정곡을 찌르는 것이었다.

"야, 너 괜히 어머니를 믿었다가는 큰일 난다. 대학에 들어가고 싶으면 처음부터 끝까지 너 혼자 알아서 해야 해. 어머니는 너 대학 못 들어가도 눈 하나 깜짝 안 하실 거야."

둘째의 예언대로 막내는 고3 때 섬싱 딜리셔스는커녕 자기 도시락을 자기가 싸 갖고 다니는 신세가 되었다.

어느 날 텔레비전에 나온 수험생 엄마들이 자녀 뒷바라지에 대해 자랑하는 프로그램을 볼 때였다. 엄마들은 한결같이 아이들의 건강을 위해서 라면과 같은 인스턴트 식품은 안 먹이노라고 자랑스럽게 말했다. 내 옆에 앉아서 텔레비전을 보던 막내가 나를 힐끗 쳐다보며 중얼거리는 내용을 들어 보니 다음과 같았다.

"우리 어머니는 그런 라면이라도 제대로 사다 놓으시면 좋을 텐데…."

해마다 수석 입학자의 인터뷰 기사를 보면 부모님이 헌신적으로 뒷바라지를 해 주신 데 대해 감사드린다는 말이 빠지지 않는다. 만약 우리 아이들 가운데 수석이 나왔다면 무슨 말을 했을까. 혹시 할 말이 없기 때문에 일부러 수석을 안 한 것은 아닐 테지.

하나밖에 없는
우리 셋째

둘째가 대학에 들어가던 해 설날, 셋째는 집중 사격을 당하는 기분이었나 보다. 큰댁에서는 할머니와 큰아버지, 외갓집에서는 외할머니와 외할아버지를 비롯해 외삼촌, 이모들까지 둘째의 입학을 축하한다는 말보다 셋째에게 위협성 덕담을 몰아주었기 때문이다.

"자, 이젠 동윤이 차례다. 형들 뒤를 따라서 서울대에 척 붙어야지."

어쩌면 친가, 외가를 막론하고 어른들의 덕담은 그토록 하나같이 닮았던지. 워낙 말이 없이 웃기만 하던 윤이도 나중에는 표정이 시무룩해지고, 나는 짐짓 과장된 몸짓으로 친척들에게 제발 우리 윤이 괴롭히지 말라고 설레발을 쳤건만, 그저 기분이 좋기만 한 어른들은 눈치도 없지, 제일 꼬맹이 이모까지 똑같았다.

작은형하고 나이는 두 살 차이지만 학년은 3년 아래인 탓에 이제 고등학교에 들어가는 윤이에게 그날은 정말 '참을 수 없이 무거운 하루'였을 게다. 그날 친가, 외가를 하루에 들렀다 오느라 밤늦게 집에 돌아왔는데, 동윤이 내게 다가와서 던지는 말이 자못 시비조였다.

"어머니, 제가 서울대 못 들어가면 미워하실 거죠?"

하루 종일 시달렸을 아이의 마음이 너무나 가엾기에 나는 "아니, 무슨 그렇게 심한 말을…" 하며 안기에는 너무 커 버린 아이를 꼭 껴안았다.

"제가 공부를 못하면 분명히 미워하실 거예요. 집안 망신시키는 바보 같은 애라고…."

"그런 걱정일랑 붙들어 매셔. 공부를 잘하건 못하건 엄마는 동윤이를 너무 예뻐하니까."

"그럼 제가 대학교에 못 붙어도 예뻐하실 거예요?"

"당연하지. 대학교에 못 붙으면 동윤이가 어디가 못생겨지나?"

동윤이는 "에이, 우리 엄마, 거짓말도 잘하시지" 하면서도 기분이 풀리는 눈치였다. 그러나 걱정이 완전히 사라진 건 아니었나 보다.

"그렇지만 형들은 다 서울대에 들어갔는데 저 혼자 못 들어가면 어떻게 하죠?"

나는 이때다 싶어 단호하게 대답해 주었다.

"동윤아, 형들이 다 서울대 들어갔다고 해서 너도 반드시 들어가야 한다는 법은 어디에도 없어. 만약 형들이 다 못 들어갔다면 동윤이도 들어가지 않아도 된다는 게 말이 안되는 것처럼. 그렇다고 형들이 다 들어갔기 때문에 나는 일부러 안 들어간다는 것도 말이 안 되잖아. 무슨 이야기냐 하면, 동윤이는 어디까지나 동윤이라는 거야. 남들이 보면 세 아들 가운데 셋째 아들이지만, 엄마한테는 하나밖에 없는 셋째 아들이잖아."

하나밖에 없는 셋째 아들. 말을 해 놓고 보니 내가 한 말인데도 참으로 그럴듯하다 싶었다.

아이들을 키우면서 나는 늘 아이들이 문제가 아니라 어른들이 문제라는 생각을 버릴 수가 없다. 웬일인지 상당히 생각이 깊은 것 같은 어른들도 부지불식간에 아이들에게 상처를 주는 말을 쉽게 내뱉는 것도 그중의 하나이다. 특히 많은 사람들이 형제간에 비교하는 말을 하면 좋지 않다는 것까지는 인정하면서도, 형을 칭찬하고 동생을 폄하하는 말을 하는 것은 괜찮다고 생각한다. '형만 한 아우 없다'는 우리 속담도 이런 관습에서 비롯된 것 같다. 굳이 분석을 하자 들면, 이렇게 해야 가부장적 질서를 유지하는 데 좋다고 생각했기 때문이리라.

그러나 요즘처럼 형제가 기껏 두셋밖에 안 되고 개성이 중시되는 시대에 굳이 형제를 우열 관계로 비교하는 까닭은 무엇 때문일까. 둘째는 그런 점에서 어릴 때 상처를 많이 받았다. 눈 작고 키 작다고 형제간에 너무 비교를 많이 당했던 것이다.

둘째가 초등학교 5학년 때쯤이었을 것이다. 한밤중에 술이 거나하게 취해서 남편 친구들이 여럿 찾아온 적이 있다. 큰애는 워낙 키가 훤칠하고 이목구비가 뚜렷하기 때문에 첫눈에 아주 잘생겨 보인다. 그래서인지 큰애가 인사하러 나왔더니 여느 때나 다름없이 모두들 "아이고, 그놈 참 훤칠하게 잘생겼다"고 입이 마르도록 찬사를 보냈다. 그런

"어머니, 제가 서울대 못 들어가면 미워하실 거죠?"
둘째가 대학에 들어가던 해, 셋째가 다가와 던진 말이다.
남과 비교되는 것처럼 싫은 일이 어디 있을까.
능력과 적성은 각자 다른 거다.

데 곧이어 둘째가 인사를 하자 손님들은 즉각 "아니, 애는 왜 이렇게 작아? 누굴 닮았지?"라며 웃어 댔다. 내 친구들 같으면 미리 그런 말을 못 하도록 조치를 취했으련만. 그 순간 내 눈에는 둘째의 가슴에 스며 드는 멍울이 너무나 선명하게 드러났다. 예전에도 무심한 어른들이 숱하게 저지른 폭력에 이미 익숙해질 대로 익숙해진 둘째였지만, 그날 어른들의 행태는 지나치게 원초적이었다. 아마도 술 탓이었겠지만.

"어머니, 형은 잘생기고 동생은 예쁘게 생겼는데 난 왜 이렇게 못생 겼어요? 눈도 작고, 키도 작고…."

손님들이 가고 난 후 둘째는 잠을 이루지 못한 채 이렇게 울먹였다.

"아빠 친구들이 뭘 몰라서 그래. 우리 동준이가 얼마나 귀엽게 생겼 는데. 요 조그만 눈에 꾀가 얼마나 많이 모여 있는데. 엄마는 동준이가 이 세상에서 제일 귀여워."

둘째는 좀체로 키가 크지 않더니 중학교 2학년이 되자 갑자기 부쩍 컸다. 형과 동생이 워낙 키가 컸기 때문에 상대적으로는 여전히 제일 작았지만, 현재 175센티미터는 넘으니 작은 편은 아니다.

아무튼 어른들은 별걸 다 비교하려 드는 것 같다. 아이들 할머니는 매사에 현명하신 분이었는데도 우리 집에 오실 때마다 아이들 앞에서 친손주와 외손주를 비교하는 말씀을 자주 하셨다. 비슷한 또래인 데다 워낙 시누이와 나의 양육 방법과 아이들 성격이 다르기 때문에 그러 셨던 것으로 이해는 가지만, 내가 못마땅하게 여긴 점은 단순히 '다르 다'는 이야기가 아니라 꼭 우열을 매기려고 하신다는 점이었다.

외손주들은 매우 활달한 편인 반면, 친손주인 우리 아이들은 매우

조용한 편이었다. 그래서 딸네 집에 가시면 아주 시끄럽고, 아들네 집에 오시면 아주 조용한 점이 대비될 수밖에 없을 터였다. 내 바람으로는 시어머니께서 이렇게 말씀하시면 오죽 좋았을까 싶다.

"그 집 아이들은 활달해서 좋고, 이 집 아이들은 얌전해서 좋구나."

그런데 그게 아니었다. 할머니 앞에서 조용하게 밥을 먹고 있는 막내를 사랑스럽다는 눈으로 보시면서 입에서는 "남자아이들이 이렇게 용맹이 없으면 나중에 아무것도 못한다"라는 지극히 부정적인 말씀이 나오는 것이다. 맙소사!

남과 비교되는 것처럼 싫은 일이 어디 있을까. 나는 가능한 한 형제끼리 우열을 가리는 말은 하지 않으려고 애썼다. 그러다 보니 남들이 들으면 우습다 못해 기이한 장면까지 연출되기도 했다.

훈이는 겨우 제 이름자만 쓸 줄 알고 초등학교에 들어갔는데 1학년 숙제에 엄마가 받아쓰기 열 문제를 내주고 채점까지 해 오라는 적이 많았다. 저녁 준비에, 집 안 청소에, 설거지하고 아이들 목욕시키는 데 시간과 손이 한창 많이 들 때였기 때문에 나는 한가하게 받아쓰기 문제를 낼 여유가 나지 않았다. 그런데 다행히 둘째는 형보다 먼저 한글을 해독한 터였기에 나는 다섯 살짜리 둘째에게 형 받아쓰기 숙제를 내주라고 시켰다. 둘째는 신이 나서 어려운 말을 불러 주고, 형은 또 고마워하면서 열심히 받아쓰기를 했다. 물론 채점은 내 차지였다.

이런 이야기를 들은 친구들은 세상에 별일도 다 있다면서, 형이 자존심 상해하지 않느냐고 물었다. 나는 만약 형이 자존심이 상했으면 동생이 숙제를 부르도록 놔두었겠냐고 반문했다. 준이도 형을 업신여

기거나 잘난 척하지 않고 자기에게 일거리가 생겼다는 재미를 만끽하는 것 같았다. 지금 생각해도 신기한 것은 훈이가 한글을 잘 읽는 동생을 아주 자랑스럽게 여겼다는 점이다.

아마 이런 일이 가능했던 것은 엄마가 형에게 왜 동생보다 늦되냐고 꾸짖지 않고, 동생에게도 단지 형보다 글을 빨리 깨쳤을 뿐이지 형보다 잘난 건 아니라는 사실을 강조했기 때문인 것 같다. 나중에 준이가 입학했을 때는 훈이가 산수 더하기 빼기 문제를 다 내주었다. 윤이 때는 두 형들이 도맡았기 때문에 나는 결국 아이들을 셋이나 키우면서도 아이들 숙제를 봐준 적이 거의 없다는 고백을 하는 셈이다.

둘째는 고등학교 때 수학 때문에 애를 먹었다. 반면 큰애는 수학이나 물리는 공부를 안 해도 저절로 해답으로 가는 길이 보인다고 했다. 같은 형제라도 아이들은 그렇게 각자 능력과 적성이 다른 법이다.

나는 솔직히 윤이가 수학 능력 시험을 그렇게 잘 보리라고는 상상도 하지 못했다. 마지막 모의고사보다 10점 이상 점수가 높게 나왔다. 나는 놀라서 "우리 동윤이가 이렇게 공부를 잘했니?" 하고 물었더니, 윤이 왈 "저 공부 잘해요. 어머닌 기대도 안 하셨죠? 저 같은 건 아무래도 좋다고 생각하신 거죠?"라며 반격했다. 형들도 꽤 놀랐나 보다.

"자식, 점수 되게 높게 나왔네. 이 녀석 이제 보니 공부 잘하는 놈이잖아."

혹시 형들 때문에 부담감을 느낄까 봐 아무도 공부 이야기를 하지 않는 사이, 윤이는 마음껏 실력을 쌓았나 보다. 하나밖에 없는 셋째 아들의 본때를 보여 주기 위해서.

Chapter 4

살면서
가장 잘한 일

어머니 지금
똥 누고 계셔요

서초동으로 이사 온 지 얼마 안 돼서부터 우리 집에 전화를 건 친구들은 한 번씩 깜짝 놀라곤 했다. 갑자기 전화를 받는 아이들의 말투가 달라졌기 때문이다. "엄마 있니?"라고 물었더니 분명히 막내임직한 목소리가 "어머니께선 지금 주무시고 계십니다"라고 하더란다. 친구들은 그 정중한 어조에 질려서 웃지도 못했다면서, 무슨 깊은 뜻이 있기에 아이들 말버릇을 하루아침에 그렇게 고상하게 바꾸셨느냐고 장난조로 물어 왔다. 친구들보다 약간 관계가 먼 사람들은 용건이 끝나면 으레 '당신 그렇게 안 봤는데 알고 보니 대단히 보수적인 사람이군' 하는 식으로 꼭 한마디씩 촌평을 던졌다.

하긴 우리 부부도 놀라긴 마찬가지였다. 윤이가 초등학교 3학년이 되던 3월에 우리는 잠실에서 서초동으로 이사를 왔다. 나는 워낙 한군데 붙박이로 살기를 좋아하는 성격이었지만, 아이들이 부쩍부쩍 커 가는 데다 나도 새로이 공부를 시작했기 때문에 좀 더 넓은 공간에 대한 욕구를 참을 수가 없었다. 잠실 부근에서 조금 넓은 집을 고르려고 돌아다녀 보았지만 그쪽은 신흥 개발 지역이 되어서 그런지 값이 너무 비쌌다. 오히려 부자 동네로 이름 높은 서초동의 집값이 가락동보다 훨씬 쌌기 때문에 처음 계획과는 전혀 다른 방향으로 이사를 왔다. 당시 심정은 잠실에서도 늘 상대적 빈곤감을 느끼는 편이었는데 그보다 부촌인 서초동에서 과연 마음 편히 살 수 있을지 걱정스럽기도 했다.

그러나 정작 이사를 와 보니 상대적으로 안정된 동네라 그런지 생각하던 것과 오히려 거꾸로였다. 물가도 그렇고, 인심도 편편한 편이어서 놀랍기도 하고 마음두 놓였다.

전학한 지 얼마 지나지 않은 어느 휴일이었다. 아이 셋이 한방에 모여 놀고 우리 부부는 거실에서 텔레비전에 넋을 빼고 있었다. 그런데 얼굴을 홍조로 물들이며 방에서 나온 아이들이 서로를 바라보며 히죽히죽 웃더니, 제의할 것이 있는데 들어주겠느냐고 물었다. 대표는 거의 언제나처럼 둘째였다. 우린 내용을 들어 보고 들어줄 만한 거면 들어주고, 아니면 아니다라는 하나 마나 한 대답을 했다. 둘째는 윤이가 제안을 해서 우리끼리 회의를 했다, 다 큰 남자 아이들이 부모님께 반말을 하는 건 어딘가 잘못된 게 아니냐, 그래서 오늘부터 부모님에게 존댓말을 하기로 결정했는데 부모님께서 마음에 안 드시면 결정을 바꿀 수도 있노라는 전혀 예상치 못한 발언을 했다. 그것도 깍듯한 존댓말을 써 가면서.

남편은 윤이에게 어떻게 이런 제안을 하게 되었느냐고 물었다. 그러자 막내 역시 깍듯한 존댓말로, 교장선생님이 조회 시간에 경로 효친 사상을 강조하시면서 가장 쉽게 할 수 있는 효도는 당장 오늘부터 부모님께 존댓말을 쓰는 거라고 말씀하셨다는 것이다. '엄마, 아빠'라는 호칭은 아기 때나 쓰는 거지 초등학교에 다닐 정도의 큰 애들은 마땅히 '어머니, 아버지'라고 부르는 법이라고 하셨단다. 그래서 형들에게 우리도 이제부터 어머니, 아버지라고 부르고 존댓말을 쓰는 게 어떻겠느냐고 회의를 소집했단다.

조용히 미소만 짓고 서 있던 큰애에게 의견을 묻자, 자기는 이제까지 중학교 2학년이 되도록 키만 멀뚱하게 컸지 그런 생각을 못했는데, 쪼끄만 동생이 그런 제안을 하자 기특하기도 하고 부끄럽기도 했지만 지금도 늦지 않다 싶어 동의했다고 또렷이 의견을 밝혔다.

까놓고 말하면 우리 부부는 갑자기 뒤통수를 얻어맞은 것 같은 충격을 받았다. 틀림없이 내가 받은 충격이 더 컸을 것이다.

우리 부부는 자라 온 환경이 아주 다르다. 남편은 경상도 출신으로 상당히 보수적인 집안의 막내아들이고, 나는 해방 전에 단신 월남한 함경도 출신 실향민의 맏딸이다.

이북 출신에다가 친척이 없이 단출하게 가계를 일구어 온 친정집은 일체의 격식을 거부하는 분위기였다. 우리 형제는 모두 마흔이 넘었지만 부모님에게 지금까지 반말을 한다. 형제끼리도 언니니 오빠니 하고 직접 불러 본 적이 없을 정도이다. 그 대신 집안 분위기는 항상 명랑했다. 친정어머니가 자주 쓰시는 어록 중에는 '웃으이(웃으면)

집안이 무고하다'라는 말이 있는데, 일단 웃고 보자, 그러면 모든 것이 편해진다는 지극히 낙천적인 철학이 담긴 말이다. 부모님은 아이들을 키우면서 잔소리라는 걸 모르셨다.

반면 남편 쪽은 상당히 형식을 추구하는 집안이다. 며느리인 내 입장에서 보면 굉장히 뼈대를 찾는 집안으로 보여 불편하게 느껴질 때가 많았다. 시어머니 입장에서 보면 막내며느리라고 들어온 것이 예의도 없고 살림도 제대로 못 꾸리는 것 같으니 속깨나 태우셨음직하다. 그래도 워낙 교양이 있으신 분이라 속에서 열불이 나도 꾹꾹 눌러 오다가 정 참을 수 없는 지경에 이르면 '본데없는 아이'를 '가르쳐야 한다'는 의무감으로 타이르셨다. 하지만 갓 결혼한 며느리로서야 근엄하기만 한 시어머니의 말씀이 달게 들릴 리가 없었다. 동화책에서 익히 들었던 시어머니가 며느리 구박하는 잔소리처럼 들렸으니, 겉으로는 네 하고 받아들이는 척했지만 속으로는 그저 서럽고 억울하고 화가 나기만 했다.

두 집안을 비교하자면, 한쪽이 모든 것이 제자리에 놓여 있는 착 가라앉은 분위기라면, 한쪽은 그 어느 것도 제자리에 놓여 있지 않은 들뜬 분위기였다. 말버릇, 음식, 집 안 장식, 예절 등 모든 것이 정반대였다. 하다못해 어머니들 성격까지. 친정어머니는 워낙 말주변은 없으나 잘 웃고 웃음소리가 낭랑하다고 소문이 난 분이고, 시어머니는 워낙 말씀을 좋아하셔서 한번 말씀을 시작하면 끝이 없으신데 항상 교훈적인 전달을 하려고 애쓰신다. 그러니 표정이 늘 근엄하실 수밖에. 영화배우 황정순이 대방 마님을 연기할 때와 모든 점이 닮으셨다.

재미있는 건, 오랫동안 시어머니와 함께 산 둘째 동서는 비교적 자유분방한 기질을 그대로 갖고 있는데, 떨어져 산 첫째 동서는 나이는 둘째보다 아래인데도 시어머니를 많이 닮았다는 것이다. 한마디로 양반집 맏며느리의 풍모를 그대로 지니고 있다.

큰동서가 아이들 키우는 방식은 정말 타의 모범이 될 만했다. 아이들에게 지극히 정성을 들이는 편이기도 하지만 또한 예절 교육이 철저했다. 우리 아이들과 10년 정도 차이가 나는 큰집 조카들의 언행은 말할 수 없이 단정했다. 물론 말을 배우기 시작하면서부터 부모에게 꼭 존댓말을 썼다. 나는 큰댁의 자녀 교육 방식이 요새 세상에 보기 드문 모범이라고 생각했지만, 집안 분위기가 너무 딱딱하고 차갑게 느껴졌기 때문에 본받고 싶지는 않았다.

남편은 결혼 전부터 처갓집 분위기가 자유롭고 즐겁다면서 아주 마음에 들어 했다. 자기 집은 너무 폼을 재고 갑갑해서 숨이 막히는 데 비해 처갓집은 사람들이 펄펄 살아 숨쉬는 것처럼 느껴진다는 것이다. 뭐, 정식으로 토론을 거친 건 아니지만, 암묵적으로 남편과 나는 아이들을 자유로운 분위기 속에서 키우자는 쪽으로 방향을 잡았다. 그래서 아이들에게 존댓말을 가르친다는 발상은 아예 시도조차 하지 않았던 것이다.

그랬는데 오늘 아기 취급을 해 온 막내에게서 이런 제의를 받고 보니 우리가 무언가 착각하고 살았던 게 아닌가 하는 생각이 들었다. 즉, 우리는 지나치게 흑백 논리에 사로잡혀서 예의와 자유를 전혀 반대의 개념으로 설정하는 우를 범했던 건 아닐까. 또 하나, 우리는 아이들과 친밀감을 유지하기 위해선 무조건 반말을 써야 한다고 믿었던 것이다. 존댓말은 부모 자식 간에 거리를 만든다는 선입견에 대해서 왜 한 번도 의문을 제기하지 않았을까.

그동안의 예절 교육을 되돌아보면, 존댓말은 안 가르쳤지만 식탁 인사는 철저하게 가르쳐 왔다. 밥 먹기 전에 반드시 '잘 먹겠습니다'라고 인사하고, 다 먹은 후에는 반드시 '잘 먹었습니다'라는 인사를 하게 했다. 남편이 솔선수범했다. 엄마가 애써서 마련한 음식이니 엄마와 음식 둘 다에게 고마움을 표하라고 했더니 아이들은 어디서 밥을 먹게 되더라도 꼭 식탁 인사를 했다.

우리 집을 방문한 어떤 친구는 어린아이들이 밥상에 앉아서 "잘 먹겠습니다"를 합창하는 모습을 보더니 공연히 시비를 걸기도 했다. 엄마가 해 주는 밥도 마음 놓고 먹지 못하고 꼭 인사를 하고 먹어야 한다면 얼마나 고단한 인생이냐면서.

아무튼 식탁 인사를 잘한다고 해서 아이들과 부모 사이가 멀어진다고는 상상도 해 보지 않았다. 그렇다면 아이들이 식탁만이 아닌 모든 일상사에서 부모에게 존댓말을 한다고 하여 부모 자식 간의 거리가 멀어지라는 법도 없잖은가.

우리 부부는 아이들에게 기꺼이 그 제안을 받아들이겠노라고 분명히 선언했다. 단, 만약 며칠이고 존댓말을 써 보다가 정 어색하다 싶으면 언제라도 그만두어도 좋다, 자신에 대한 체면 때문에 억지로 계속할 필요는 없다고 너그럽게 여지를 남겨 주었다.

한편으로는 아이들보다 우리 자신이 더 어색하고 쑥스럽게 느끼면 어떻게 하나 걱정스럽기도 했다. 아이들이 하는 말의 내용을 알아듣기도 전에 웃음부터 터져 나올지도 모른다는 예감도 들었다. 하지만 일단은 한번 두고 보기로 했다.

놀랍게도 아이들은 그 순간부터 완벽하게 존댓말을 구사했다. 바로 아침까지만 해도 엄마, 아빠 하고 부르던 녀석들이 점심때부터는 철저하게 어머니, 아버지로 일관했다. 쑥스러운 웃음을 짓기는커녕 마치 태어나면서부터 존댓말을 해 온 듯이 능청스럽게 굴었다. 도대체 아이들 속에 숨어 있는 잠재력의 총량은 어느 정도나 되는지 경탄스러웠다. 막내는 하도 귀여움을 받고 큰 탓인지 평소에도 혀가 좀 짧은 듯 발음해서 어리광쟁이라는 놀림을 받곤 했는데, 웬걸 그 발음으로도 존댓말만큼은 거의 틀림없이 지켰다.

얼마 후 막내의 학교에서 학교가 벌이고 있는 경로 효친 운동에 대한 학부모의 글을 모집한다는 통신문을 보냈다. 나는 윤이에게 그런 주체적 제안을 하게 한 교장선생님의 영향력에 대하여 진심으로 감복하고 있었기 때문에 아이들이 존댓말을 하게 된 과정을 담담하게 글로 풀어 학교로 보냈다. 예상대로 그 글은 몇 편의 수상 작품 가운데 하나로 뽑혀 학교에서 펴낸 작은 책자에 실리게 되었다. 생전 처음으로 교장실에 불리어 가서 칭찬을 들은 윤이는 얼마나 기분이 좋았던지 며칠 동안 입을 다물지 못했다.

어느 날은 화장실에서 나오자마자 전화벨이 울렸다. 수화기를 들자마자 깔깔대는 웃음소리가 계속 터져 나왔다. 한참을 그렇게 웃더니 전화 속에서 친구의 숨찬 목소리가 들려왔다.

아침까지만 해도 엄마, 아빠 하고 부르던 녀석들이
점심때부터는 철저하게 아버지, 어머니로 일관했다.
쑥스러운 웃음을 짓기는커녕 마치 태어나면서부터 존댓말을 해 온 듯이
능청스럽게 굴었다. 도대체 아이들 속에 숨어 있는 잠재력의 총량은
어느 정도나 되는 걸까.

"그래, 똥 누고 나왔니?"

"아이고, 우리 교양녀께서 고상한 말은 다 어디다 두고 그렇게 원색적인 말을 골라 쓰실까?"

친구는 한 차례 더 숨 가쁜 웃음을 쏟아 내더니 설명해 주었다. 내가 화장실 간 사이 전화를 했더니 막내가 받더란다. 엄마 뭐 하냐고 물었더니 이 예의 바른 막내의 대답이 너무나 사실적이었단다.

"어머니께선 지금 화장실에서 똥 누고 계셔요."

얼마나 환상적인 코미디인가. 아이가 없었다면 경험하지 못했을.

우리 생활 형편이
어때요?

　고등학교 2학년에 올라간 훈이의 느닷없는 질문.

　"어머니, 우리 생활 형편이 어때요? 중은 가나요?"

　"왜? 네 눈에는 어떻게 보이는데?"

　"다른 애들이 그러는데, 서초동에 살면 다 부자라는데 저보고 왜 월드컵만 신고 다니냐고 그래요. 성남 쪽에서 온 애들도 다 메이커 신발 신는다면서요. 우리 반 애 중에서 메이커 신발 안 신고 다니는 애는 저밖에 없어요."

　"그런 소리 들으면 자존심 상하니?"

　"아니요. 뭐, 자존심이 상한다기보다는 그냥 좀 그렇다는 거죠."

　슬그머니 꼬리를 뺐지만 이야기를 꺼낸 맥락을 살펴건대 '그냥 좀 그렇다'는 정도가 아님은 쉽게 짐작할 수 있었다. 올림픽 열기를 타고 소위 메이커 제품에 대한 소비 욕구가 폭발적으로 타오르던 때였다.

며칠 전에는 훈이 친구 네 명이 놀러 왔는데, 현관을 꽉 채운 항공모함 같은 운동화들에는 모두 나이키니 아디다스니 하는 상표들이 새겨져 있었다. 그런 운동화들은 기존 제품과 달리, 바닥도 두껍고 목도 길고 색깔도 화려했기 때문에 한눈에도 무척 비싸 보이는 데다 자리도 많이 차지했다.

나는 성격 자체가 옷치레에 관심이 없을 뿐만 아니라 이제까지 살아오면서 그런 데 쓸 수 있을 만큼 돈을 벌어 보지 못한 탓인지 메이커 열풍에는 아예 기웃거리지도, 흔들리지도 않았다. 우리 집은 단군 이래 최고의 풍요를 불러왔다는 한강의 기적과는 멀찍이 떨어진 곳이었다. 따라서 간혹 들려오는 소문들, 예를 들면 초등학교 다니는 조카네 담임선생님은 아이들이 좀 고급스러운 옷을 입고 오면 "그거 어디 거니?" 하며 아이들의 옷 뒷덜미를 까뒤집어 본다든가, 메이커 운동화를 새로 사서 신겨 보냈더니 학교 뒷담 길에서 불량배한테 빼앗겼다든가, 놀이터에서 점퍼를 벗어 놓고 놀다가 도둑을 맞았다든가 하는 이야기들도 다 강 건너 남의 이야기로만 생각했다.

한 밤 자고 나면 아이들이 쑥쑥 커 가는 성장기 동안 나는 주로 홍인시장이나 고속 터미널 상가에 가서 아이들 옷과 운동화를 샀다. 옷은 시장 제품으로, 그리고 운동화는 항상 월드컵을 샀는데, 값은 한 켤레에 5천 원을 넘긴 적이 없다. 나이키 운동화가 3만 2천 원인가 하던 때였다.

남편을 비롯해서 시집 식구들, 그리고 친구들까지 나보고 검소하다고들 하는데, 그럴 때마다 나는 다소곳이 칭찬으로 듣는 게 아니라 꼭 한마디를 해야 직성이 풀린다.

"돈 많은 사람이 절약해서 살아야 검소하다고 하는 거지, 돈 없는 사람이 절약할 수밖에 없어서 돈을 못 쓰는 건 궁상이라고 하는 거야."

그런데 나와 비슷하게 보이는(사실 속으로는 얼마나 재산을 많이 쌓아 놓고 있는지 누가 알랴만) 생활 정도임에도 불구하고 아이들에게 늘 비싼 옷, 비싼 운동화를 사 주는 엄마들은 나름대로 이유가 확실하다.

첫째, 아이들이 졸라서,

둘째, 아이들의 기를 죽이면 안 되기 때문에,

셋째, 아무래도 '썬 게 비지떡'이기 때문에.

물론 돈을 적게 들이면서도 비싸 보이는 제품을 구입하는 요령을 터득한 '프로 엄마'들도 적지 않다. 메이커에 납품하는 하청 공장에 직접 찾아가서, 혹은 진짜 보세 상점에 가서 적은 돈으로 품질 좋은 물건을 사다 아이들에게 입히고 신기는 엄마들을 보면 솔직히 존경스럽다.

당시만 해도 할인 매장이 지금처럼 곳곳에 있는 것도 아니고 집집마다 자가용을 굴리는 것도 아니었기 때문에 프로 엄마가 되기 위해서는 우선적으로 시간을 많이 투자해야 했다. 서울의 동쪽 끝인 잠실에 사는 엄마들이 서쪽 끝이라고 할 등촌동까지도 마다하지 않고 달려가는 일이 비일비재했다.

서초동으로 이사 온 후 본격적으로 사회 활동을 시작하면서 나는 점점 더 시간에 쫓기기 시작했다. 그렇게 혼자 슈퍼우먼인 척하지 말고 집안일을 거들어 줄 파출부를 쓰라는 조언을 수없이 들었지만, 나는 '괜한 고집'이라는 비난을 들으면서까지 혼자 살림을 꾸려 나갔다.

실제로 우리 수입에 비해 파출부 비용이 부담스러웠다는 점, 그리고 건강한 주부가 알량한 정신노동을 핑계로 육체노동을 기피하는 건 일종의 죄라는 결벽증 때문이었다. 어떤 이들은 콧방귀를 뀌거나 위선이라고 욕할지 모르지만, 절벽을 기어오르는 듯한 정신노동의 피로를 한숨에 씻는 데는 가사노동과 같은 정도의 육체노동이 탁월한 효과가 있다고 나는 믿고 있다.

그러나 하루는 겨우 스물네 시간밖에 안 되었다. 밥하고 빨래하고 가끔씩 하는 청소 등 생활을 유지하는 기본적인 가사노동은 어떻게 겨우겨우 굶지 않을 만큼 해 갔지만, 계절에 맞게 아이들 입성까지 챙겨 줄 시간은 여간해선 잘 나지 않았다. 게다가 그런 쪽에 취미가 있는 것도 아니고 보니 사태는 그야말로 악화일로를 걷게 되었다.

집에 보온 도시락을 사 놓고도 일반 도시락에 싸 주다가 아차, 하고 정신을 차렸을 때는 이미 겨울방학이 다가오고 있었다. 이 추운 날 찬밥을 꾸역꾸역 먹었을 생각을 하니 '부모 있는 고아들'이 따로 없다 싶어 내 무심함에 더 화가 났다. "아니, 왜 엄마한테 보온 도시락에 싸 달라고 말하지 않았니?" 하고 화를 내니 아이들은 그냥 먹을 만했다면서 오히려 미안한 표정을 지었다. 어떻게 된 아이들인지. 그 어미에 그 아이들이라고 말하려니 솔직히 켕기는 기분이다.

메이커 제품을 사게 되는 이유로 아이들이 자꾸 졸라 대기 때문에 어쩔 수 없다는 엄마들이 많은데, 그런 점에서도 우리 아이들은 전혀 달랐다. 도대체 뭘 사 달라고 조르는 법이 없이 엄마가 사다 주면 그걸로 대만족이다.

어떤 엄마들은 도대체 어떻게 '키웠기에' 아이들이 그렇게 샘이 없느냐며 그 비결을 가르쳐 달라고 하는데, 다른 면에서나 마찬가지로 이 방면에서도 내 대답은 '모르겠다'일 수밖에 없다. 아마 가장 정확한 대답이 될 수 있다면, 아이들이 평소부터 집안 형편이나 엄마의 성격을 환히 꿰고 있기 때문이라고나 해야 할지.

오래 알고 지내는 어떤 시인은 그런 걸 바로 '결핍의 미학'이라고 한다며 아이들에게 좋지 않은 영향을 끼친다고 일침을 가했다. 글쎄, 정말 그럴까. 누구나 다 자기 시력만큼 세상을 보는 법이니까….

그래도 훈이는 맏이로 태어난 덕분에 언제나 새 옷, 새 신발을 입고 신을 수 있었다. 둘째, 셋째는 늘 헌 옷을 물려 입어야 했는데, 둘째와 셋째가 그 신세를 벗어나게 된 시기는 각기 달랐다. 둘째가 훨씬 빨리 독립 선언을 했다.

둘째는 아주 어렸을 때 형에게 새 옷을 사 주면 "야, 이제 형 옷은 내 거다"라면서 손뼉을 치며 좋아하는 바람에 주위에서 경탄의 대상이 되었다. 어쩌면 저렇게 샘이 없을 수 있느냐고. 그러나 중학교에 들어가자마자 둘째는 형의 옷을 물려 입기 싫어했는데, 그건 헌 옷이기 때문이 아니라 자기 취향에 맞지 않는다는 이유에서였다. 엄마가 사 주는 옷은 아동틱하고 센스가 없다나 뭐라나. 저보다 더 큰 형은 아무 소리 없이 입는데 아동틱한 옷이라 싫다니.

첫째와 셋째는 단지 '옷'이라는 이름을 붙여 줄 만한 것이면 아무거나 다 입었다. 그러나 둘째는 달랐다. 자기 마음에 드는 옷은 다 해져서 너덜너덜할 때까지 입었지만, 마음에 들지 않는 옷은 아무리 비싼 옷이라도 절대로 입지 않았다. 중학교 3학년 때인가 둘째는 나에게 돈을 타 내서 이태원까지 가서 자기 옷을 사 온 적도 있다. 그 일은 우리 집 역사상 지금까지도 유일무이한 사건으로 기록되어 있다.

큰애나 셋째는 나중에 대학생이 되어서도 여전했다. 옷 사 주기가 귀찮아서 제발 너 혼자 가서 옷을 사 보라고 아무리 애걸을 해도 듣지 않았다. 하도 똑같은 옷만 입고 다니는 게 내 눈에도 거슬리기에 내 딴에는 제법 큰돈을 몇 번 쥐여 줘 봤지만 결국 돈만 뜯기고 말았다.

막내가 초등학교 5학년 때였나 보다. 그해 여름은 유난히 빨리 시작되었고 유난히 더웠다. 오랜만에 집에 일찍 들어와 땀을 식히고 있는데 막내가 학교에서 돌아왔다. 얼굴은 빨갛게 익고 머리카락은 땀으로 젖어 이마에 착 달라붙어 있었다.

그런데 그 더운 여름날 입고 있는 옷이 정말 가관이었다. 두꺼운 청바지는 그렇다 치더라도 티셔츠가 손등을 덮는 긴소매 옷이 아닌가. 그것도 다 낡아서 구질구질하기 짝이 없는 것이었다. 또 계절을 놓쳤구나 싶으니까 나도 모르게 화가 나서 애꿎게 아이에게 소리를 질렀다.

"오늘 같은 날 뭐 찜질할 일 있니? 넌 다 큰 애가 어떻게 옷도 갈아입을 줄 모르고 그러고 다니니?"

언제나 웃기를 잘하는 막내는 여전히 웃음을 잃지 않으며 대답했다.

"이 옷 하나도 덥지 않아요."

"엄만 보기만 해도 더위 먹을 거 같다. 빨리 벗어."

그랬더니 막내가 갑자기 양팔을 직각으로 들어 올렸다.

"여기를 보세요, 하나 둘 셋."

순간 나는 내 눈을 의심했다. 막내의 옷 양쪽 팔꿈치가 완전히 뻥 뚫린 것이 아닌가. 조그맣게 구멍 난 정도가 아니라 그 속으로 팔이 빠져나올 것 같을 만큼. 자세히 살펴보니 목둘레며 소매 끝이 다 풀어지다시피 했고, 다 닳아서 몸체가 비칠 정도로 나달나달했다.

가난하기 짝이 없었던 그 옛날에도 옷이 이 지경이 되도록까지는 입지 않았다. 요즘은 옷이 싫증이 나서 못 입지 해어져서 못 입지는 않는다는 상식이 이렇게까지 배반당할 수도 있다니.

기가 막혀 말을 못하다가 생각해 보니 그 옷은 5백 원인가 주고 사서 훈이가 2년, 준이가 2년, 그리고 막내가 2년, 합해서 무려 6년을 입은 옷이었다. 모두들 옷 하나를 이렇게 입는다면 옷 장사들이 다 굶어 죽기 알맞을 것이다.

"아무리 옷에 무심하더라도 그렇지, 그렇게 크게 구멍이 난 옷이면 버려야지 그걸 입었니? 니네 선생님이 보셨으면 고아인 줄 아셨겠다."

그런 아이들이었다.

또 어느 여름에는 비가 많이 왔었다. 윤이가 신을 벗으면서 "이상하다. 양말이 또 젖었어" 하기에 운동화를 살펴봤더니 앞 발바닥이 완전히 나가 있었다. "이렇게 펑크 난 걸 어떻게 신고 다녔니?" 하고 기막혀했더니 "어쩐지 발바닥이 좀 아프더라" 하고는 씩 웃고 만다.

이런 아이들이니 내가 무슨 말을 하랴.

"엄마가 일일이 너희들 옷이나 운동화를 들여다볼 수는 없으니 제발 필요한 게 있으면 엄마한테 알려 줘."

그런데 드디어 그토록 무덤덤하던 첫째가 자기도 메이커 신발을 신고 싶다는 의사를 집안 형편이 어떠냐는 말로 완곡하게 전해 온 것이다. 나는 마치 백만장자나 되는 것처럼 그까짓 것 원하면 얼마든지 사 줄 수 있다고 큰소리를 치고는 날을 잡아서 훈이와 함께 백화점에 갔다. 그러나 운동화 가게들만 모여 있는 층을 헤매고 또 헤매 다녀도 동훈이는 맘에 드는 게 없다고 고갯짓을 했다.

나는 워낙 백화점 체질이 아니라 그런지 몇 바퀴 돌고 나니 멀미가 날 정도로 피로를 느꼈기에, 이 아이가 보기보다 꽤 까다로운 구석이 있구나 하고 생각하면서 마음에 드는 게 없으면 다른 곳으로 가자고 나왔다.

날이 이미 어두웠기 때문에 그날은 다른 백화점에는 가지 못하고 말았다. 대신 나는 훈이에게 돈 3만 5천 원을 주면서 언제든 네 마음에 드는 걸로 사 보라고 했다. 그리고 아마 일주일이 채 안 되어서일 것이다. 훈이는 그 돈을 내게 도로 돌려주었다. 메이커 신발을 정작 사려고 보니 월드컵하고 별로 차이가 없는 것 같더라, 그리고 막상 신어 보니까 자기한테는 월드컵이 훨씬 편하더라나.

나는 인심은 인심대로 쓰고 돈은 돈대로 굳었으니 일석이조인 셈이었지만, 마음 한구석에서는 안쓰러운 기분이 들기도 했다. 좀 철딱서니 없게 굴어도 좋으련만.

어느 여름에는 비가 많이 왔었다.
윤이가 신을 벗으면서 "이상하다. 양말이 또 젖었어" 하기에
운동화를 살펴봤더니 앞 발바닥이 완전히 나가 있었다.
"이렇게 펑크 난 걸 어떻게 신고 다녔니?" 하고 기막혀했더니
"어쩐지 발바닥이 좀 아프더라" 하고는 씩 웃고 만다.

우리는
어둠의 자식들이에요

남자아이들에게 가장 큰 고민은 군대 문제이다. 대학원을 마친 훈이는 이공계 졸업생들에게 적용되는 병역 특례로 건설 회사에 입사했고, 지난 6월에는 싱가포르 현장으로 발령을 받아 떠났다.

훈이는 어떤 식으로 군대생활을 할 것인지에 대해서 오랫동안 이 궁리 저 궁리한 끝에 결국 해결이 난 셈이지만, 나머지 두 아이는 아직도 고민 중이다. 군대 이야기가 나오면 나는 아무것도 모른다는 표정으로 "그런 건 다 너희들이 알아서 하는 거야"라고 매몰차게 자른다.

이런 엄마를 훤하게 꿰뚫고 있으면서도, 그리고 자신의 음악 활동과 학업, 그리고 입대 시기에 대해서 고민을 할 만큼 해서 마음을 굳힌 상태이면서도 둘째는 짓궂게 엄마를 떠본다. "어머니 어머니 우리 어머니, 이 불쌍한 아들을 군대에서 빼 줄 수는 없으십니까?" 하고.

나 역시 항상 준비되어 있는 두 마디 이외에는 긴말이 필요 없다. "미안해서 어쩌나, 엄마가 무능해서"라는. 그러나 솔직히 털어놓자면 이런 말을 할 때마다 그동안 군대 문제에 대해서 잘 다독거려 놓았던 내 속이 다시 한 번 뒤집어지는 걸 어떡하랴.

아이들 문제에 관한 한 거의 늘 의견 일치를 보는 우리 부부지만 군대 이야기만 나오면 '반드시'라고 할 수 있을 만큼 크고 작은 말다툼에서 벗어나는 적이 없다.

남편은 내가 군대 문제에 관한 한 평소의 나답지 않다고 흉본다. 아이들과 관련된 다른 일들—예를 들면 과외나 촌지 따위—에 대해서는 비정하리만큼 원칙론자가 되는데 왜 군대 문제에 대해서는 원칙 없이 우왕좌왕하느냐는 것이다. 엄마가 비틀거리니까 아이들도 '이상하게' 논다는 거다. 한마디로 어미나 자식이나 영 마음에 안 든다는 것이다.

남편의 생각은 이렇다. 대한민국 국민에게 국방의 의무가 부여되어 있는 한 젊고 건강한 남자들이 군대에 가는 것은 당연하다, 또 군대 생활은 아이들이 생각하는 것처럼 '썩는' 세월인 것만이 아니라 '사람 만드는' 기간도 되기 때문에 자신은 자기 아들들이 반드시 군대에 가야 한다고 믿는다는 것이다.

이에 대한 아이들의 반론은 이렇다. 그 의무 조항을 만든 자는 누구이며 지키는 자는 누구인가, 소위 법을 만든 자들 중에 자기 자식들을 현역으로 입대시킨 사람이 과연 몇 퍼센트나 되느냐, 멀쩡한 자식에게 가짜 진단서를 떼는 등 온갖 편법을 동원해서 빼돌리지 않느냐, 나라는 왜 힘없는 자들보고 지키라고 하느냐, 왜 우리가 그런 자들을 위한 들러리가 되어야 하느냐.

또, 군대가 '사람 만드는' 데라는 말도 맞지 않는다, 오히려 군대는 '사람이기를 포기한' 데라더라, 군대 갔다 온 선배들이 하나같이 하는 말도 "야, 너도 될 수 있으면 빠져라"고 하지 "그래, 군대란 남자라면 한번 가 볼 만한 곳이야"라는 말은 한 번도 들어 본 적이 없다.

아이들의 주장이 요즘 보통 젊은이들의 정서를 대변한 것임을 남편도 잘 알고 있다. 그럼에도 불구하고 자기 자식들까지 이런 '삐딱한' 생각에 빠져 있다는 사실에 남편은 정말 화가 나는 모양이다. 그는 '악법도 법'이라는 해묵은 논리를 전개한다. 국방의 의무가 법으로 정해져 있는 한 국민 된 도리는 그것을 지키는 거다, 일부 힘 있는 자들이 법을 지키지 않는다고 해서 국민 모두가 그걸 지키지 않으면 사회가 어떻게 되겠느냐, 그렇게 되면 결국 우리보다 더 힘없는 사람들만 군대에 가야 한다는 말이냐, 그건 안 될 말이다, 그리고 내 경험상 군대를 갔다 오지 않은 남자는 아무리 출세를 하건 돈을 많이 벌었건 간에 뭔가 결여되어 있더라, 어떤 조직이든지 장단점이 있게 마련인데 군대도 그 긍정적인 요소를 살려 내면 그 어떤 곳보다 좋은 학교가 될 수 있다….

혹시 실낱같은 기대를 걸었을지도 모를 아버지에게서 단호한 훈계만 듣게 된 아이들은 하루라도 빨리 입장을 정리하는 게 나을 듯싶었는지 결론을 내렸다. 군대를 가긴 가겠다, 그러나 군대에 가는 걸 '애국'이니 '사나이의 길'이니 하는 식으로 미화하지는 마라, '신의 아들'이나 '장군의 아들'은커녕 '사람의 아들'도 아닌 '어둠의 자식'인 신세라 할 수 없이 끌려가는 거다.

남편은 '어둠의 자식'이란 말도 기분 나쁘고, 아이들이 이왕이면 긍정적인 생각을 품고 군대에 가길 바라던 차라 내가 자기편을 들어주었으면 하는 눈치였다. 그러나 나는 남편의 의견이 원칙적으로 옳다고는 생각하지만, 군대 문제만큼은 아이들 입장도 이해해 주어야 한다는 데 일종의 의무감 같은 것을 느끼고 있었다.

남편은 평소 정의파라고 불리는 아내가 군대 문제에 대해서는 '말같지도 않은' 아이들 의견을 깊이 들어 주는 게 영 못마땅한 듯싶다. 남편은 내가 다른 문제들에 대해서 철두철미하게 소신을 지켜 온 과거, 그리고 부정부패에 대해서 칼날같이 반응하는 걸 보아 온 터라 내 반응이 이상하게 보였나 보다. 심지어는 이 어리석은 여자가 아이들 말만 듣고는 군대 가면 제 새끼들이 다 죽어 나오는 줄 아는 것 아니냐는 억지 같은 소리를 다 했다. 가족 이기주의니 제 새끼 중심주의니 내가 평소에 읊던 이야기까지 인용하면서 이러니 여자들은 할 수 없다는 식으로 몰아붙이기도 했다.

다른 때 같으면 왜 나를 욕하지 여자들 전체를 싸잡아 욕하느냐고 따지고 들었을 테지만, 사안이 사안인 만큼 구차스럽지만 내 변명부터 해야 했다. 언제 내가 애들을 군대에서 뺄낼 생각을 한다고 그랬느냐, 뺄낼 생각도 없으려니와 뺄낼 능력도 없다, 그 점에서는 당신과 같지만 아이들을 무조건 나쁘게 보는 시각에는 찬성할 수 없다는 것이 나의 의견이었다.

그렇다. 나는 아이들이 군대에 가기 싫어하는 마음을 얼마든지 이해할 수 있다. 아이들은 군대 가는 것 자체보다 불공정한 이 사회에 불만을 느끼는 것이다. 군대는 같은 또래의 청년들에게 똑같이 부여된 의무가 아니라, 조금만 양심을 가리고 조금만 편법을 쓰면 얼마든지 빠져나갈 수 있는 함정 같은 그 무엇이었다. 제 발로 함정에 빠지는 것을 선택할 사람이 어디 있으랴.

나는 이런 세상이 싫다. 남편은 내게 왜 원칙을 잃고 갈팡질팡하느냐고 묻지만, 군대 문제는 다른 비리들과는 성격이 전혀 다른 문제이다. 과외를 안 시키거나 촌지를 안 하는 행위는 전적으로 나의 주체적인 선택에 달린 것이다. 세상 엄마들이 다 시킨다고 해도 내 판단에 의해서 안 할 수도 있는 일이다. 그러나 군대는?

내 아이들이 아주 어렸을 적에도 나는 내 주위에서 펼쳐지는 군 입대를 싸고 벌어지는 풍속도들이 정말 역겨웠다. 눈곱만 한 권력이라도 손에 쥔 사람들은 어쩌면 하나같이 그렇게 자기 자식들을 군에서 빼내는 걸 당연시하던지. 권력이든지, 돈이든지, 아니면 의술이든지, 뭐라도 쥐었다 싶은 이들은 응당 합법을 가장한 편법을 썼다. 그들은 자식들을 현역으로 보내는 부모들에 대해 노골적으로 상대적인 우월감을 나타냈다.

눈이 너무 나빠서, 무릎이 이상해서, 허리가 삐끗해서, 또는 알레르기 체질이라…. 겉으로 보기엔 멀쩡한 아이들이 갖가지 핑계를 대며 방위로 빠졌다. 이 나라에서는 어찌 된 셈인지 부잣집 아이들은 몽땅 병을 앓고, 가난한 집 아이들은 왜 하나같이 건강해서 국토방위를 도맡고 있는지 참 불가사의한 일이다.

남편이나 내 친구들 가운데에도 조금만 유능하다 싶은 사람이면 하나같이 자식을 잘도 빼낸다. 게다가 그들은 당당하다. 한창 머리를 써야 할 아이들을 군대에서 썩힐 수는 없단다. 이건 잘못된 제도란다. 따라서 부모 된 입장에서 아이들이 뻗어 나가도록 도와야 할 의무가 있단다. 이 넘치는 자식 사랑이여! 그들은 그렇게 하지 못하는 부모에 대해서는 눈곱만큼의 미안함도 없다.

그렇기 때문에 나는 아이들에게 남편처럼 큰소리를 칠 수 없다. 나는 아이들이 원할 때 아이들에게 아무 도움을 못 주는 부모로서 자괴감을 느낀다. 그렇다고 나는 1급의 튼튼한 내 아들을 병자로 만들어 군대에서 빼내는 뻔뻔스러운 엄마가 될 수도 없다. 현실적으로 무능한 것도 사실이지만, 설사 요술쟁이 할머니가 나타나서 네 아들 군대에서 빼 줄게 하고 유혹해도 제정신으로는 도저히 넘어갈 수가 없다.

교과서에 적힌 대로 국토방위의 '신성함'을 믿는 애국자여서가 아니다. 그토록 재빠르고 유능한 부모들이 서마나 귀한 사식들을 빼돌려도 대부분의 대한민국 보통 젊은이들은 '의무'라는 굴레를 쓰고 군대에 가기 때문이다. 나는 내 자식들이 군대에 가기 싫어한다고 해서 못된 녀석들이라고 생각하지 않는다. 오히려 그 마음을 너무나 잘 이해하지만, 그러나 그것이 의무로 정해져 있는 한 안 가는 쪽이 아니라 가는 쪽에 서야 한다고 믿는다. 그것이 정의이기 때문이 아니라 그것이 마음 편하기 때문이다.

아니, 더 까놓고 말하자면, 비슷한 또래의 젊은이들이 다 군대에 가는데 내 자식만은 안 보낼 배짱이 내게는 없다. 거창하게 들리겠지만,

나는 아이들이 군대를 가기 싫어하는 마음을
얼마든지 이해할 수 있다.
하지만 또래 젊은이들이 다 군대에 가는데
내 자식만을 안 보낼 배짱이 내게는 없다.
그런 짓보다 어떤 젊은이들도 군대 가는 것이
'의무'가 되지 않는 세상을
만드는 것이 더 마음 편한 일이다.

그런 짓보다 내게는 어떤 젊은이들도 군대 가는 것이 의무가 되지 않는 세상을 만드는 것이 더 마음 편한 일이다.

내가 너무나 이기적인 엄마인지도 모른다는 생각 한편에서는 그래도 우리 아이들은 엄마를 잘 이해해 주리라는 믿음이 있기에, 나는 이내 자책감에서 벗어날 수 있다. 어찌 생각하면 내가 이제까지 맺어 온 아이들과의 관계는 늘 이런 식으로 이루어진 것 같은 느낌이다.

딸이 없어도
섭섭하지 않은 이유

아들만 셋이라고 하면 상대편의 반응은 두 가지로 나뉜다.

"아유, 욕심도 많으셔라."

"딸 재미를 모르니 정말 안됐어."

아이들이 어렸을 때는 첫 번째 말을 듣더니, 요즘 와서는 두 번째 말을 더 많이 듣게 된다. 여기서도 세상이 많이 변해 가고 있음을 실감할 수 있다.

지나온 세월을 돌아보면, 아, 그때 그렇게 하지 말고 이렇게 할걸, 하는 후회와 아쉬움이 한두 가지가 아니다. 결혼에 대해서조차 그렇게 서둘러 하지 말고 한 3년만 있다가 했으면 얼마나 좋았을까, 하는 아무 소용 없는 후회를 할 때가 많을뿐더러 그런 성급한 결혼을 반대하지 않은 부모님에게 원망을 품을 때도 있다. 만약 부모님이 반대하셨다면 사생결단을 하고도 남았을 주제에 말이다.

물론 남편에 대해서도 마찬가지이다. 이 사람과 연애만 하고 결혼은 하지 말걸, 그럼 내 팔자도 한결 근사해졌을 테고 지금 남편은 마음속으로 여전히 열렬히 좋아했을 텐데, 하는 후회를 해서 남편에게 웃긴다는 핀잔을 들은 게 한두 번이 아니다.

그런데 이렇게 후회도 많고 아쉬움도 많은 사람이, 아이들 말에 따르면 '겁도 없이' 아들을 셋씩이나 낳은 일에 대해서만은 단 한 번도 후회한 적이 없으니 내가 생각해도 참 불가사의한 일이다. 오히려 이렇게 예쁜 아이들을 낳지 않았다면 무슨 재미로 살았을까 싶고, 모두들 둘만 낳아 잘 기르자고 목소리를 높일 때 아무 주저 없이 셋을 낳은 자신이 자랑스러워지기까지 한다.

셋째를 낳겠다고 했을 때 동서들은 물론 심지어 시어머니까지도 다른 욕심은 없는 애들이 촌스럽게 애 욕심을 낸다고 흉을 보았다. 오막살이 같은 데서 살면서 어떻게 기르려 하느냐는 걱정도 많이 들었다. 그런 소리를 들으면서까지 셋째를 낳은 걸 보면 내가 아이 욕심이 많긴 많은 모양이다.

그렇다고 꼭 아들 욕심은 아니었다. 또, 사람들이 넘겨짚는 것처럼 아들이 둘 있으니 이제 딸을 낳고 싶다는 그런 거창(?)한 욕심도 없었다. 아들이고 딸이고 간에 그냥 셋이라는 숫자가 둘이란 숫자보다 훨씬 마음에 들었을 뿐이다.

올망졸망한 아이들을 데리고 다니다 보면 아무 상관 없는 사람들까지 "아이고, 막내가 딸이었으면 얼마나 좋았을꼬" 하며 안타깝다는 듯이 혀를 차곤 했는데 정작 본인은 한 번도 안타깝게 생각한 적이 없다. 큰애를 낳을 때도 첫아이니까 꼭 아들을 낳아야 한다는 생각이 없었던 것과 마찬가지로. 이런 말을 하면 어떤 사람들은 네가 아들만 있으니까 그렇게 여유 있는 척하는 거지 만약 딸을 낳았으면 달랐을 거라고 통을 준다. 글쎄, 과연 그랬을까.

셋째를 낳고 6인용 입원실로 돌아와 누워 있을 때였다. 내 옆 침대의 산모는 셋째 딸을 낳았다며 울고 있었다. 잠시 후 병실 문이 열리더니 허리가 완전히 기역 자로 굽은 할머니가 중년 여성 두 명의 부축을 받으며 들어왔다. 옆 침대로 가까이 온 할머니는 대뜸 손수건을 꺼내 눈물을 훔치기 시작했고, 그때까지 소리 없이 딸의 수발을 하고 있던 친정어머니는 연신 "면목 없습니다, 죄송합니다" 하며 고개를 들지 못하고 있었다. 함께 온 중년 여성들은 손위 동서들이었는데, 큰동서가 딸만 넷, 둘째는 딸만 둘을 낳았다고 했다.

나는 공연히 죄를 지은 것만 같아 마음이 불편해졌다. 그 집으로 갈 아들을 내가 빼앗아 온 듯한 기분이었다. 그때 아주 잠깐 동안 내 마음속에는 아이를 바꿀까라는 생각이 스치기도 했다.

아들만 셋 낳기를 잘했다는 생각이 들기 시작한 건 순전히 경제적 이유 때문이었다. 물론 나같이 아이 키우는 데 돈을 안 들이는 사람도 드문 마당에 설령 셋째가 딸이었다 하더라도 썩 달라질 리야 없었겠지만, 금상첨화로 아이 셋이 동성이라는 조건은 여러모로 경제적이었다. 옷이건 장난감이건 무엇이든 한 번만 사면 세 번씩 쓸 수 있었다. 방 두 개짜리 아파트에서도 별 불편이 없었다.

최근에는 남아 선호 사상이 많이 약화되어 가는 사회 분위기를 반영하듯 어느새 아들만 가진 사람이 부러움의 대상이 아니라 동정의 대상으로 바뀐 것 같다. '잘 키운 딸 하나, 열 아들 안 부럽다'는 표어는 이제 급박한 구호의 차원을 벗어나 현실의 일단을 드러내 주고 있기 때문이다.

아들만 있는 집은 집안 분위기가 너무 삭막하다고 한다. 딸 재롱을 모르는 사람은 애 키우는 진정한 재미를 모르는 셈이라고도 한다. 다 큰 딸과 팔짱을 끼고 쇼핑하는 재미도 만만치 않고, 또 결혼시킨 다음에는 아들은 완전히 남처럼 덤덤해지지만 딸은 오히려 점점 더 엄마와 밀착되니 이제는 딸이 훨씬 낫다는 말들을 자주 듣게 된다. 외국 간 아들의 엄마는 외국 구경을 못하지만, 외국 간 딸의 엄마는 외국 구경을 실컷 할 수 있다는 이야기도 농담 차원이 아니라 생생한 실제 상황이다.

세상이 이렇게 바뀌다 보니 나는 어느새 불우 이웃이 된 느낌이다. 아들이 딸보다 훨씬 더 많은 에너지를 소모시키기 때문에 같은 나이라도 아들 엄마가 더 팍삭 쇠어 버린다고 동정받았는데, 지금은 나중에 외로워서 어쩌겠느냐는 동정을 자주 받게 된다.

아무리 생각해도 우리네는 모든 것에 우열을 가리는 풍습이 있는 것 같다. 그토록 오랫동안 아들을 딸보다 우선시해서 딸들에게 피눈물 쏟게 하더니, 요즘 와서는 아들보다 딸이 더 좋다며 '아들 소용없어요'를 부르짖는다. 출가외인이라며 결혼한 딸은 집 안에 들이지도 않더니 요즘 딸들은 문지방이 닳도록 친정 주위를 맴도는 것이 미담처럼 되었다.

최근 10년 남짓을 평등 문화니 열린 세상이니 하는 꿈에 매달려 오면서 나는 가끔 우리 기질상 이런 말들은 영원히 꿈일 수밖에 없는 건 아닐까 하는 회의에 빠질 때가 있다. 물론 아직도 우리 사회는 겉으로는 남아 선호 사상을 버린 듯 큰소리를 치면서 여전히 태아 감별을 통해 은밀하게 딸들을 대량 학살하는 끔찍한 나라이기 때문에 입으로나마 자꾸만 '딸이 더 좋다, 딸이 더 좋다'를 외칠 필요가 있긴 하지만.

그러나 '아들 소용없어요'나 '딸이 더 좋다'는 말에 담긴 의미를 따져 보면 여전히 우리가 남성과 여성에 대한 고정관념 속에 빠져 있음을 알게 된다. 아들만 있는 집은 삭막하다는 동정도 역시 고정관념에서 나온 것이다.

아이들이 아직 어렸을 때 우리 집을 방문한 사람들은 으레 집 안이 너무 조용하다며 놀라곤 했다. 아들만 있는 집은 전쟁터처럼 시끄럽고, 장롱 같은 큰 가구까지도 성한 것이 없을 거라고 예상하고 왔는데 그런 예상이 여지없이 무너졌다는 것이다.

우리 아이들은 상당히 얌전한 편에 속했다. 악을 쓰면서 울거나 발버둥질 치면서 떼를 쓰는 경우가 거의 없었다. 물론 그게 천성이었는지 내가 그렇게 훈련을 시킨 건지는 잘 모르겠지만, 아무리 어린아이들이라고 해도 조곤조곤 타이르면 다 알아듣는다는 게 내 평소의 믿음이다.

물론 세 아이가 모두 똑같은 성격을 가진 것은 아니었다. 큰애는 세상이 다 알아주는 조심성의 소유자였기 때문에 기어 다닐 때라도 열

두 평짜리 아파트의 손바닥만 한 마루에서 절대로 현관 바닥으로 떨어져 본 적이 없는 데 반해 둘째는 하루도 떨어지지 않는 날이 없을 정도로 덤벙댔다. 커 가면서도 큰애는 한 번도 사고를 내 본 적이 없는 데 비해 둘째는 크건 작건 사고를 내거나 사고 일보 직전에 구출되어 식구들을 놀라게 하는 일이 많았다.

둘째가 초등학교에 들어간 해인가, 용인 민속촌에 놀러 간 적이 있다. 아이들이 방죽 같은 조그만 연못가에서 물고기를 들여다보는 중이었는데 갑자기 풍덩 소리가 났다. 둘째가 안 보였다. 가슴이 철렁한 채 물속만 들여다보고 있는데 잠시 후 둘째 머리가 쏙 올라왔다. 초가을이라 날씨가 쌀쌀했기 때문에 둘째는 이를 딱딱 부딪치며 벌벌 떨었다. 그런데도 서둘러 집으로 돌아오는 차 속에서 둘째는 재미있어 죽겠다는 표정이었다. 남이섬에 놀러 갔을 때는 강물에 들어갔다가 사람들이 마구 버린 사이다 병에 발가락이 찢어져서 피를 철철 흘리기도 했다.

우리는 둘째를 사고뭉치라고 부르면서도 둘째의 호기심과 모험심을 높이 평가했다. 큰애의 조심성에 감탄하는 것과 똑같은 정도로.

셋째는 이제까지 꼭 두 번 나를 놀라게 했다. 다섯 살 때인가, 친구네 아이들을 따라 놀이터에 갔다가 사라졌던 일, 그리고 아파트 현관문이 바람의 힘에 꽝 닫히는 바람에 머리가 깨어진 일이다. 머리를 부딪혔는데도 아무 말이 없기에 괜찮은 줄 알았더니 혼자 화장실에 가서 세수를 하던 셋째 왈, "머리에서 자꾸자꾸 피가 나와" 하는 게 아닌가. 들여다보니 골속의 하얀 것이 드러날 정도로 깊게 깨져 있었다.

유난히 감기가 자주 들었던 겨울, 약을 먹고 곯아떨어진 나를
막내가 깨웠다. 흰죽 한 그릇, 간장 한 종지, 그리고 기특하게도
동치미 한 사발이 쟁반 위에 놓여 있었다. 아들이고 딸이고 간에
서로 배려하고 도와 가며 사는 게 가족 아닌가.

기절할 것 같은 기분을 간신히 억누르며 일곱 살짜리를 업고 택시 정류장으로 뛰는데, 녀석은 오히려 무거우니 내려놓으라면서 나를 위로했다.

이렇듯 막내는 천성적으로 타인에 대한 배려가 많은 성격이다. 어렸을 때 과자가 두 개밖에 없으면 자기는 먹지 않고 형들에게 줄 정도였다.

소위 '여성적'이라고 불리는 성격들을 많이 갖고 있었기 때문에 세 아이가 모이면 거의 다투지 않고 잘 놀았다. 둘째의 호기심이 늘 재미있는 '거리'를 궁리해 냈고, 큰애의 조심성과 막내의 배려가 합치다 보니 싸움이 별로 없었다. 그러니 나 역시 악을 쓸 일이 없을 수밖에.

어떤 이들은 아들이 여럿이다 보면 그중에 꼭 딸노릇 하는 애가 하나쯤 있는 법이라고 말하는데, 나는 이 '딸노릇'이라는 표현이 마음에 들지 않는다. 나 역시 우리 어머니의 딸이지만 평균적으로 딸노릇이라고 하는 노릇을 별로 해 본 기억이 없기 때문이다.

아들만 있으면 엄마가 몸이 불편해도 약 하나 사 올 줄 모른다는 것도 괜한 소리이다. 평소에 그렇게 가르치지 않았으니 그렇지, 아들이라고 처음부터 냉혈한으로 태어날 리는 없는 법이다. 내가 몸이 아파 누워 있으면 모두들 마음이 쓰여 한마디씩 하고, 약을 사 오거나 찹쌀떡을 사 오고(이상하게 나는 몸이 아프면 찹쌀떡이 먹고 싶어진다), 밥은 으레 저희들끼리 해결한다. 내가 아이들만 두고 중국에 1년 동안 다녀올 수 있었던 것도 아이들이 나 없이도 잘 살아 나갈 수 있으리라고 믿었기 때문이다.

지난겨울에는 나이 탓인지 유난히 감기가 자주 들었다. 어느 날 아침 일찍 특강을 다녀와 약을 먹고 정신없이 곯아떨어졌는데 막내가 깨우는 소리가 들렸다. 외출했다 돌아온 아이가 아직도 코끝이 새빨간 채로 찬밥으로 죽을 끓여 쟁반에 받쳐 들고 와서 깨운 것이다. 쟁반 위에는 흰죽 한 그릇, 간장 한 종지, 그리고 기특하게도 동치미 한 사발이 함께 놓여 있었다.

아들이고 딸이고 간에, 그리고 아무리 나이가 어려도 남을 배려하는 마음만 있으면 어떤 상황에서도 탄력적으로 대응할 수 있는 법이다. 내가 이런 말을 하면 "아들들이 효자라고 되게 자랑하네" 하고 흉보는 사람들이 있는 모양이다. 그러나 미안하지만 나로선 그런 걸 자랑이라고 생각하는 사람들이 우습다. 그냥 그렇게 서로 배려하고 도와가며 사는 게 가족 아닌가.

사촌이
이웃만 못할까

남편 쪽으로 오 남매, 내 쪽으로 육 남매이다 보니 아이들의 사촌 형제들만 해도 친가, 외가 양쪽으로 똑같이 열 명씩, 합해서 꼭 스무 명이다. '멀리 사는 사촌이 가까운 이웃만노 못하나'는 말도 있지만, 물리적 거리만이 문제가 아니라 요즘은 사촌끼리 가깝게 지내는 경우가 아주 드문 것 같다.

요즘 사촌 사이에 놓인 거리는 대개 생활수준, 학력, 사고방식의 차이 때문에 걷잡을 수 없이 멀어진다. 우스갯소리가 아니라 우리 또래는 거의 다 자수성가한 억만장자들이라고 해도 과언이 아니다. 대개는 가난한 집안의 많은 형제들 틈바구니에서 복닥거리며 자라나, 어렵게 학교를 마치면 혼자 힘으로 가계를 이루어 인플레 탓이기는 하지만 현재 억대를 호가하는 집을 마련했으니 말이다.

같은 부모 밑에서 자란 친형제들이라도 각자 능력에 따라 학력이나 재산 정도가 각기 다를 수밖에 없는 건 윗세대도 마찬가지였지만, 특히 지난 30여 년 동안 우리 사회는 엄청난 변화를 겪었기 때문에 그 차이가 더욱 현격하게 나타난다. 개인의 성격이나 운에 따라 시대의 흐름을 잘 탈 수도 있고 오히려 거슬러 올라갈 수도 있기 때문이다.

비슷한 학력에 비슷한 사회적 경제적 조건으로 출발한 형제가 부동산 투기 붐을 어떻게 보냈느냐에 따라 생활의 수준이 하늘과 땅 차이로 나뉘는 예를 나는 옆에서 수없이 보아 왔다. 또는 권력자의 주변을 얼쩡거리던 별 볼일 없는 사람이 도저히 예측이 불가능한 정치 격변의 와중에서 갑자기 실세로 부상, 권력과 부를 한꺼번에 거머쥐는 예는 또 얼마나 많은가. 말단 세무 공무원으로 늘 초라하게만 보이던 사람이 실제로는 수백억대의 재산을 굴리는 재력가로 밝혀지는 경우도 드물지 않다. 그런 세상을 살아가다 보니 한 형제라도 정반대의 가치관을 갖게 되는 예가 흔하고, 가치관에 따라 생활수준이나 생활방식이 전혀 딴판인 경우도 많은 것이다.

어떤 부모든지 자기 자식들이 고르게 살면서 우애 있게 지내기를 간절히 바라지만, 내 경험에 따르면 지금 서울에서 살고 있는 사오십 대 친구들 가운데 실제로 형제끼리 사이좋게 지내는 경우는 찾아보기가 아주 어려운 것 같다. 그건 아마도 우리가 이질적인 것에 대해서는 이해하고 포용하려 하기보다 일단은 배척하는 문화 속에서 살아왔기 때문이며, 또 있는 자와 없는 자 사이에는 일단 기피와 증오 심리가 강하게 작용하는 풍토가 형제 사이에서도 작용하기 때문일 것이다.

따라서 경제적으로나 심리적으로 요즘은 형제 관계도 윗세대하고 는 비교할 수 없을 만큼 냉정해지고 있다. 우리 부모 세대는 아직도 '잘사는 자식 기둥뿌리 빼다가 못사는 자식 받쳐 주고 싶다'는 심정일 테지만 정작 형제 사이에서는 어림도 없는 이야기이다.

예전에는 못사는 형제를 다른 형제들이 물질적으로 도와주는 일은 미덕이라기보다 일종의 의무로 간주되었다. 형제 사이에는 우애가 있어야 하며, 우애 있는 형제라면 마땅히 자기 숟가락의 밥이라도 덜어서 형제의 배고픔을 해결해 주는 것이 당연한 도리였다. 부모를 잃은 조카는 으레 큰아버지나 작은아버지가 맡아서 키웠다. 그러나 지금은 다르다. 사업하는 형제에게 밑천을 대 주기는커녕 은행 보증을 서 주는 사람조차 어리석다는 소리를 들으며, 부모를 잃은 조카를 맡아 키우는 경우는 아주 드물다.

요즈음에는 사촌은 물론 형제간이라도 가치관이나 생활수준이 다르면 아예 왕래를 하지 않는다. 집안에 아직 웃어른이 살아 계시거나 워낙 유교적 가풍이 강해서 제사를 철저하게 챙기는 집안 외에는 형제가 자주 만나지도 않는다. 피가 물보다 진하던 세대는 지나가고 있는 것이다. 단지 형제라는 이유만으로 서로 사이좋게 지내야 한다는 생각이 먹히지 않는 시대로 이미 한참 들어선 것이다.

어떤 이들은 이런 변화가 오게 된 이유는 여자들이 드세졌기 때문이다, 여자들이 남편의 형제 사이를 갈라놓고 친척 관계를 우습게 만들기 때문이라며 흥분하기도 한다. 사회 구조의 근본적인 변화를 이해하지 못한 데서 나오는 해석이긴 하지만, 현실적으로는 어느 정도 일리가 있는 말이기도 하다. 전통 가족을 움직이는 원리는 부자 관계가 중심이었던 데 반해 현대 가족은 부부 관계가 중심축이 되기 때문이다. 그렇다 보니 아내가 시댁에 대해 호의를 갖느냐, 아니면 기피하느냐에 따라 남편 형제들의 관계가 결정되기도 한다.

이러저러한 이유로 형제들의 관계가 나날이 소원해져 가는 판에 '한 치 걸러 두 치'라고 사촌 관계는 말할 필요조차 없을 것이다. 우선 부모가 자주 만나야 아이들도 자주 부딪치면서 정을 익혀 갈 수 있으련만 워낙 만날 기회가 드물다 보니 가끔 만나 봤자 데면데면할 수밖에. 게다가 아이들이 중학생이 되면서부터는 시험이니 학원이니 과외니 해서 아예 가족 행사에서 제외시키는 부모들이 대부분이다. 제사를 지내도 어른끼리만 왔다가 제사가 끝나자마자 아이들 걱정으로 얼른 자리를 뜨고.

그렇다 보니 요즘에는 사촌끼리 1년에 한 번 보기도 어려운 집안이 많다고 한다. 지금 서른이 갓 넘은 훈이 사촌 누나는 친구들끼리 이야기를 나누다가 친구들이 "너희 집안은 어떻게 그렇게 사촌끼리 사이가 좋으냐?" 하며 놀라는 바람에 자기가 더 놀랐다고 한다. 스스로 생각할 때는 자기네 집안도 명절이나 제사, 그리고 할머니 생신 때, 사촌형제들 대학 졸업 때나 의례적으로 만나기 때문에 특별히 사촌끼리 사이가 좋다고 할 만한 것도 없는데 같은 또래의 사촌 문화에 비하니까 그야말로 저절로 튀더라는 것이다.

심지어 자기 친구들 중에는 거리를 지나다가 사촌과 부딪쳐도 쉽게 알아보지 못할 정도로 친척들끼리 남처럼 지내는 경우가 많다는 걸 알게 되었단다. 그러니 자기가 제사나 명절 때마다 큰집에 가서 전을 부치거나 설거지를 한다는 소리를 듣고는 기절하지 않을 수 없겠지.

나는 우리 아이들이 좋은 사촌 형제를 자주 만날 수 있는 환경에서 자랐기 때문에 행운아들이라고 믿고 있다. 물론 친가나 외가 모두에 해당하는 말이지만, 외가 쪽으로는 우리 아이들이 제일 맏이인 데 비해 친가 쪽으로는 제일 막내들이기 때문에 상대적으로 친가 사촌들의 영향을 많이 받았다.

남편의 다섯 남매들 가운데 제일 맏이인 큰시누이는 부산에 터를 잡으셨고, 제일 막내인 시누이는 남편의 직업상 3년에 한 번씩 외국에 나가서 3, 4년씩 살아야 했기 때문에 늘 모이는 사촌들이라고 해 봤자 큰형님 댁의 아들 두 명, 둘째 형님 댁의 딸 두 명, 합해서 네 명이 전부이다. 게다가 남편과 형님들의 나이 차가 많다 보니 제일 막내누나인 지은이도 훈이와 여섯 살인가 차이가 난다.

그런데 이 네 명의 사촌 형제들이—이렇게 말하면 너무 도구적이다 싶어서 좀 미안하기도 한데—모두 하나같이 알토란 같은 아이들(?)이다. 모든 것에 뛰어나다든가 아니면 나무랄 데가 한 군데도 없다든가 하는 뜻이 아니라, 두 형과 두 누나들은 각기 다른 개성을 갖고 있으되 중심을 잡고 자기 몫을 충실히 다하는 그런 형이다. 우리는 대개 아이들이 '똑똑하고 착하게' 자라길 바라는데 실제로 그런 아이들을 찾기란 생각보다 어렵다. 똑똑하면 착하기 어렵고, 착하면 똑똑하기 어려운 경우가 대부분이다.

나는 친구들에게 우리 시집 조카들 이야기를 자주 하는데, 그때마다 내가 조카들을 예뻐하고 좋아하는 이유는 그들이 한결같이 똑똑하고 착하기 때문이라고 서슴없이 말한다. 대부분의 반응은 친정 조카들이 예쁘다면 이해하겠지만 어떻게 시집 조카들을 저렇게 예뻐할 수 있을까 의아해하는 표정들이다.

결혼 초기에는 큰집에 자주 모이는 게 오로지 부담으로만 여겨진 게 사실이다. 교통편도 불편하기 짝이 없는 먼 곳까지 아이들을 업고 달고 기저귀 가방을 들고 애써 가 봤자 부엌을 벗어날 수 없고, 허리가 휘게 일해 봤자 재미라고는 찾을 수 없었다. 오로지 시댁에 대한 '의무'로만 왔다 갔다 했다.

그렇다 보니 제사가 다가오면 며칠 전부터 매사에 짜증이 나고 우울했다. 갑자기 몸이라도 아파서 어떻게 면탈이라도 하면 오죽이나 좋을까마는 워낙 건강체이다 보니 감기도 잘 걸리지 않았다. '도살장에 끌려가는 소'가 딱 이런 기분이겠지 싶었다. 외국으로 이민 간 친구들이 부럽기 짝이 없고, 아, 이러니까 고아에게 시집간다는 말도 나오는구나 이해가 되기도 했다. 소위 '뼈다귀 있는' 명문 거족도 아닌데 이렇게 고달프니 진짜 그런 집안의 아들과 결혼한 친구들은 얼마나 괴로울까, 엉뚱한 동정심을 발휘하기도 했다.

그러나 단 한 가지 조카들을 만나는 것만은 기분이 좋았다. 아이들은 한결같이 귀엽게 보였다. 조카들은 짜증 한 번 내지 않고 어린 동생들을 잘 데리고 놀았고, 우리 아이들은 그런 형과 누나들을 잘도 따랐다.

중학교에 들어가면서부터 아이들은 자기들과 재미있게 놀아 주던,

'절대로 공부 잘할 것같이 생기지 않은' 사촌 형제들이 공부를 잘한다는 사실에서 알게 모르게 영향을 받는 것 같았다. 형들이 서울대와 연대에 들어가고 큰누나가 이대를 다니는 데다가 막내인 지은이 누나까지 서강대에 합격하니까, 훈이가 드디어 '가문론'을 들먹였다. 이렇게 다들 공부를 잘하는 가문에 자기가 먹칠을 하면 어떻게 하느냐고.

부담과 동시에 훈이는 자신감도 얻은 것 같다. 서울대 공대에 들어간 큰형은 훈이가 생각하던 전형적인 '공붓벌레'와는 담을 싼 인상에다가 팝송을 무지 좋아하는 '날라리'처럼 보였기 때문이다. 형 책상 앞에 붙은 탤런트 황신혜 사진을 보고는 형은 예쁜 여자만 좋아하는 타입인가 보다며 재미있어했다. 그런 형이 별로 힘들게 공부한 기색도 없이 아이들이 '하늘의 별 따기'라고 말하는 서울대에 턱하니 들어가다니.

고등학교 2학년 때부터 훈이는 자신의 목표를 서울대로 잡는 것 같았다. 그러고는 불안했던지 자기가 과연 서울대에 갈 수 있을지, 어떻게 생각하느냐고 내게 물었다.

나는 물론 속으로는 실력만 되면 서울대에 가면 좋겠다고야 생각했지만, 그걸 아이에게 강하게 말할 엄마가 아니었다. 아니, 그런 말을 할 엄마가 못 되었다. 그렇지만 아이가 먼저 이렇게 물어 오는 데에야 대답을 못해 줄 것도 없지 않은가.

"내가 보기에 너는 서울대에 충분히 갈 수 있는 잠재력이 있어. 그런데 네가 지레 서울대는 무슨 천재들만 들어갈 수 있는 곳이라고 단정하고 주눅이 든다면 못 갈 수도 있겠지. 문제는 네 마음에 달렸어."

사촌이 이웃보다 더 가까운 관계로 남으려면 부모들이
의식적으로 노력해야 하는데, 요즘 세상이란 게 그런 데까지
신경을 쓰면서 살기에는 너무 복잡해져 버렸다.
누군가가 팔을 걷어붙이고 나서지 않는 한 점점 멀어지게 될 것이다.
그저 부끄럽기만 하다.

그러자 동훈이는 픽 웃었다.

"어머니 말씀이 맞는 것 같아요. 준호 형처럼 날라리도 들어갔는데요, 뭐."

나는 워낙 무덤덤한 성격인 데다가 인사치레를 싫어해서 조카들 졸업이니 입학이니에 별로 신경을 못 쓰고 살았는데, 조카들은 우리 아이들을 끔찍이 챙겨 준다. 때마다 바깥으로 불러내어 맛있는 것도 사 주고 영화도 함께 보고 선물도 주고…. 워낙 인사성이 밝은 부모들을 닮은 덕분인 것 같다. 지금은 네 명이 다 결혼해서 각자 가정을 꾸려 나가고 있는데, 그 생활방식이 또 다 다르면서도 아주 모범적이어서 아이들에게 좋은 모델이 되고 있다.

외가 쪽으로는 훈이가 가장 큰형이고, 그 다음으로 준이가 '짜형'(작은형을 동생들은 이렇게 부른다), 그리고 그 뒤부터는 줄줄이 사탕이다. 친정집 조카들 역시 큰형과 짜형의 영향을 아주 많이 받고 크는 것 같다. 그러나 우리 친정은 형제간에 서로 챙겨 주고 일부러라도 자주 만나는 자리를 만드는 분위기가 아니기 때문인지 나이가 들어 갈수록 사촌들 간의 관계가 소원해져 가는 모습이 간간이 드러난다.

결국 사촌이 이웃보다 더 가까운 관계로 남으려면 그 부모들이 의식적으로 노력해야 하는 것만은 틀림없는데, 요즘 세상이란 게 그런 데까지 신경을 쓰면서 살기에는 너무 복잡하지 않은가. 누군가가 팔을 걷어붙이고 나서기 전에는 점점 멀어지게 될 것이다. 그저 부끄럽기만 하다.

Chapter 5

아이가 크는 만큼
커 가는 엄마

오마이를 잘못 만나서

'언어의 마술사'라 불리는 김수현 작가의 드라마 〈목욕탕 집 남자들〉에는 과년한 세 딸을 둔 엄마의 넋두리가 끊임없이 나오는데, 어느 회에선가 드디어 제발 손주를 보게 해 달라는 간절한 푸념으로 딸들을 닦달하는 장면이 등장했다. 손주를 본 친구들 말에 의하면 '손주를 안으면 뼈가 녹는 것 같은 기분'이라고 한다며. 글쎄, 아이들이 알아서 할 일이겠지만, 나 같으면 손주를 가능한 한 늦게 보는 게 좋을 것 같은데.

아무튼 예부터 '자식 사랑보다 손주 사랑이 더 크다'는 말이 전해지는 걸 보면 손주가 고생하는 모습을 봐야 하는 할머니의 마음은 얼마나 아플까 짐작이 되고도 남는다.

우리 시어머니도 예외는 아니어서, 아이들이 아주 어릴 때부터도 아이들을 금이야 옥이야 하고 기르지 않는 며느리를 별로 탐탁하게 여기지 않으셨지만 교양의 힘으로 꾹꾹 누르고 계시다가 드디어 그 며느리가 마흔이 다 된 늙은 나이에 새삼 사회생활을 하겠다며 나서자 말끝마다 '아아덜이 불쌍하다'를 되뇌이셨다. 눈물까지 머금으시면서.

그러나 "여자 나이 마흔이면 환갑인데 무슨 일을 하노?" 하시며 노골적으로 반대하셨음에도 불구하고 고집 센 며느리가 제 뜻을 밀고 나가자, 이내 "내가 도울 일이 뭐 있노?" 하시며 적극적으로 돕고 싶다는 뜻을 밝히셨다. 그때쯤에는 나도 결혼 경력이 무려 15년째에 들어설 때였기 때문에 시어머니를 충분히 이해할 수 있었다.

우리 시어머니는 경상도 출신에다가 맏며느리였기 때문에 소위 법도와 체통을 아주 중요하게 생각하시고 살림 솜씨도 누구도 따를 수 없을 만큼 매우신 분이다. 또, 목소리가 쨍쨍 울리시는 데다 말투는 늘 단호하시다. 언제나 말씀의 끝은 '사람은 어떠어떠해야 한다'로 일관하신다.

자유로운 분위기에서 성장하고 학교나 직장도 가장 자유롭다고 정평이 나 있는 곳을 다녔기 때문에 나는 결혼 후 10년간은 시어머니 앞에만 서면 한없이 작아져 버리는 걸 느꼈다. 이런 나를 친구들은 '임자 만났다'며 놀리거나, 그렇게 안 봤는데 상당히 순종적이라고 놀라거나, 시집 잘못 갔다고 불쌍하게 생각했다.

한 10년쯤 살아 보고서야 시어머니가 내게 하시는 말씀 중 나를 주눅 들게 만드는 용어들, 이를테면 '소견 없다'와 같은 모욕적인 말, "죽으면 썩어질 손 아껴서 뭐하노?" 하며 며느리의 나태함을 꾸짖던 끔찍한 말, 그리고 '지랄한다'와 같은 지독한 욕설들이 내가 생각하는 것만큼 대단한 내용을 담은 것이 아니라는 사실을 알게 되었다. 경상도에서는 흔히 쓰는 말인데 그 말이 시어머니의 단호한 목소리에 실림으로써 굉장한 상승효과를 냈던 것이다. 시어머니도 만약 내가 결혼 초기에 그토록 당신을 무서워했다는 사실을 아셨으면 깜짝 놀라 언짢게 생각하셨을 게 틀림없다. 하지만 바로 그게 시집살이의 속성인 걸 어쩌랴.

아무튼 내가 결혼하던 해 그달에 환갑을 맞으신 시어머니의 머릿속에 그려진 여성관과 이 막내며느리의 모습은 정면으로 배치되었나 보다. 도대체 젊은 여자가 옷차림에도 살림에도 그냥 데면데면한 게 시어머니로서는 도저히 이해가 되지 않으시는 걸 어쩌겠는가. 새 며느리라는 게 시댁 웃어른께 인사를 드리러 가면서 티셔츠에 짧은 치마를 입고 가질 않나, 어른이 놀러 오셨는데도 "진지 잡수셨어요?"를 단 한 차례 묻고는 시치미를 떼질 않나, 제가 낳은 아이를 예쁘다며 "꼭 강아지 같아요"라고 하질 않나, 일거수일투족이 아슬아슬하고 눈에 차지 않으셨던 것 같다. 단지 어릴 때부터 말썽이란 말썽을 도맡아서 '돌연변이'라는 별명을 갖고 있던 막내아들, 경제관념이라고는 땡전만큼도 없어서 속을 썩이던 막내아들을 좋다고 쫓아다녔다니 얼씨구나 하고 결혼을 시켰을 뿐이었다.

내가 시어머니를 무서워하면서도 별로 미워하지 않았던 까닭은 내 성격이 비교적 둔한 덕분이기도 했지만, 또 하나 그 당시 시어머니가 처하신 상황이 최악임을 객관적으로 이해하는 마음을 갖고 있었기 때문이다. 내가 결혼했던 시기는 시어머니가 무역으로 가계를 일으킨 남편을 갑자기 잃고 남아 있던 재산도 거의 다 바닥이 난 판에 신경통으로 꼼짝 못하실 때였다.

시어머니가 나를 '괜찮은' 인간으로 보기 시작한 것은 결혼 후 5년 만에 내가 직장을 그만두고 살림에만 뛰어든 해였다. 그 무렵 시어머니는 우리와 한 아파트로 이사 오셨는데 좌골신경통이 도져서 전신을 꼼짝할 수 없게 되셨다. 처음에는 하루에도 대여섯 번씩 왔다 갔다 하면서 돌봐 드렸지만, 나 역시 둘째를 낳은 지 얼마 안 되는 데다가 살림도 서툰 때라 차라리 우리 집에서 돌봐 드리는 게 편하겠다 싶어 집으로 모시고 왔다.

웬 막내가, 그것도 방 두 칸짜리에 사는 며느리가 앓아누운 시어머니를 모시느냐고 동네에서는 '효부상'을 주어야 한다고 야단들이었지만, 그때만 해도 나는 그 일이 그렇게 대단한 일인 줄 정말 몰랐다. 그냥 옆집에 사는 할머니라도 혼자 앓고 계시면 내가 돌봐 드려야 한다고 생각하던 터에(나중에 생각하니 별로 착하지도 않은 내가 왜 그런 마음을 먹었던지 신기할 뿐이다) 하물며 남편의 어머니 아니신가. 더구나 나는 워낙 지저분하게 살림 사는 데 익숙해 있었기 때문에, 그리고 아이들 똥 기저귀를 매일 빨아야 하는 엄마였기 때문에 시어머니 대소변을 받아 내는 일도 그리 더럽거나 어렵게 여겨지지 않았다.

나중에 우리 친정아버지가 문병 오셨다가 내가 아이를 둘러업고 이리 뛰고 저리 뛰는 모습을 보시고는, 나는 걔가 너무 까탈스러워서 그런 일을 하리라곤 상상도 못했다고 대견해하시며 눈물을 흘리셨다고 한다.

아무튼 엉망진창으로 살림하랴, 병 수발하랴, 병 수발보다 더 어렵다는 문병객 접대하랴 정신없이 두 달을 보냈는데, 기적같이 시어머니가 회복되셨다. 시어머니는 나에게 고맙다, 이 은혜(?)는 죽을 때까지 잊지 않겠다는 말씀 끝에, 내가 사람을 잘못 보았다, 너는 치마만 둘렀지 남자와 매한가지다, 살림은 못하지만 사람을 편하게 만드는 능력을 가졌다고 덧붙이셨다. 이보다 더한 칭찬이 또 있을까.

물론 일흔 살이 다 되신 분이 하루아침에 습관을 고칠 수는 없는 법이라 우리 집에만 오시면 저절로 잔소리가 나오시긴 했지만 나 역시 별로 심각하게 받아들이지 않았기 때문에 고부 관계가 아주 부드러웠다. 그런 판에 내가 다시 사회생활을 한다니까 억지로 주저앉히지 못할 바에야 도와주자 싶으셨나 보다. 나는 더 생각할 필요도 없이 "김치를 담가 주세요"라고 부탁드렸다. 여태까지도 김치 때문에 쩔쩔 맸는데 앞으로 김치 담가 먹을 생각을 하니 눈앞이 캄캄했었다. 더구나 우리 시어머니 김치 솜씨는 정말 뛰어나셨다. 특히 총각김치가.

시어머니는 약속대로 일주일에 한 번씩 꼬박꼬박 오셔서 갖가지 김치를 담가 주셨을 뿐만 아니라 아이들 도시락 반찬까지 마련해 주셨다. 우리 아이들이 요즘 애들답지 않게 김치를 잘 먹는 건 순전히 할머니 덕분이다.

그야말로 환상적인 고부 관계라고 할 만했다. 시어머니는 며느리가 가장 아쉬워하는 일을 몸으로 때워 주셨고, 대신 나는 시어머니에게 내가 겪은 일들을 이러쿵저러쿵 소상하게 보고해 드렸다. 시어머니는 당신이 막 결혼했을 때 서러웠던 일들까지 다 기억해 내시며 여자의 일생을 곱씹으셨고, 나는 당신이 조금만 시대를 늦게 태어나셨다면 김활란 박사만큼 왕성한 활동을 하셨으리라 믿어 의심치 않았다.

그러나 깨지지 않는 부분도 있었다. 아무리 그렇게 생각하지 않으려 해도 시어머니 눈에는 손자들이 불쌍하게만 보이는 걸 어쩌랴. 여성학을 하는 며느리의 언행에 영향을 받으신 탓에 세상을 보는 눈이 많이 달라지셨노라고 스스로 인정하시긴 했지만, 남녀 역할에 대한 고정관념, 그중에서도 모성 역할에 대한 신념은 그렇게 쉽게 변하지 않는가 보다. 머리로는 받아들이려고 애쓰셨지만 가슴으로는 도저히 불가능하신 것 같았다.

아이들이 도시락을 풀어 물에 담가 놓는 것만 보셔도, 아이들이 냉장고에서 반찬을 꺼내 혼자 밥을 차려 먹는 것만 보셔도, 아이들이 베란다 빨랫줄에서 빨래를 걷어 개어 놓는 것만 보셔도 시어머니는 마음이 짠해서 눈물을 흘리셨다. 오시는 길에 떡을 사다가 아이들에게 주었더니 생전 굶은 것처럼 너무 잘 먹더라고 전하시다가도 눈물, 반대로 소화가 안 되는지 배가 그득해서 거절하더라면서 눈물…. 결론은 항상 '오마이 없는 아아덜처럼' 불쌍해서 못 보시겠다는 거였다. 심지어는 시키지도 않았는데 방에 들어가 조용히 숙제를 하고 있더라면서 또 눈물이셨다.

하루는 밥을 먹고 있는 막내를 앞에 놓고는 또 "안즉 어린 게 오마이를 잘못 만나서…"를 읊으셨다. 막내가 나간 다음 나는 시어머니께 말씀드렸다.

"그런 말씀, 이젠 정말 그만두세요. 그런 말씀 하시면 누구에게 도움이 되겠어요. 아이도 자기는 아무렇지 않게 생각했는데 할머니에게 자꾸만 같은 말을 되풀이 듣다 보면 은근히 자기가 정말 엄마를 잘못 만나서 당연히 받을 대우를 못 받는다고 생각하게 될 테고, 저 역시 자꾸 죄의식을 키워 갈 테고, 어머닌 어머니대로 마음이 계속 언짢으실 거 아니에요. 아무에게도 도움이 안 되는 이야길 왜 그렇게 자주 하세요?"

물론 손자에 대한 사랑 때문에, 그리고 나이 든 여성들의 넋두리 습관 때문에 심각한 의미 없이 그런 말씀을 하신다는 것쯤은 나도 잘 알고 있었다. 그러나 조만간 별 변동이 없을 게 뻔한데 아이들로 하여금 그런 쓸데없는 비탄조에 귀를 익히게 하긴 싫었다.

"어머니, 아이들에게 기회를 주는 거라고 한번 생각해 보세요. 요즘 아이들 너무 응석받이인 데다 버르장머리라고는 눈 씻고 찾아도 없잖아요. 아이들이 제 몫을 하고 엄마를 도와주는 걸 당연히 여긴다면 좋아하실 일이지 불쌍하게 여기실 일이 아니에요."

시어머닌 며느리의 공격에 전혀 반격을 하지 않으셨다. 아마 일리가 있다고 생각하셨거나, 또는 반격해 봤자 상황이 달라지지는 않을 거라고 예상하셨기 때문일 것이다.

아무튼 시어머니는 매사에 노력하시는 편이기 때문에 나에 대해서도 좋게 보려고 애를 쓰시는 게 확실했다. 아들들을 모두 전형적인 경상도 남자로 키우셨지만, 언제부터인가 막내아들에게는 요즘 남자들은 부엌일도 알아야 한다며 콩나물도 다듬어 주고 설거지도 해 주라고 잔소리하실 정도로 많이 변하셨다.

우리 아이들은 집안일을 잘하는 편이다. 훈이는 서너 살 때부터 동네 구멍가게에서 파나 라면을 사 오는 심부름을 도맡아 놓고 했다. 엄마가 추운 날 동생을 업고 가게에 가는 게 제 눈에도 안쓰러웠던지 "싫어"라는 말을 거의 하지 않았다. 가게는 높은 계단을 한참 올라가야 했는데, 세 살짜리가 한 손에는 동전을 꼭 쥐고 한 손으로는 난간을 붙잡고 조심조심 올라갔다가 그다음에는 물건을 들고 조심조심 내려오는 모습을 보면 저절로 웃음이 났다.

그렇게 집안일을 잘하던 아이들도 학년이 올라갈수록 게을러진다. 학교에서 워낙 늦게까지 붙들어 놓기 때문이다.

그러나 저희들이 직접 도와주지는 않을망정 아이들은 엄마가 하는 가사노동에 대해서 그것이 얼마나 힘들고 귀찮은 일인지를 잘 알고 있다. 그래서 아이들은 엄마가 해 주는 밥을 '아주 고마운 마음'으로 먹는다. 이런 말을 하면 어떤 이들은 자기 엄마가 해 주는 밥도 고맙게 생각하다니 불쌍한 녀석들이라며 이죽거린다.

그런데 아이들은 오히려 여자라는 이유만으로, 혹은 엄마라는 이유만으로 집안일을 도맡아 하는 나를 불쌍하게 여긴다. 특히 내가 저녁 늦게 양손 무겁게 슈퍼마켓 봉투를 들고 들어오면 아이들은 "아버지도 늦으실 텐데 그냥 라면이나 끓여 먹자"고 강력하게 주장한다. 그럼 나는 나대로 갑자기 훌륭한 어머니 티를 있는 대로 내면서 "점심도 시원찮게 먹었을 텐데 저녁까지 라면을 먹일 수는 없다"며 비장한 표정으로 저녁을 준비한다.

시어머니는 말씀 끝에, 내가 사람을 잘못 보았다,
너는 치마만 둘렀지 남자와 매한가지다,
살림은 못하지만 사람을
편하게 만드는 능력을 가졌다고 덧붙이셨다.
이보다 더한 칭찬이 또 있을까.

둘째는 중학교 3학년 때 내 생일에 전해 준 편지에서 바깥일과 집 안일의 틈바구니에서 허우적대는 엄마를 「엄마의 하루」라는 시에 담아 그렸는데, 엄마의 괴로움이 너무 생생하게 그려져서 시를 읽는 친구들마다 "하, 고놈" 하며 혀를 찼다. 이 시는 내가 쓴 『삶의 여성학』 뒷부분에 실렸는데, 그걸 읽으신 작가 박완서 선생은 어떻게 중3짜리 남학생이 엄마의 삶을 그리도 정확하게 포착했느냐며 감탄을 거듭하셨다.

엄마를 잘못 만나서 여자로 산다는 것의 괴로움에 대해 너무 일찍 알게 된 것이 과연 좋은 일일까, 나쁜 일일까.

엄마 없이도
괘씸하게 잘만 살더라

몇 년 전, 나보다 두 살 위인 선배가 위암으로 세상을 떠났다. 평소 얼굴 가득히 환한 미소를 잃지 않아 그 존재만으로도 주위에 밝은 기운을 퍼뜨리던 선배는 그 나이까지 잔병치레 한 번 하지 않을 정도로 건강한 여성이었다. 그런데 며칠간 소화가 잘 안 된다 싶어 병원을 찾았더니 의사가 가족을 보자고 하더란다. 의사는 남편에게, 위암 말기로 수술을 해도 소용이 없노라는 청천벽력 같은 선고를 내렸다. 유달리 금슬이 좋은 부부였던지라 남편은 아내에게 진실을 속인 채 갖은 노력을 다했지만 병세는 악화되기만 했다. 입원했다는 소식을 듣고도 잡일에 휘둘려 사느라 문병을 못 가다가 이제는 퇴원해서 집에서 조리하는 선배를 벼르고 벼른 끝에 혼자 찾아갔다.

오랜만에 본 선배의 얼굴에는 이미 죽음의 그림자가 짙게 드리워져 있었다. 나는 자칫 터져 버릴 것 같은 울음을 참으며 힘껏 수다를 떨었다. 워낙 총명한 선배였으니 아마 자신의 죽음을 예감하고 있을 터였다. 하지만 선배는 애써 예의 그 환한 미소를 잃지 않고 있었다.

선배는 한마디로 오늘의 한국 사회가 요구하는 모든 조건을 갖춘 현모양처였다. 남편과 아들 둘의 뒷바라지에 완벽하게 몰두했던 선배는 나와 헤어지면서 쓸쓸하게 웃었다.

"혜란 씨, 여자들이란 참 이상하지. 내가 입원하면 남편과 아이들이 어떻게 살까 걱정되어 입원을 미루었는데, 이 남자들이 너무나 잘 살더라고. 그러면 내 마음이 좋아야 하는데 웬일인지 섭섭한 거 있지. 내가 없어도 잘만 산다 싶으니까 괘씸한 생각까지 들었어. 우습지?"

평소에 '이가 없으면 잇몸으로 산다'는 신조를 갖고 있던 나는 선배의 이 말이 유달리 선명하게 가슴에 와 박혔다.

나는 흔연한 표정으로 "그럼요. 주부들은 가족이 자기 없으면 당장 큰일 날 것 같아서 외출 한 번 마음대로 못한다고 푸념들 하는데, 진짜 큰일 나는 건 주부밖에 없는 것 같아요"라고 받아넘겼지만, 차라리 선배의 경우에는 영원히 착각 속에 빠져 살더라도 오래만 살아 주었으면 얼마나 좋을까 하는 생각에 가슴이 미어졌다.

아무튼 우리나라 주부들은 대부분 가족 안에 매몰되어 일생을 보낸다. 가족이 일상생활을 영위하는 데 필요한 모든 잡일을 하나부터 열까지 몽땅 자신에게만 맡겨 놓는데 어떻게 자기가 하루인들 집 안을 벗어날 수 있냐며 푸념한다. 우리 식구들은 내가 집에 없으면 라면조차 끓여 먹을 생각을 안 하고 고스란히 굶든지 군것으로 끼니를 때

우니 그 꼴을 어떻게 보냐고.

그러나 그 뒷이야기가 대개 어떻게 풀려 나갈지는 눈 감고도 짐작할 수 있다. 내 인생은 없다 치고 집구석에 처박혀서 한평생을 보냈노라고, 그런데 이제 와서 나보고 누가 그렇게 살랬냐, 엄마는 자기 인생도 없는 사람이냐고 퇴박들을 한다, 내가 저희를 어떻게 키웠는데….

엄마가 자식들에게 주는 사랑을 일반적으로 '모성'이라고 높여 부르고, 그것은 곧 무조건적인 사랑, 맹목적인 사랑을 의미한다. 영원한 모성이 인류를 구할 수 있다는 믿음은 지금도 여전히 우리를 지탱해 주는 힘이다. 모성의 참뜻은 결국 모든 생명 있는 것을 싸안는 한없는 사랑일 듯하다. 그러나 오늘날 우리가 '주부'라는 이름으로 또는 '엄마'라는 이름으로 자신을 죽여 가며 가족에게 쏟아붓는 사랑이 진정한 의미에서 모성인가에 대해서는 진지하게 재고할 필요가 있다.

뭐, 거창한 예를 들 것도 없이, 엄마가 없으면 라면 한 끼도 못 끓여 먹는다거나, 엄마가 올 때까지 고스란히 굶는 아이들 때문에 꼼짝달싹 못 한다고 넋두리하는 주부가 있다면, 한번 자신이 '사랑'이라는 이름으로 아이들을 무능력자로 만든 건 아닐까 자성해 보아야 한다. 옛날처럼 장작불을 때야 하는 것도 아니고 밀가루 반죽을 밀어서 칼국수를 끓여먹는 것도 아닌데, 단지 가스레인지 위에 냄비를 올리고 조리법대로만 하면 얼마든지 먹을 수 있는 라면을 못 끓이는 건 결코 자랑이 아니다.

이제 중년기를 지난 남편이야 어차피 전통적인 남녀관이 뼛속 깊이 스며들어 있기 때문에 고칠 수 없다 쳐도, 아이들의 홀로 서기는 엄마가 마음만 먹으면 얼마든지 가르칠 수 있지 않는가. 요리책을 보면서 자기가 먹을 음식을 자기가 만들어 먹는 일쯤은 구구단 외우기보다 훨씬 쉬운 일이며, 또 빨래나 청소는 단추만 누를 줄 알면 세 살짜리라도 할 수 있는 일이다. 유치원생조차도 그 복잡한 컴퓨터 조작을 단숨에 배우는 세상에, 엄마가 하루만 없으면 집안이 마비될 듯이 전전긍긍하는 건, 냉정하게 말하면 엄마의 의도적인 착각이라고밖에 할 수 없다. 내친김에 더 심하게 몰아친다면, 아이들이 영원히 홀로 설 수 없기를, 영원히 내 곁에 있기를 바라는 게 아니냐는 뜻이다.

결혼 후 한 번도 아이들이나 남편보다 늦게 귀가한 적이 없다는 친구들을 만나면 나는 숨통이 조여든다. 적당한 비유인지 모르겠으나 새장을 벗어나 본 적이 없는 새의 행복으로 보이기 때문이다.

제 멋에 사는 게 내 인생이고 남의 밥상에 감 놔라 배 놔라 해서는 안 된다는 게 내 인생관이긴 하지만, 본인은 그것이 여자의 행복이요 여자의 길이라고 믿으며 한평생 산다 치더라도 아이들에게 엄마가 없는, 허전하면서도 자유로운 공간과 시간을 경험해 보는 기회를 주는 것도 멋진 일이 아닐까.

여고 동기 동창회는 졸업 후 보통은 20년이 지나서야 결성되게 마련이다. 아이들을 어느 정도 키워 놓았다고 생각될 때 비로소 학창 시절에 대한 그리움이 피어오르기 때문이며, 아이들을 떼어 놓고 다녀도 안심이 되기 때문이다. 그런데 그 1년에 단 한 번 모이는 동창회는 대부분 점심때로 시간이 잡힌다. 실컷 놀다가 저녁 시간 전에는 집에 들어가야 하는 전업주부들을 배려해서이다. 따라서 직장에 매인 동창들은 원천적으로 참석을 못하게 된다.

주부들은 아이들이 다 큰 다음에, 즉 대학을 보낸 다음에 얼마든지 늦은 외출을 할 수도 있고 여행도 즐길 수 있다며 그날이 오기만을 기다린다. 실제로 최근 몇 년 사이 노년의 입구에 선 많은 여성들이 자기들끼리 해외여행을 하는 광경이 자주 목격되고 있다. 고생 끝의 낙이랄 수도 있겠다. 하지만 글쎄, 물론 전형적인 주부의 삶으로서 그 정도면 성공이라고 할 수 있겠지만 뭔가 알맹이가 성글어 보인다.

사실 우리가 사는 세상에는 주부가 식구들의 밥을 안 해 주면서까지 바깥에서 시간을 보낼 만한 일들도 별로 없다. 영화나 연극, 전람회 등은 주말에 식구들과 함께 갈 수도 있을 테니까. 사회운동이나 자원봉사 등은 낮에만 잠깐 하는 것이 오히려 미덕처럼 보이는 세상이기도 하니까. 자기 식구 내팽개치면서까지 사회에 봉사한다는 건 우리 주부들로서는 용납할 수 없는 위선으로 비치는 세상이니까. 또, '여자가 쓸데없이 나돌면 반드시 탈이 난다'는 속설도 주부들의 행동을 가정 속으로 늘 잡아 끌어넣는다.

그러나, 그럼에도 불구하고 주부들은, 특히 아이들이 독립적 인간으로 성장하기를 진정으로(!) 바라는 엄마들이라면, 아이들에게 엄마 없는 하늘 아래에서 살아야 하는 허전함과 자유로움을 느낄 수 있도록 기회를 마련해 주는 데 머리를 써야 한다.

내가 이렇게 긴 사설을 늘어놓는 이유는 또 한 번 아전인수 격으로 자기 자신을 정당화하려는 얄팍한 속셈에 다름 아니다. 즉, 막내가 고등학교 2학년 때 매몰차게 중국으로 가 버린 일에 대한 변명인 셈이다.

사실 아무리 '무심퉁한 엄마'라는 평에 이골이 난 나라지만 아이들이 울면서 나를 붙잡았다면, 또는 엄마의 도리를 들먹이며 가지 말라고 말렸다면 아마 그렇게 쉽게 결정을 내리지는 않았을 것이다. 그런데 고작해야 "윤이가 대학 들어간 다음에 가시면 어떠세요?"라는 지극히 점잖은 제의가 전부였다.

내가 이런 말을 하면 아이들은 즉각 "우리가 말린다고 어머니가 들으실 분이에요?"라고 되받아치겠지만, 알고 보면 나도 마음 여린 사람이다. 저희가 생각하는 것만큼 단호하거나 완고한 사람은 아닌데, 그토록 오랫동안 한집안에서 살면서 엄마를 제대로 알지 못했다면 그역시 섭섭하기 짝이 없는 노릇이다.

계획이 틀어져서 중국행은 예정된 날짜보다 무려 석 달이나 늦어졌는데, 이 기간 동안 아이들은 나름대로 엄마 없는 하늘 아래 살아 나갈 준비를 했다. 국이나 찌개를 끓이는 과정도 유심히 관찰하고, 생일에는 친구들에게 예쁜 앞치마를 선물받기도 했다. 어려운 일이 있으면 아이들이 가장 가깝게 느끼는 나의 큰동생을 찾으라는 말을 남기고 나는 드디어 만주로 떠났다. 남편은 이미 이태 전부터 중국 허베이성의 공장에 머물면서 한국으로 왔다 갔다 하는 터였기에 집에는 아이들 셋만 남겨졌다.

옛말 그른 데 없다고, 집을 떠나니 아이들 생각이 자주 났다. 세 녀석이 늠름하게 잘들 꾸려 나갈 거라고 믿으면서도, 갑자기 병이 나면 어쩌나, 막내 도시락은 어쩌나 하는 걱정을 아주 떨쳐 버릴 수는 없었다. 그런데 옌볜의 물 사정이 너무 나빠서 괴로움을 겪고 있다는 이야

엄마가 없으면 라면 한 끼도 못 끓여 먹는다거나,
엄마가 올 때까지 고스란히 굶는 아이들 때문에 꼼짝달싹 못 한다고
넋두리하는 주부가 있다면, 자신이 '사랑'이라는 이름으로
아이들을 무능력자로 만든 건 아닌지 생각해 볼 필요가 있다.

기를 쓴 편지를 인편에 부치고서도 잊고 있었는데, 한 달 만에 처음 통화를 했을 때 큰녀석이 오히려 나를 걱정하면서, 물이 너무 나쁘면 병이 난다며 나보고 너무 억지 부리지 말고 고생스러우면 당장 돌아오라나. 마치 제가 엄마라도 된 양.

옌볜에 간 지 여섯 달 만에 학교 행사가 있어 잠시 다니러 와 보니, 집 안은 내가 살림할 때보다 모든 것이 반듯하게 정리되어 있었다. 가장 눈에 띈 것은 마루 벽에 흰 메모판이 새로 걸려 있는 것이었다. 아이들은 그것을 연락장으로 쓰고 있었는데, 그 밑에는 '오늘 엄마 오심'과 누구, 몇 시 귀가 등의 내용이 적혀 있었다. 이 영리한 살림꾼들.

아이들은 내가 예상한 것보다 훨씬 더 잘 먹고 잘 살고 있었다. 그들 말에 따르면, 살림이 아주 어려운 일인 줄 알았는데 정작 해 보니 그리 어렵지 않더라나. 빨래는 세탁기가 해 주고 청소는 청소기가 해 주더란다. 어머니가 안 계시니까 훨씬 자유롭고, 먹고 싶은 것도 마음대로 사 먹을 수 있어서 행복했다고 한다.

단 하나 켕기는 점이 있었다면, 엄마는 형들에게 막내 도시락을 꼭 싸 주라고 부탁했는데 실제로는 대부분 막내가 아침밥을 해 놓고 자기 도시락까지 싸 갖고 다녔다는 사실이다. "형들은 잠만 잤어요"라며 나에게 어리광 섞인 고자질을 하는 막내는 그렇다고 해서 별로 화가 난 것도 아닌 듯했다. 대학생인 형들과 고등학생인 자신의 생활 패턴이 다르다는 걸 이해했기 때문이다. 그동안 한층 성숙한 막내를 껴안아 주면서 나는 대견함과 동시에 다소의 섭섭함을 느끼지 않을 수 없었다. 그래, 내가 없어도 아이들은 참 잘 자라는구나. 내가 없어도.

천적들과 함께
춤을

막내가 대학에 들어간 직후, 한 여성 단체에서 자기네가 발간하는 월간지에 신입생의 글을 싣고 싶다며 젊은 여성 간사가 내게 원고 청탁을 해 왔다. 나는 그런 일이면 본인에게 직접 청탁해야지 나한테 해 봤자 소용없다고 말했는데도, 간사는 자기가 나중에 정식으로 막내에게 청탁서를 보낼 테니 일단 나보고 말을 전해 달라고 고집했다. 나는 막내에게 그 청탁 건을 전하고 내 생각에는 좋은 기획인 것 같으니 글을 써 주면 좋겠다는 의견을 분명히 했지만, 막내는 가타부타 말이 없었다.

마감 날 간사가 원고는 어떻게 되었느냐며 내게 확인 전화를 했기에 본인과 직접 통화를 하거나 청탁서를 보냈냐고 물으니까, 맙소사, 통화를 못 했다고 하는 게 아닌가. "그렇다면 당연히 안 썼겠네요"라고 말하니 간사는 그제야 당황해하며 내가 막내에게 자기네 의도를 전하지 않았느냐고 물었다. 의도야 전할 수 있지만 원고를 받는 건 내 일이 아니지 않느냐, 그러니 직접 청탁을 해야 한다고 했더니, 자기네는 학생들 원고를 많이 받아 봤지만 항상 어머니들을 통해서 청탁하고 원고 받고 원고료까지 전했다는 것이다.

아무튼 우리 집에서는 자기 일은 자기가 직접 정해 왔기 때문에 나로서는 더 이상 모르겠다고 잘라 말했다. 결국 간사가 막내와 직접 통화해서 며칠 늦게 원고를 팩스로 받는 것으로 일은 일단락되었다. 나중에 다른 모임에서 만난 그 간사는 그때의 일이 신선한 충격이었다면서 자기네끼리 여러 번 화제로 삼았노라고 전해 주었다.

이 경우에는 그래도 그 간사가 젊고 진보적인 사고의 소유자였기 때문에 한껏 좋게 봐준 셈이다. 그러나 세상을 보는 눈이 나하고 같아서 내가 즐겁게 참여하고 있는 '또 하나의 문화'나 '학부모 연대'에서 함께 일하는 사람들을 빼놓고는, 대부분의 사람들은 우리 모자 관계에 대해서 고개를 갸웃거리거나 자기 나름대로 해석해 버린다.

소문으로 듣기에는 애들을 자유롭고 똑똑하게 키웠다더니, 알고 보니 엄마란 사람이 아이들에게 아무 영향력도 행사하지 못하고 눈치만 살피더라고. 그 집 아이들은 머리는 좋을지 모르지만 제 엄마 말도 우습게 아는 불효자들이라고. 그러니까 소문하고 사실은 다른 법이라고.

요즈음 둘째가 매스컴의 주목을 받게 되자, 그 엄마인 나와 한 묶음으로 엮어서 기사를 만들겠다는 요청이 심심치 않게 들어오고 있다. 별로 이렇다 할 성과는 없었지만 그래도 끈질기게 만 6년간이나 교육 운동을 해 온 엄마의 자녀 교육에서 과연 어떤 요소가 폭탄 맞은 헤어스타일로 '튀는' 노래를 부르는 대학생 아들을 만들어 냈는지 궁금한 모양이다.

이런 요청을 받을 때 솔직히 난 기분이 괜찮은데 둘째는 펄쩍 뛴다. 자기가 서태지같이 유명한 것도 아닌데, 또 '애'도 아닌데, 왜 어머니와 엮으려고 하는지 모르겠다며 불쾌감을 드러낸다. 누구의 아들이라는 게 왜 중요한지, 그게 자기의 음악 세계와 무슨 관련이 있는지, 우리 사회의 가족주의가 정말 지겨워 죽겠다는 것이다. 한술 더 떠서 그런 기사에 실리는 건 자기 음악 활동에 득이 아니라 오히려 해가 되니 어머니가 단호하게 끊어 주셔야 한다고 요구하고 나선다.

어떤 기자는 둘째가 동반 인터뷰 제의를 냉정하게 따돌리고 외출해 버리자, 나중에 내게 조심스럽게 물었다.

"자제분들이 어머니를 좋아하고 있다고 생각하십니까?"

글쎄, 어떻게 말해야 사실에 가까울지 나로서도 알 수가 있나.

"아마 나 혼자 짝사랑하는지도 모르지요. 아이들이 날 좋아한다고 착각하고 있는지도 모르고요."

궁색하게 대답하고 나자 갑자기 나도 궁금해졌다. 아이들이 어렸을 때는 분명히 나를 좋아하는 것 같았는데 어느 때부터인가 한 번도 아이들에게 그런 비슷한 말도 들은 적이 없다는 데 생각이 미쳤다. 그러자 날카로운 눈매로 나를 주시하는 기자 앞에서 공연히 눈물이 핑 돌았다.

그날 밤 늦게 돌아온 둘째에게 다짜고짜 물어보았다.

"넌 내가 네 엄마인 게 싫으니?"

둘째는 모든 걸 알았다는 듯이 과장된 몸짓으로 "아니, 제가 어머니를 얼마나 좋아하고 사랑하는데요. 어머니가 아까 그 기자에게 말려드셨구나" 하고는 양팔을 벌려 나를 껴안았다. 그때까지 "저희들이 나 없으면 이 세상 구경을 할 수나 있었나. 기껏 키워 놨더니 이제 다 컸다 이 말이지. 흥, 잘났다 잘났어" 하며 구시렁대도 그저 웃기만 하던 남편은 이 모습을 보자 기가 막힌 모양이었다. 아무튼 너희 엄마 어리광은 알아주어야 한다면서 혀를 찼다.

사람 마음처럼 간교한 것도 없나 보다. 인간사 모든 것이 뿌린 대로 거두게 마련인데, 어떤 때는 내가 뿌린 것보다 훨씬 더 커다란 열매를 바라는 걸 보면. '네 인생은 네 거야' 하고 매몰차게 세상을 향해 등을 밀어 놓고는 아이들이 혼자 끙끙대며 살아가는 모습을 그저 바라만 보고 있다가, 드디어 혼자 힘으로 다 컸다 싶으니까 내가 네 엄마라고 나타나서는 '낳아 준 것만 해도 고맙게 생각하라'며 자식들이 부모를 열렬히 사랑해 주기를 바라고 있으니 말이다.

큰애가 대학에 합격했을 때 내가 동네방네 전화를 걸며 기뻐서 어쩔 줄 모르는 모습을 고개를 갸웃거리며 구경하던 녀석이 내게 물었다.

"어머니, 그렇게 기쁘세요?"

"그럼, 얼마나 기쁘다고."

"네 인생은 네 거라고 하시면서 제가 붙은 게 왜 그렇게 기쁘세요?"

일부러 놀리느라고 그러는 게 아니라 정말 이해가 안 간다는 표정이었다. 기쁘면 기쁜 거지 왜라니.

"글쎄 말이야. 나도 이렇게까지 기쁠 줄은 몰랐어. 내가 언제 아들이 대학에 붙는 걸 경험해 봤어야지. 그런데 닥치고 보니까 이거 되게 기분 좋은데."

나중에 친구들에게 이런 이야기를 전하니까 모두들 그 어미에 그 자식이라며 폭소를 터뜨렸다.

소위 '아이를 잘 키웠다'고 소문이 나면 사람들은 언뜻 그 집 아이들은 부모에게 언제나 순종하는 착한 효자들이라고 추측하게 된다. X세대니 신세대니 하며 자기주장이 분명한 그들을 이해해야 한다고 떠들긴 하지만, 정작 자신에게 일대일로 맞서서 자기주장을 하는 젊은이들을 맞대면하게 되면 어른들은 '당돌한 놈'이라는 느낌에 일단 멈칫하는 것이다. 그리고 '당돌하다'는 단어에는 이미 버르장머리 없는 놈이라는 의미가 단정적으로 스며 있다.

둘째는 척 보기에도 당돌한 기가 나타나는 반면, 큰애와 막내는 겉으로 보면 아주 공손해 보인다. 그러나 셋 다 자기주장이 아주 분명하다는 점에선 차이가 없다.

집안에 자기 의견이 뚜렷한 젊은이가 셋씩이나 있다는 사실은 아무리 생각해도 기분 좋은 일이지만 그런 아이들과 함께 산다는 건 결코 쉬운 일이 아니다. 아이들과 어떤 문제를 놓고 열띤 토론을 하다가 먼저 흥분하고 눈물을 글썽거리는 쪽은 늘 나이를 먹은 내 쪽이다. 나도 바깥에서는 웬만큼은 말 잘하는 사람으로 통하는데 집에 와서 아이들과 붙으면 완전히 힘을 못 쓴다.

그렇다고 아이들이 모두 달변이라는 말은 아니다. 오히려 둘째만 빼놓고는 말이 어눌한 편이라고 할 수 있다. 그런데도 모자간의 말싸움에서는 늘 내가 밀린다. 말싸움뿐만 아니라 일상적인 대화에서도 아이들에게 손을 들 때가 많다. 막내 같은 경우는 늘 수줍은 미소를 띠기 때문에 꽤나 순종적으로 보이지만 은근히 강펀치를 휘두를 때가 많다. 특히 아무도 기독교를 믿지 않는 집안에서 초등학교 3학년 때부터 10년 동안을 한 주도 거르지 않고 교회에 다닌 심지는 알아주어야 하지 않을까. 또, 식탁에서 혼자 식전 기도를 하는 꾸준함도 감탄할 만한 태도라고 생각한다.

교회를 다닌 지 1년 남짓 되자 아무에게도 전도를 하지 않던 막내가 내게 "어머니도 교회를 다니시면 어떠세요?"라고 수줍게 권한 적이 있다. 평소 농담조의 말을 잘하는 나는 그냥 쉽게 대답했다.

"뭐, 엄마까지 힘들게 교회에 나갈 필요가 있을까. 동윤이가 열심히 교회를 다니고 있으니 지옥 불에 떨어지면 동윤이 다리라도 잡고 올라갈 수 있겠지."

그런데 막내는 웃지도 않고 진지하게 충고를 하는 거였다.

"예수님은 직접 믿으셔야지 아무리 아들이 믿어도 소용없어요. 어머니는 그냥 지옥에 사셔야 해요."

나를 '펭귄표 엄마'라고 놀리는 녀석도 막내이다.

아이들이 나를 비판하는 소리를 듣다 보면 때로는 내가 자식하고 사는 건지 내 지붕 밑에서 천적을 기르고 있는 건지 분간이 안 갈 정도이다. 그나마 다행이다 싶은 건 이미 익숙해져서 그런지, 아니면 포기

집안에 자기 의견이 뚜렷한 젊은이가 셋씩이나 있다는 사실은
아무리 생각해도 기분 좋은 일이지만 그런 아이들과 함께 산다는 건
결코 쉬운 일이 아니다. 아이들과 어떤 문제를 놓고 열띤 토론을 하다가
먼저 흥분하고 눈물을 글썽거리는 쪽은 늘 나이를 먹은 내 쪽이다.
나도 바깥에서는 웬만큼은 말 잘하는 사람으로 통하는데 말이다.

를 해 버린 건지는 모르지만, 갈수록 악화되는 내 살림 솜씨에 대해서
는 모두 아무 말을 하지 않는다는 거다. 오히려 아이들이 먼저 너무 밥,
밥 하지 말라는 둥, 살림에 너무 매이지 말라는 주문을 하기도 한다.

그러는 아이들이 내가 컴퓨터 앞에 앉아서 원고를 쓰고 있으면 뒤
에 와서 들여다보다가 한마디씩 한다.

"아, 저 60년대식 발상."

"또 똑같은 소린데 지겹지도 않으세요?"

"영원한 계몽주의자, 우리 어머니."

텔레비전을 보다가 무심코 '저 사람 너무 못생겼다'거나 '저 여자
정말 날씬하다'고 말하기라도 하면 당장 여성학을 하시는 분이 사람
을 외모로 평가하면 어떻게 하느냐는 비판이 터져 나온다.

어느 때는 솔직히 어쩌면 제 어미를 이렇게 가차없이 비판하나 싶
어 화가 나기도 한다. 이제 막 떠오르는 태양 같은 젊은이들이 어떻게
떨어져 가는 늙은 태양의 가슴에 잔인하게 쾅쾅 대못을 박을 수 있느
냐고 소리치면 아이들은 한결같이 '어머니를 위해서'라고 둘러댄다.
어머니는 칭찬에 약한 분이기 때문에 끊임없이 침을 놓아야 한다는
것이다. 자칫하면 똑같은 말, 똑같은 글만 하염없이 쓰게 될까 봐 미리
긴장을 시키는 거란다. 나는 저희들을 긴장시킨 적이 별로 없는 것 같
은데 어느새 내가 저희들이 감시할 대상으로 떨어지고 만 것이다.

둘째가 너무 천재인 척하는 것 같아 '세상에서 제일 잘난 척하는
놈'이라고 욕하면 이내 "제일이 아니라 두 번째예요. 첫째는 어머니잖
아요"라는 답이 되돌아온다.

어느 해인가 서울대에서 캠퍼스의 성 문화에 관한 특강을 한 적이 있다. 성과 사랑에 관한 관심이 한창 새롭게 떠오를 때라 한 오백 명 정도가 모여들어 성황을 이루었다. 열기가 가득한 강당에서 이론과 경험을 엮어 한참을 떠들고 나왔더니 로비에 큰녀석이 보였다. 인문대 주최의 강의라 공대생이 오리라고는 생각도 안 했는데 제 딴에는 엄마의 강의를 한번 들어 보고 품평하러 온 모양이었다.

녀석의 생각이 어떤지 궁금했지만 아무 내색 하지 않고 학교 식당에서 함께 밥을 먹었다. 빙글빙글 웃기만 하던 녀석이 드디어 판정을 내렸다.

"어머니는 확실히 타고난 강연 체질이신 것 같아요. 사람들을 감동시키는 그 무언가가 있어요. 그거 아무나 못하는 대단한 거 아녜요?"

'천적'에게서 칭찬을 듣는 기분이 어떤 건지 경험해 보지 않은 사람은 결코 모를 것이다. 이런 맛에 한 지붕 밑에서 천적을 기르는 건가 보다.

애초에는 아이들 흉을 잔뜩 보려고 시작한 글인데 또 한껏 자랑을 늘어놓고 말았다. 아이들이 이 글을 보면 틀림없이 또 이렇게 이죽거릴 것이다.

"아무튼 우리 어머니의 '흉보는 척하면서 칭찬하기'는 알아드려야 해."

흔들리는 것은
아이들뿐만이 아니다

워낙 변화가 심한 나라에서 사는 덕분에 어느 세대를 붙잡고 물어봐도 자기 세대야말로 '과도기의 희생양'이라고 주장한다. 이제 막 오십의 문턱에 들어선 우리 또래 역시 마찬가지이다. 해방 후에 태어나 가난한 유년기를 보냈으나 다행히 어느 정도의 교육을 받을 수 있었고, 개발의 기치가 한창 드높을 때 결혼하여 경제 성장의 와중에서 부를 일구어 낸 첫 세대라는 점에서.

첫 세대들에게는 삶의 모델이 있을 수 없다. 따라서 스스로 모델을 만들어 가야 한다. 스스로 모델을 만들어 간다는 건 절대적으로 주체성과 창의성이 필요한 일이다. 그러나 우리 세대에겐 과연 그런 능력이 있을까.

우리 세대가 받은 교육은 개성을 존중하는 상당히 민주적이고 이상적인 내용이었으나, 정작 쓰임새는 사회가 아니라 오로지 가정 속에서만 한정되어 이루어졌다. 중·고등학교 시절 교장선생님의 훈화는 한결같이 '현모양처가 되어라'라는 단 한마디로 모아졌다. 여자가 교육을 받는 이유는 좋은 아내와 좋은 어머니가 되기 위함이지 결코 자신이 출세하기 위함이 아니라는 말씀이 조회 시간마다 녹음기처럼 6년 동안 되풀이되었다. 그러고 나서도 여력이 있으면 그때 가서 사회에서 능력을 발휘해도 좋다는 말씀이었다.

청소년기에 그렇게 세뇌된 여자들이 대학을 갔건 안 갔건 인생의 목표를 현모양처에 둔 것은 당연한 일일 것이다. 우리 세대가 결혼을 하던 1960년대 말에서 1970년대 초는 결혼 이후에도 계속 일을 가져야 하는 여자들은 '사나운 팔자'로 태어난 운명이라는 믿음이 압도적으로 우세하던 때였다. 따라서 대부분의 보통 여자들은 서둘러 자신의 세계를 가정으로 좁히고 그 속에서 자신을 실현한다는 꿈을 꾸었다.

당시는 외국 영화에서나 구경할 수 있었던 행복한 핵가족의 꿈이 막 현실화되기 시작한 때였다. 능력 있는 남편과 알뜰한 아내, 그리고 귀여운 두 아이로 이루어진 '홈 스위트 홈'이 곳곳에서 피어나기 시작했다.

'아들 딸 구별 말고 둘만 낳아 잘 기르자'는 구호는 국가가 강요하지 않았어도 마치 오래된 가훈처럼 젊은 부부들을 사로잡았다. 많은 형제들 속에서 가난하게 살았던 유년기는 훨씬 더 늙었을 때나 아름다운 추억으로 떠오르는 법이다. 세계에서 유례를 찾을 수 없을 정도로 우리나라가 단기간에 산아 제한에 성공할 수 있었던 건 이렇게 고등 교육을 받은 젊은이들의 상승 욕구 덕분이었다.

자, 그래서 우리 또래는 대부분 자식을 둘, 기껏해야 셋을 낳았다. 물론 경우에 따라서는 아직도 완고한 남아 선호 사상 때문에 넷 또는 다섯까지 낳기도 했지만, 그럴 만한 경제적 여건이 뒷받침되어야만 했다.

우리 어머니 세대는 상상도 할 수 없을 만큼 물질적으로 풍요로워진 생활, 단출해진 가족 관계, 삼분의 일로 줄어든 자녀를 두게 된, 게다가 고등 교육의 혜택까지 누린 우리 또래의 엄마노릇은 과연 어떻게 전개되었을까. 그 어디에서도 모델을 찾을 수 없는 상황에서.

적어도 자녀에게 물질적 걱정을 끼치지 않게 된 것만은 확실하다. 우리 아이들은 우리가 겪은 '그때를 아십니까?'가 실제 상황이었음을 텔레비전을 통해서나 인정할 수 있을 뿐, 짐작조차 할 수 없을 만큼 풍족한 환경에서 성장했다. 그러나 우리 세대는 남달리 심한 문화 지체를 겪어야 했기 때문에 다음 세대를 정신적으로 바람직하게 이끌기에는 역부족이었다는 냉정한 판정의 방증이 여기저기에서 드러나고 있다.

한마디로 우리는 너무 과도하게 '잘살아 보세'라는 현실적인 주문에 걸린 세대였다. 우리 조상들이 지나치게 명분에 매달려 실리를 취하지 못했기 때문에 반만년 동안 가난의 덫에 치이고 말았다는 반성은 우리로 하여금 모든 명분을 오직 '가난 벗어나기'라는 한 점으로만 집중시켰다. 물론 예전부터도 '개같이 벌어 정승같이 쓰자'는 말이 없었던 것은 아니지만, 국가와 개인들이 오로지 부를 일구기 위해 30년 동안 총력전을 벌여 온 적은 아마 이 지구상 어느 곳 어느 때에도 없었을 것이다. 요즘의 중국이 좀 비슷하다고 할 수 있을까.

이제 대한민국에서 남성의 능력은 얼마나 많은 돈을 버느냐에 따라 평가되고, 여성의 능력은 그 돈을 얼마나 잘 늘리느냐에 따라 평가되는 시대가 도래했다. 똑같은 수입을 갖고도 산업 한국의 양처는 남보다 더 큰 아파트와 더 많은 땅을 소유하는 능력을 발휘해야 한다. 그리고 성장 시대의 현모는 자녀 교육에서도 남다른 능력을 발휘해야한다. 최근 몇십 년 동안의 경험은 우리 모두에게 학벌의 위력을 여지없이 확인시켜 주지 않았는가. 따라서 이제 자녀 키우기의 내용은 어렵게 생각할 필요도 없이 아주 간단명료하고 단순해졌다. 즉, 아이를잘 키운다는 건 '일류 대학 들여보내기'와 동의어가 된 것이다.

가난하고 자식 많던 시절의 부모노릇은 아이들을 먹이고 입히는일만 걱정해도 하루해가 저물었기 때문에 교육은 그다음이었다. 다행히 머리 좋고 열심히 하는 아이는 저 혼자 힘으로 일류 대학을 들어갈수도 있는 법이지만, 공부에 뜻이 없는 아이는 그냥 내버려 두어도 누가 뭐라고 하지 않았다. 설사 일류 대학을 들어간 아이라도 가정 형편이 안 되면 저 혼자 고학을 하도록 놔둘 수밖에 없었다. 그러다 포기해도 할 수 없었다. 부모로서 가슴 아픈 거야 이루 말할 수 없지만, 모두가 가난하던 시절에는 어쩔 수 없는 흔한 일이었다.

그러나 이제 경제적 형편은 좋아지고 아이 수는 적어졌다. 개인의상승 욕구는 한없이 커져 가고 학벌의 중요성은 점점 더 부각되는 시대가 되었다. 아빠는 돈만 잘 벌어다 주면 되지만, 엄마는 이제 살림도잘해야 할뿐더러 무엇보다 자식 교육에도 성공해야 한다. 자식 공부는 엄마 하기 나름이니까. 자녀를 일류 대학에 보낸 엄마야말로 일류 엄마라는 등식이 신화처럼 번져 가고 있으니까.

아이의 능력이나 적성 따위는 아무 상관 없다. 그동안 무엇이든지 '하면 된다'는 성공학 개론이 모두를 사로잡아 오지 않았는가. 공부도 죽어라 하고 하기만 하면 얼마든지 잘할 수 있다. 엄마가 할 일은 아이가 한눈을 팔지 않도록 공부하는 분위기를 만들어 주고 주시하는 일이다.

이제 고등 교육을 받은 엄마들이 능력을 발휘할 때가 왔다. 일류 대학에 보내기 위해선 기초 학력을 탄탄히 쌓는 일이 필수적이다. 그 가장 적합한 시기는 언제인가.

우리 세대만 해도 대학 입학은 고등학교 2학년 정도부터 준비해도 충분했지만, 날이 갈수록 그 시기는 하루하루 빨라졌다. 중학교 3학년 때가 적기이다, 아니다 그때는 이미 늦다, 늦어도 중학교 1학년부터는 시작해야 한다, 아니다 공부에 취미를 붙이게 하려면 초등학교 5학년 정도가 알맞다. 이렇게 시기가 점점 빨라지다가 초등학교 1학년 받아쓰기 성적부터 중요하다, 아니다 유치원 때가 가장 중요한 때이다. 그러더니 드디어는 세 살에는 시작해야 한다는 조기 교육론이 젊은 엄마들을 초조하게 만드는 데 성공했다.

더구나 요즘에는 세계화 시대니 정보화 시대니 무한 경쟁이니 하는 낱말들이 엄마들을 자극해, 아이가 걸음마를 시작하자마자 영어 학원과 컴퓨터 학원으로 보내는 일이 일대 유행처럼 번지고 있다. 학교를 졸업한 후부터 주간지나 여성지 이외의 책은 펼쳐 보지도 않던 내 친구는 아이가 중학교에 입학하자 자기도 배우겠다고 영어·수학 학원에 등록해서 친구들을 깜짝 놀라게 했다. 아이를 붙들고 앉아 가르치다 보니 모르는 게 너무 많았기 때문이란다. 그 친구는 고등학교 다닐 때 공부 잘하기로 이름난 수재였다. 그리고 그때는 재학생들의 입시를 위한 학원 등록이 전면 금지된 시기였다.

물론 많은 엄마들은 고지식한 이 친구처럼 법을 지키면서 아이를 가르치는 어려운 쪽을 택하지 않고 비밀로 과외를 시키는 쉬운 쪽을 선택했다. 전두환 대통령 시절에 법으로 금지한 대학생 몰래바이트생을 모셔 오거나 거액을 들여 현직 교사를 특별 초빙하는 방법으로.

신문지상에는 아주 가끔씩 이런 불법 과외를 적발했다는 기사가 실리기도 했으나, 엄마들은 두려워하기는커녕 콧방귀도 뀌지 않았다. 정치인이나 기업인 등 모모 집안에서 자식들에게 비밀 과외를 시킨다는 소문은 이미 공개된 비밀이었으니까. 그들의 유일한 걱정거리는 자신이 불법을 행하고 있다는 사실이 아니라, 그토록 모든 정성을 다 쏟아붓는 엄마의 심정을 몰라라 하는 아이의 성적표뿐이었다.

어느새 아빠들의 관심도 아이들에게 돌아오기 시작했다. 그동안 산업 현장의 최전선에서 뛰었던 그들도 어느 정도 나이를 먹으면서 이젠 사회의 중추 세대로 자리를 잡게 된 것이다. 가정에서 일어나는 모든 일을 아내에게 맡겼던 남편들이 아내의 업적을 점검해야 할 필요성을 느끼게 되었을 때 가장 분명한 잣대는 아이들의 성적이었다.

그들은 치열한 경쟁 속을 헤쳐 나오면서 새삼 학벌의 위력을 절실히 느껴 온 터였다. 학벌 혹은 학연 때문에 맛보아야 했던 단맛과 쓴맛

'너를 위해서야'라는 말 뒤에
소유욕과 명예욕이 숨어 있지는 않는가.
무엇보다 '엄마'라는 이름으로
아이들로 하여금 참을 수 없는 존재의 무거움을
느끼게 하지는 않았을까.

의 생생한 기억들. 그런데 내가 밖에 나가 뼈 빠지게 일해서 돈을 벌어다 주는 동안 편히 집에 남아 있던 아내는 도대체 무얼 했기에 애들 성적이 이 모양 이 꼴이란 말인가.

중년 세대의 부부 싸움이 아이들 문제 때문에 가장 많이 일어난다는 통계는 틀린 자료가 아니다. 아이 성적이 왜 이 모양이냐, 아이 행실이 왜 이 모양이냐, 집에서 놀면서 애도 잘 못 키우고 뭘 했냐는 남편의 비난에 아내라고 가만히 당할 수만은 없다. 아버지가 모범을 못 보여 주니 애가 그 모양일 수밖에 없다, 당신이 남들처럼 돈을 잘 벌었으면 나도 일류 과외 교사를 모셔 올 수 있었다 등등….

우리 세대의 부모노릇은 다소의 상이함은 있으나 대부분 이런 내용으로 채워져 있다. 해방 후 제대로 교육을 받은 첫 세대로, 고도의 경제 성장을 그 중심에서 견뎌 냈으며 어느새 정보화 사회의 문턱까지 성큼 넘어 버린 우리 세대가 해낸 부모노릇은 과연 어떤 점수를 받을 수 있을까.

어떤 교육학자는 '당신의 자녀는 흔들리고 있다'고 강력하게 경고했지만, 흔들리는 것은 아이들뿐만이 아니라 부모들 역시 마찬가지이다. 더구나 아이들이 흔들리게 된 데는 사회와 시대의 책임이 크지만, 그중에서도 가장 책임져야 할 당사자는 흔들리는 부모들이다.

이론적으로나마 민주주의 교육을 받은 우리는 자녀를 과연 독립된 인격체로 보았던가. '나의 분신'이라는 이름 아래 내가 이루지 못한 꿈을 아이를 통해 이루기 위해 아이를 닦달하지는 않았던가. '너를 위해서야'라는 말 뒤에 소유욕과 명예욕이 숨어 있지는 않는가. 무엇보다

'엄마'라는 이름에 나의 인생을 온통 옮겨 놓음으로써 아이들로 하여금 참을 수 없는 존재의 무거움을 느끼게 하지는 않았을까.

그토록 모범적으로 현모양처로 살아온 친구들이 요즘 부쩍 삶의 공허함을 느끼는 모습을 자주 보게 된다. 아이를 어렵사리 대학에 보내 놓으니 갑자기 인생의 존재 의미가 모두 사라진 것 같다고 한다. 이제 다시 무엇을 시작해 보고 싶어도 어느덧 자신이 무엇을 시작하기엔 너무 늦었음을 절실하게 깨닫게 된다고 한다. 그렇다고 모두 다 포기하기엔 남은 인생이 너무 길어 보이는 것을 어쩌란 말인가.

아이를 키운다는 것의 의미를 우리 세대의 여성들은 자기 인생을 포기한다는 것과 같은 의미로 받아들여 왔다. 아이를 키우면서 자기 자신도 키워 나가야 하는데, 우리는 자신을 철저하게 소진시켜야만 아이가 큰다고 믿어 왔다. 자신을 조금이라도 남겨 두는 여성은 이기적인 엄마라고, 모성이 결여된 엄마라고 확신했다. 우리는 어쩌면 어머니 세대의 자녀관을 아무 의심 없이 그대로 답습했는지도 모르겠다. 달라진 점은 단지 외부적 환경이었을 뿐. 그래서 아이들에게 물량 공세를 퍼부었는데 그것이 과연 잘한 일이었을까.

손주들은 좀 다르게 키워야 할 것 같다. 아니, 그런 걱정까지 하지는 말자. 그 부모들이 어련히 알아서 하겠지.

세상에서 제일
운 좋은 엄마

산다는 게 참 수월치 않은 일이라는 생각이 들어 힘이 빠질 때마다 아이들을 바라보면 힘이 버쩍 난다. 별로 공도 들이지 않았는데 저렇게 잘 큰 아이들을 옆에 두고도 딴 욕심을 부린다면 벌을 받아도 싸지. 이런 자성의 마음이 자칫 좌절에 빠지려는 나를 추스르게 만든다.

남편도 역시 비슷한 심정이라고 한다. 아무리 정직하고 성실하게 노력해 봐도 결과가 신통치 않게 나타날 때, 그래서 모든 것에 부정적인 심정이 들 때, 한 번도 속 썩이지 않고 건강하게 자란 아이들 생각을 하면 그래도 살맛이 난다고 한다. 그리고 아이들을 이렇게 잘 키운 나에게 미안함과 고마움을 새삼 느끼게 된다고 한다.

결혼 이후 어느 때부터인가 늘 들어 온 말이면서도 남편에게서 그런 말을 들으면 지금도 쑥스러워서 괜히 퉁명스럽게 대꾸하곤 한다.

"저희들이 컸지, 언제 내가 키웠남."

이 말은 진실이다.

육아기를 쓴다고 지난 20여 년의 역사를 샅샅이 훑어보아도 나는 언제 한 번 변변히 엄마노릇을 한 적이 없다. 그냥 낳아 주고, 먹여 주고, 학교 공과금 대 주고, 옷 사 입힌 걸로 끝이다. 그러고 보면 우리 어머니가 그 가난한 시절에 여섯 남매를 기르며 그중에서도 좀 까탈스러운 맏딸이었던 내게 해 주신 것보다 한 치도 더 보탠 것이 없는 셈이다.

이렇게 인색한 엄마에게 아이들은 다만 엄마라는 이유만으로 내게 너무도 많은 것을 갖다 안긴다. 사회에서 일을 하다 보면 속상한 일도 많고 괘씸한 사람도 많이 만나게 되지만, 때로는 전혀 기대하지 않았던 상대나 일에서 뜻밖에 분에 넘치는 과한 보상을 받게 되는 경우도 생긴다. 보통 때는 나는 왜 이렇게 인복이 없나 하고 한탄하다가도, 이런 황감한 일이 벌어지면 갑자기 나는 정말 드물게 인복이 많은 사람이구나 하는 생각이 들어 진심으로 행복해진다.

아이들에게서는 항상 그렇게 과람한 대접을 받는 듯한 기분이 든다. 갓난아기 시절에도 나와 눈이 마주치기만 하면 언제나 빵긋 웃는 아이들의 모습을 볼 때마다, 난 내가 이렇게 예쁜 아이들에게 이런 눈부신 웃음을 인사로 받아도 될 만큼 좋은 엄마일까 하는 생각에 늘 켕기곤 했다. 아이들에게서 엄마에 대한 절대적인 신뢰를 확인하는 느낌은 정말 뭐라 말할 수 없이 근사한 것이었다.

아이가 옹알이를 시작할 때의 그 교감은 또 어떤가. 다른 사람은 알아들을 수 없는 아기 나라 말로 서로 뜻을 통했을 때 온몸을 관통하던 그 황홀한 전율감. 나는 지금도 내가 여성으로 태어난 것에 대해서는 불만이지만, 단 하나 여성이기에 아기를 낳고 기를 수 있었던 것만은 축복으로 받아들인다. 만약 내게 이런 축복이 없었다면 나는 정말 참아 줄 수 없는 인간이 되었을지도 모른다.

내 또래 여성들이 모이면 지난날을 돌아보며 회한에 젖을 때가 많다. 특히 아이들에게 전심전력을 다 바친 엄마들일수록 내가 '무엇을 위해' 살았던가, 자주 허망함을 토로한다. 그러곤 '나'를 잊고 저희들을 키워 온 엄마에게 "이제 어머니도 우리만 들볶지 마시고 자기 인생을 찾으세요"라는 말을 듣게 되었다며 불효한 녀석들을 괘씸해한다.

물론 요즘 엄마들은 자식들에게서 경제적·육체적 부양을 바라지는 않는다. 그러나 그럴수록 정서적 지지에 대한 욕구는 윗세대보다 더하면 더했지 덜하지 않은 것 같다. 저희들을 위해 모든 것을 바쳐 살아온 엄마의 인생을 조금이라도 따뜻하게 헤아려 주고 저희들의 인생에 엄마가 들어갈 자리를 조금만이라도 비워 주기를 간절히 바란다.

그러나 엄마들이 아이들을 키워 온 방식을 되돌아보면 아이들이 엄마를 제 인생에 끼워 주기를 바라는 게 아예 말도 안 되는 일이라는 사실을 금방 알 수 있다.

"다른 효도는 필요 없다. 그저 공부 잘하는 게 효도야."

"엄마는 다른 욕심 하나도 없다. 너만 잘되면 만족이다."

그래서 아이들은 '엄마를 위하여' 오직 공부에만 매달렸고, 공부 이외의 사람 사는 이치에 대해서는 눈과 귀를 닫고 살았다. 대학에 들어

가면 그것으로 효도는 완벽하게 완성된 것이다. 그렇게 닫힌 마음으로 자라 온 아이들이 어떻게 엄마를 한 인간으로 이해하고 배려할 수 있겠는가.

아이들을 키우면서 나는 아이들이 크는 만큼 나 자신도 함께 커 가는 것을 느낀다. 무조건적인 사랑이 담긴 아이들의 눈을 바라보며 나는 사랑하는 법을 배우고, 무한한 신뢰를 받는 기쁨 속에서 나 역시 인간에 대한 신뢰의 가능성을 발견할 수 있었다. 그런 의미에서 세상의 모든 아이들은 효자 효녀라고 할 수 있다. 부모가 조금만 베풀어도 아이들은 금방 몇 배로 갚을 줄 아는 효자 효녀들이다.

책을 놓은 지 15년 만에 다시 공부를 시작했을 때 그 어려움은 예상보다 훨씬 더 컸다. 우선 전업주부 10년의 경력은 나에게서 한군데 집중하는 능력을 완전히 빼앗아 갔다. 책을 읽으면 글자들이 눈에까지만 들어올 뿐 뇌에까지는 좀처럼 전해지지 않았다.

어느 날 자정 넘어서까지 거실에 앉아서 공부를 하다가 너무 속이 상해서 혼자 밥상에 엎드려 울고 있었다. '어쩌면 이렇게 돌대가리일 수가 있을까. 어쩌면 이렇게…' 하고 자탄하면서. 그렇게 한참을 엎드려 울고 있는데 조그만 몸이 내 등 뒤에 실려 왔다. 둘째였다. 오줌이 마려워 깼다가 엄마의 그런 모습을 보고 놀랐나 보다.

"엄마는 우리한테는 꼭 1등이 아니면 안 된다는 생각을 버리라고 해 놓고 엄마는 지금 욕심대로 안 되니까 속이 상한 거지? 엄마, 꼭 1등 안 해도 돼. 그냥 열심히 하면 되는 거야."

그 조그만 아이가 바보같이 울고 있는 엄마의 등을 어루만지며 속

삭이듯 야단을 치는 거였다. 내가 저희들에게 했던 말을 그대로 되돌려 주면서 나를 간곡하게 위로해 주었다. 나는 부끄럽기도 하고 대견스럽기도 해서 얼른 울음을 그쳤다. 아이의 위로는 변화된 환경 속에서 긴장으로 메말랐던 나의 마음을 따뜻하게 적셔 주었다.

매사가 이런 식이었다. 머리가 굵어지면서부터 늘 영원한 천적처럼 나를 비판하고 입씨름을 하던 아이들은 내가 우울해하거나 힘이 빠질 때면 마치 오빠들처럼 나를 위로하고 달래 주었다. 아마 저희들이 외로워할 때 내가 위로해 준 것을 잊지 않고 있었나 보다.

아이들은 초등학교 4, 5학년 정도가 될 즈음이면 종종 "엄마, 난 외로워"라는 말을 하며 진짜 외로움을 느끼곤 했다. 어떤 사람들은 엄마 아빠 다 있는데 조그만 아이들이 무슨 외로움이냐, 그냥 피곤하고 짜증이 나나 보다고 풀이하면서 아이들의 외로움 자체를 인정하지 않는 것 같지만.

다른 면에서는 상당히 둔감한 나는 이상하게 외로움에 대해서는 전염이 잘 되는 편이었다. 아이들이 외롭다고 호소할 때면, 나는 조그만 게 무슨 외로움이냐고 야단치는 대신 아이를 따뜻하게 꼭 껴안아 주었다. "엄마도 외로울 때가 많아"라면서. 아이들이 소리쳐 울면 당장 그치지 못하겠느냐고 빽 소리를 지르는 엄마가 이렇게 자기들의 외로움을 알아주고 나누어 가지려는 걸 아이들은 고맙게 느꼈나 보다. 그래서인지 엄마가 외로운 기색을 보이면 아이들은 무슨 수를 써서라도 그것을 나누어 가지려고 애쓴다.

나는 이미 아이들에게서 받을 만큼, 아니 받을 양보다 훨씬 더 많

어느 날 자정 넘어서까지 거실에 앉아 공부하다가
'어쩌면 이렇게 돌대가리일 수가 있을까' 하고
혼자 밥상에 엎드려 울고 있었다.
그때 조그만 몸이 내 등 뒤에 실려 왔다. 둘째였다.
"엄마, 꼭 1등 안 해도 돼. 그냥 열심히 하면 되는 거야."

이 받았다고 생각한다. 내가 전생에 무슨 복을 입어서 이렇게 좋은 아이들의 엄마가 되었나 싶으면 저절로 무언가에 대한 감사의 말이 나온다. 우리 집 유일의 기독교도인 막내를 깨울 때마다 내 입에서 10년 이상 나온 말은 "하느님이 무슨 뜻으로 이렇게 예쁜 아기를 엄마한테 주셨을까"라는 것이었다. 10년 넘도록 하루같이 듣는 말인데도 이 말을 들을 때마다 막내는 계속 자는 척하면서도 흐뭇한 미소를 짓는다.

나는 자신이 세상에서 제일 운이 좋은 엄마라고 믿고 있다. 왜냐하면 이 세상에서 만날 수 있는 가장 마음에 드는 아이들을 나의 자식으로 만나는 행운을 누렸기 때문이다. 내가 한껏 기분이 부풀어 이렇게 말하면 그 착하던 아이들이 갑자기 돌변해서 반격을 해 온다.

"너무 좋아하지 마세요. 우리 입장도 한번 생각해 주셔야죠. 어머니는 세상에서 만날 수 있는 가장 마음에 드는 아이들을 자식으로 만나셨다지만, 우린 세상에서 만날 수 있는 최악의 엄마를 엄마로 만났거든요."

고슴도치도 제 새끼 어쩐다고, 이런 못된 말을 들어도 나는 기분이 좋다. 그렇다고 항복하는 건 아니다.

"좋아. 난 세상에서 제일 운이 좋은 엄마고, 너희들은 세상에서 제일 운이 나쁜 아이들이란 말이지? 그래, 그러니까 다 내 복이란 말이야."

이제야 바다를 발견하셨어요?

첫 번째 글을 쓰기 위해 컴퓨터 앞에 앉은 날짜부터 셈하면 글이 마무리될 때까지 반년 이상이 걸린 셈이다. 우리의 삶에서 확실한 것은 아무것도 없다더니, 그 반년 사이에 나는 나이 오십이 되도록 그 전에는 꿈도 꾸지 못했던 일들을 겪었다.

아무리 생각해도 나는 삶에 대해 좀 건방졌던 것 같다. 내 딴에는 만약 누구라도 크게 욕심 부리지 않고 살면 큰 실패도 겪지 않으려니 하는 막연한 믿음이 있었다. 그러나 세상일은 '성공'과 '실패'라는 두 가지로 요약될 수 있는 게 아닌가 보다. 두 세계 사이에는 수없이 많은 층계가 있고, 우리는 자신에게 걸맞다고 배당된 층계의 어느 어름만큼을 오르락내리락하면서 살아가나 보다.

남편에 대해서 나는 평소 그가 너무 무욕한 사람이라는 사실만을 탓했지, 설마 그 역시 실패할 수 있으리라고는 미처 생각하지 못했다. 평범한 회사원이었던 그는 몇 년 전부터 조그만 기업체를 튼실하게 꾸려 가고 있었고, 최근 3년 동안은 중국의 베이징 근처에 공장을 차려 아주 열심히 일에 매달렸다. 남편이 지난 연말 일이 잘 안 풀린다고 말했을 때 나는 그 사실을 선뜻 받아들이기가 힘들었다. 크게 성공을 꿈꾸지 않는 사람에게도 실패가 있을 수 있다는 당연한 사실이 내게는 왠지 부당하게만 여겨졌다. 때문에 미안하고 부끄럽기 짝이 없는 일이지만, 남편이 예상했던 것 이상으로 드러내 놓고 상심했다. 상심에 빠져 허우적거리느라고 현실적으로 상황에 대처하는 데는 어린아이처럼 서툴기만 했다. 힘들어하는 남편을 위로하기는커녕 나는 위로받기만을 원했다.

반면 첫 음반을 내놓은 둘째는 놀라울 정도로 성공을 거두었다. 둘째가 부른 〈달팽이〉 노래는 무서운 속도로 인기를 탔다. 시쳇말로 방방 뜬 것이다. 어느 날 갑자기 인기 연예인으로 변한 둘째 때문에 예기치 못한 해프닝들이 수없이 벌어지기 시작했다. 스타의 일상생활을 찍는다며 지저분하기로 유명한 집 안 곳곳이 텔레비전 화면을 타는가 하면, 나 역시 졸지에 '가수 엄마'라는 이름으로 인터뷰를 당하곤 했다. 거실은 곰이니 고릴라 같은 봉제 인형으로 더 지저분해지고, 시도 때도 없이 걸려오는 팬들의 전화는 가뜩이나 예민해진 신경을 있는 대로 거슬러 놓기에 충분했다. 남편의 추락(?)도, 둘째의 상승도 내게는 모두 실제 상황이라기에는 너무 비현실적이었다. 남편이 마음을 정리한다며 외국으로 떠나고 나 혼자서 집을 줄여 이사를 하고서야 서서히 모든 상황이 현실로 다가왔다.

나는 내 몫으로 남겨진 삶을 책임져야 했다. 만약 내게 나만의 일이 없었다면 몇 배로 힘이 들었을 것이다. 대학 강의와 대중 강연, 그리고 글쓰기와 모임들. 여사원들, 주부들, 공무원들, 대학생들 앞에서 강의할 때면 그들은 내가 '패닉 이적의 어머니'라는 사실을 끄집어내고는 그렇게 즐거워할 수가 없었다. 여성학 특강을 듣기 위해 나를 부른 여대생들도 질문 시간에는 으레 '그렇게 개성 있는 아들을 키운 방법'이 무어냐며 예비 엄마 같은 질문을 하는 바람에 나는 웃지도 화내지도 못하고 어정쩡한 표정을 지어야만 했으니까. 단지 '튀는 아들'을 가졌다는 이유만으로 나는 어느새 그들에게 세상에서 가장 행복한 어머니로 비쳐졌다. 막연히 짐작하고 있었던 대중 스타의 영향력을 나처럼 생생하게 겪은 사람도 드물 것 같다.

늘 사람과 만나야 하는 나의 일들, 그리고 패닉이 일으킨 소용돌이는 나로 하여금 마냥 상심에 빠져 있지 못하게끔 만들었다. 처음에는 세상의 종말처럼 느껴지던 남편의 실패를 중소기업이 살아남기 힘든 이 땅에서라면 누구에게나 닥칠 수 있는 일로 받아들일 만큼 여유가 생겼다. 더 중요한 문제는 실패 그 자체가 아니라 앞으로 남은 삶을 어떻게 지혜롭게 만들어 가느냐는 일종의 궤도 수정에 관한 것이었다.

예상했던 대로 아이들은 전혀 흔들림이 없었다. 큰아이는 대학원을 마치고 병역을 대신하는 산업체 근무를 택해서 건설 회사에 들어갔다. 외국 발령을 받아 나가기 전 여의도의 작은 공사 현장으로 출근했는데, 어느 날 집에 돌아와서는 "공사판이 이 세상의 축도 같아요"라고 했다. 아마도 고달프면서도 진지한 즐거움을 느끼는 듯했다.

둘째는 하루에도 몇 건씩의 행사를 치러 내느라고 그야말로 피골이 상접한 모습이면서도 하고 싶은 일을 한다는 기쁨으로 눈빛이 반

짝였다. 그러다가 곧 두 번째 앨범을 만들어야 한다면서 1집 활동을 마감했는데, 구세대인 내가 보기엔 좀 아까운 기분이 들 정도로 똑 부러지게 자신의 일을 기획하는 것 같다.

막내는 여전히 주말마다 열심히 MT를 다니더니 형들이 못해 본 유럽 배낭여행을 치밀하게 계획하는 눈치였다. 몇 달 새 주머니가 두둑해진 둘째가 자신의 심부름을 잘해 준 대가로 막내의 여행경비를 대겠다고 자청했을 때 나는 마음이 짠해 오는 걸 들키기라도 할까 봐, 그럼 그래야지, 그래야 하고말고 어쩌고 하며 공연히 목청을 높였다.

결혼 이후 처음 닥친 역경을 통해 나는 아이들이 어느새 나보다 훨씬 의젓하게 자랐음을 새삼 확인할 수 있었다. 그들은 걸핏하면 눈물을 흘리고 한숨을 쉬는 나를 껴안으면서 "우리 어머니가 드디어 오십에 바다를 발견하셨군요. 그것도 남들은 벌써 옛날에 발견한 바다를!" 하며 놀려 댔다.

어느 날 둘째가 라디오 프로그램에 나가 "아버지가 사업에 실패하셨는데도 아무런 도움도 못 드려 죄송하기 짝이 없다"는 효자성 발언을 하는 바람에 한동안 우리 집에 "오빠, 아무리 어렵더라도 꿋꿋하게 사세요. 우리가 있잖아요"라고 쓴 위문성 팬레터가 쏟아져 들어온 것은 가라앉은 집안에 생기를 불어넣은 작은 해프닝이었다.

옛말 그른 데 없다고 시간은 탁월한 치료제였다. 처음에 갈팡질팡하는 나를 보면서 남편은 내게 "당신은 불행에 익숙하지 않은가 봐"라는 진담성 농담으로 나를 더 들쑤셔더랬는데, 어느새 나도 불행에 익숙해지고 만 건가. 아니면 처음부터 불행이란 없었던 건지도 모른다.

이 혼란의 시기에 생전 처음 뉴욕에 가서 뮤지컬을 감상했는가 하면 전혀 의외의 단체에서 강연 초청을 받고 홋카이도까지 가서 지옥 온천을 둘러보기도 했다. 이런 경험들은 만약 모든 일이 순조로운 시기였다면 결코 느끼지 못했을 독특한 감회를 맛보게 했다. 아무려나 세상에는 공짜가 없는 법이다.

짧은 좌절을 통해서 나는 조금 더 자란 것 같다. 무엇보다도 그간 꽤 동등한 부부 관계를 맺어 간다고 자부해 온 나 자신이 실은 남편에게 얼마나 일방적으로 의존하며 살았는지 깨달을 수 있었다. 또, 자기만의 방을 못 가진 사람이 꼭 여자 쪽만은 아니라는 것을 이론이 아니라 경험으로 확인할 수 있었던 것도 내게는 소중한 수확이다. 나는 늙어 가면서 남편을 더 사랑할 수 있을 것 같은 예감이 든다.

그리고 정말 고맙게도 나는 사람이 사람을 위로하는 방법을 조금 알게 되었다. 그동안 내가 모든 것을 다 이해한다는 듯이 남의 아픔을 위로했던 방법 속에 깔려 있던 이기심과 폭력성이 새삼 끔찍하게 느껴진다. 이런 것들 역시 아이들 말대로 내가 오십에 발견한 바다의 일면이리라. 아이들. 아마도 그들이 지금 내게 얼마나 큰 힘이 되는지를 고백한다면 아이들은 또 내게 침을 놓을 게 분명하다.

"어머니, 이제 오십밖에 안 되신 분이 괜히 늙은 척하지 마세요. 부담스러워요."

그들은 내가 아직도 훨씬 더 자랄 수 있다고 믿는 모양이다. '아이들은 부모가 믿는 만큼, 아니 그 이상 큰다'는 건 어디까지나 내 소신인데 거꾸로 나한테 적용하려 드는 걸 보면.

이 세상의 모든 아이들은 특수하게,
부모들보다 훨씬 아름답고 튼튼한 존재로 태어난다.
아이들은 믿는 만큼 자라는 이상한 존재들이다!

엄마의 하루

이동준(영동중학교 3학년)

습한 얼굴로
am 6:00이면
시계같이 일어나
쌀을 씻고
밥을 지어
호돌이 보온 도시락통에 정성껏 싸
장대한 아들과 남편을 보내놓고
조용히 허무하다.

따르릉 전화 소리에
제2의 아침이 시작되고
줄곧 바삐
책상머리에 앉아
고요의 시간을
읽고 쓰는 데
또 읽고 또 쓰는 데 바쳐

오른쪽 눈이 빠져라
세라믹펜이 무거워라
지친 듯 무서운 얼굴이
돌아온 아들의 짜증과 함께
다시
싱크대 앞에 선다.

밥을 짓다
설거지를 하다
방바닥을 닦다
두부 사오라 거절하는
아들의 말에
이게 뭐냐고 무심히 말하는
남편의 말에
주저앉아 흘리는 고통의 눈물에
언 동태가 녹고
아들의 찬 손이 녹고

정작 하루가 지나면
정작 당신은
또 엄마를 잘못 만나서를 되뇌이며
슬퍼하는

슬며시 실리는
당신의 글을 부끄러워하며
따끈히 끓이는
된장찌개의 맛을 부끄러워하며

오늘 또
엄마를 잘못 만나서를
무심한 아들들에게
되뇌이는
'강철 여인'이 아닌
'사랑 여인'에게
다시 하루가 간다.

― 가수 이적이 중3 때 엄마 생일을 기념해 쓴 시

#동훈#동준#동윤
#고마워#사랑해

믿는 만큼 자라는 아이들

초판 1쇄 발행 1996년 11월 20일
초판 32쇄 발행 2005년 12월 5일
재판 1쇄 발행 2006년 12월 5일
재판 17쇄 발행 2012년 2월 24일(웅진지식하우스발행)
삼판 1쇄 발행 2013년 6월 15일
삼판 19쇄 발행 2018년 12월 28일
사판 1쇄 발행 2019년 10월 25일
사판 12쇄 발행 2025년 2월 3일

지은이 박혜란
펴낸이 이수미
일러스트 최진영
북 디자인 정은경디자인
마케팅 임수진
종이 세종페이퍼 **인쇄** 두성피앤엘 **유통** 신영북스

펴낸곳 나무를 심는 사람들
출판신고 2013년 1월 7일 제2013-000004호
주소 서울시 용산구 서빙고로 35, 103동 804호
전화 02-3141-2233 **팩스** 02-3141-2257
이메일 nasimsabooks@naver.com
블로그 blog.naver.com/nasimsabooks
인스타그램 instagram.com/nasimsabook

ⓒ 박혜란 2013, 2019
ISBN 979-11-90275-02-6 (03810)